献给容留并养育过我们的惠家河乡党们
献给我的人生启蒙老师喂马老汉惠红儿
献给曾经一起经历过苦难的知青同伴们

惠家河纪事

陈光中◎著

当代中国出版社
Contemporary China Publishing House
2018 年 · 北京

图书在版编目(CIP)数据

惠家河纪事/陈光中著. --北京:当代中国出版社, 2018.1

ISBN 978-7-5154-0831-6

Ⅰ. ①惠… Ⅱ. ①陈… Ⅲ. ①回忆录—中国—当代 Ⅳ.①I251

中国版本图书馆 CIP 数据核字(2017)第 281104 号

出 版 人　曹宏举
策划编辑　隋　丹
特约策划　叶　芳
责任编辑　隋　丹
责任校对　康　莹
装帧设计　胡椒书衣
出版发行　当代中国出版社
地　　址　北京市地安门西大街旌勇里 8 号
网　　址　http://www.ddzg.net　邮箱:ddzgcbs@sina.com
邮政编码　100009
编 辑 部　(010)66572264　66572154　66572132　66572180
市 场 部　(010)66572281　66572161　66572157　83221785
印　　刷　北京润田金辉印刷有限公司
开　　本　787 毫米×1092 毫米　1/16
印　　张　17.25 印张　1 插页　插图 114 幅　298 千字
版　　次　2018 年 1 月第 1 版
印　　次　2018 年 1 月第 1 次印刷
定　　价　56.00 元

前面的话

四十八年前。

1969 年 7 月 21 日，美国宇航员成功进行了人类的首次登月。

就在美国宇航员跨越浩瀚太空回归地球的途中，我们也刚刚踏上返京的旅程。

那是一个难忘的夜晚。

我们六个人——六个北京知青，紧紧地挤在一个比太空舱还狭小的空间里，可我们觉得周边还是太空旷。我们希望有什么奇迹能让自己变得更小一些，最好小到完全消失在黑暗里。

盛夏时节，天气闷热，但我们在极度的恐惧中不由自主地打着寒战。

我们蜷缩的地方，是西安火车站天桥下面那个灯光照不到的三角形区域。

刚开始的时候，我们还庆幸自己歪打误撞地找到了一个理想的藏身之处，但很快就发现，这里并不安全。在灯火通明的开阔站台上，只要一冒头，便会轻易地被人发现。换句话说，这是一个进得来、出不去的陷阱。我们的束手就擒，应当是必然的事情。

惶恐之间，又有一列火车轰鸣着驶进车站，大喇叭再一次响起震耳欲聋的声音：“最高指示：‘凡是反动的东西，你不打，它就不倒。这也和扫地一样，扫帚不到，灰尘照例不会自己跑掉。’下车旅客一律从出站口检票出站！下车旅客一律从出站口检票出站！……”

仍然是让人心悸的杂乱脚步声，尖利刺耳的呵斥怒骂声，慌乱惊恐的哀叫和央求声……

我们屏气噤声，甚至闭上了眼睛，随时预备着在耳边响起炸雷般的一声大吼：“你们几个！出来！”

那时的一分钟，似乎比一个月还长，比一年还长。

奇怪的是，居然没人发现我们。

也许是天桥下的这个死角太明显，反倒被追捕者们忽视了。

渐渐的，各种嘈杂的声音越来越少、越来越小了。站台上复归平静。

我们好像是死过了一次又重新复活，小心翼翼地控制着呼吸，发现浑身的冷汗已经湿透了衣衫。

不料，远处突然传来一阵狂吼："狗怂站住！不许跑！"接着是一群人在轨道间疾奔的声音，石碴被许多只脚踩得哗哗山响。

我们的心又提到了嗓子眼儿。

我在心里安慰自己：没有什么可恐惧的，没有什么可害怕的，危险迟早会过去的；总有一天，我会带着一种平和的心态回忆这一切的；总有一天，我会把这些遭遇作为故事写下来的……

我竭力把这一切幻想成一场梦，一场只要睁开眼睛醒来的时候自然就会结束的噩梦。

但是，我仍然很恐惧、很害怕，因为我知道这不是梦……

四十八年过去了，至今想来，我仍能真切地感受到当时那种绝望的心态。

那是我知青生涯中的一小段情节。

"知青"，是我们这一代许多人的特殊标签；知青岁月，则是我们无法忘怀的人生经历。如今，我终于有机会把它写下来了。

不过，我所叙述的，只是一些纯属个人性质的琐碎记忆，既没有惊悚恐怖的血腥场面，也没有曲折委婉的爱情故事，更没有惊天动地的英雄业绩，甚至没有什么跌宕起伏的动人情节。我的知青岁月，淡薄得如同絮絮叨叨的流水账，平庸而且乏味，不过是些小波折、小痛苦、小苦闷、小感触，除了亲历者本人，只怕难得有人会产生多大兴趣。

但是，绝大多数知青一生中最宝贵的年华，正是在这平庸乏味中艰难度过的。一代人的青春蹉跎，构成了特定历史时期的组成部分。

然而，不仅时光的销蚀让记忆日显模糊，更有人为的涂抹使往事恍惚迷离，以致真假莫辨，曲直难分。

因此，真实地记录自己经历过的那些事情，让后人了解我们曾经身处的那个"史无前例"的时代，应是这代人义不容辞的责任。

相对于规模宏大情态悲壮的所谓"知青运动"，任何个人遭遇都显得极为渺小。更何况，"知青"只是一个产生于特殊政治背景下的松散群体，"同样的经历，未必有同样的感受和回忆"——这是我曾在一篇小说中写过的话。

一个人的视野毕竟是狭窄的。我没有能力、也不曾妄想总结和评价历史。

我所能做到的，只是力求真实地还原那些永存于记忆中的人生细节。
真实的细节，就是真实的历史。我相信这句话。

在这本书的末尾，我还写了这样一些文字：

> 我和许多知青同伴一样，在回忆插队往事的时候，往往会不由自主地表现出一种自恋。我们过多地沉溺于反刍和感慨自己经历过的苦难与艰辛，却忽略了一个很重要的事情：那些曾经被我们鄙称为“老帽儿”的乡党们，祖祖辈辈生活在那贫瘠的土地上，世世代代承受着比我们更为沉重的苦难和更为严酷的艰辛。命运对于他们，才是真的不公平。
>
> ……想到那些在极度的饥饿贫穷中挣扎着勉强生存的乡党们，心中难免百味杂陈。他们的形象似乎并不美好，蓬头垢面衣衫褴褛，自私狡猾愚昧猥琐……然而，在这貌似丑陋的表象下面，却是一些善良真诚宽容温厚的心。是他们，不仅满怀同情地容留并养育了我们，还让我们的狂躁暴戾之气得以收敛，使我们这一代人最缺乏的东西——人性，得以逐渐复苏。
>
> 不过，人性的归来，需要漫长而曲折的过程。
>
> 如何重新认识世界、如何重新认识自己，也需要漫长而曲折的过程。
>
> 对我来说，插队的经历仅仅是一个开端。这个开端，是惠家河乡党们赐予我的最宝贵的东西。

这些感触，其实是我在写作这部文稿的过程中逐渐领悟的。

所以，这本书如果能够出版，首先应当献给的，是惠家河，还有那里的乡党们。

书中有几个人物使用了化名，个别情节有所改动。这是需要特别说明的。

2017年11月于北京会城门

黄陵·古柏之一

目录

第一章

『知识青年到农村去』

一、丢失的蒙古刀

1968 年 12 月，我们——北京八十中高中六八届四个班的学生——正在远郊区怀柔的官地村劳动锻炼。那是一个地处长城脚下的小村子，从 10 月 18 日开始，我们已经在这里待了两个来月了，除了修路平地，就是上山打柴。修路平地是帮助贫下中农进行基本建设，打柴则是为我们自己干的：一斤柴火能卖一分钱，军宣队和工宣队要求我们把路费和生活费自己挣出来。

学校军宣队和工宣队组织这次劳动的目的，是因为六六、六七两届学生的毕业安置尚未完成，为了稳定六八届学生的情绪，才把我们打发到这偏远山区来的。天天干活累得要死，就没时间想别的了。

对我们来说，经常在“想”的主要问题，就是毕业去向。实际上，这两年来，六六、六七、六八届学生的去向并没有绝对明显的分界，六六届似乎主要是去黑龙江生产建设兵团，六七届则大多去山西和内蒙古插队；六八届学生也有不少已经走了，像我们班的骆债清，已经去黑龙江近一年了。

多年以后，从高中六六届到初中六八届的这批学生，获得了一个特殊的称号——“老三届”。

准确些说，“老三届”所包括的一共是六届中学毕业生。

11 月下旬，我弟弟作为初中六七届的毕业生将去山西插队，我请假回北京送他。没想到他的行期一再改变，我的事假也只有一再延长。直到 12 月 11 日，他终于登车出发，我也匆匆返回官地村。

与我同样超期返回的还有同班的朱建晨。一回村，我们就挨了军宣队指导员一顿狠狠的批评。仅批评还不够，还要组织全班批判。

那年头挨批判是常事，所以我的态度很好，“狠斗私字一闪念”，深挖资产阶级思想根源……本来不难过关的，但被朱建晨连累了。这家伙态度“不老实”，不但不认真检讨，还散布一些与政治时局和毕业分配有关的“小道消

▲1968年12月，几名同学在官地村毛仲存家的院子里合影。左起：朱建晨、华振浩、齐锡均（齐军）、我（本书作者陈光中，下同）。

息”，所以对我俩的批判持续了很多日子。所谓批判，倒不是那种动手动脚“既触及皮肉也触及灵魂”的残酷斗争。毕竟是人民内部矛盾，所以无非是白天劳动晚上开会，我俩检讨大家发言。漫漫冬夜，在热炕头上坐着开会，倒也不算什么苦差事。不过没完没了地总扮演挨批判的倒霉角色，得有比较厚的脸皮才行。多年以后再见到朱建晨，他居然已经忘了这些事情，实在不应该。因为，我们的最终解脱，是由于毛泽东的“最新最高指示”。

那是12月21日，星期六，我的日记是这样写的：

今天去背柴，刮着七级大风，路又十分险。我背了两大捆，回来一称，只有一百一十一斤。

晚上刚脱衣躺下，就听到收音机里传出了毛主席的最新指示。我们便马上又爬了起来，开了一个庆祝会，又冒着刺骨的寒风把最新指示抄到黑板上。

主席的最新指示明确地为我们指出了方向，现在把这段最新指示抄在下面。

“知识青年到农村去，接受贫下中农的再教育，很有必要。要说服城里干部和其他人，把自己初中、高中、大学毕业的子女送到乡下去，来一个动员。各地农村的同志应当欢迎他们去！”

我的日记有误笔，把“最高指示”末尾的句号写成了惊叹号——这倒流露出当时我自己的情绪。

几天后的12月26日，是毛主席75岁寿辰。想到伟大领袖这般高龄还要管理国家大事和操心培养我们这些“革命接班人”的事情，很是让人感动。我的日记里记着：26日这天，举行了庆祝毛主席寿辰的大会，各班都组织了演出节目，唯有我们班没上台。大概是由于我们这些“纪律涣散人员”的影响，连个节目也没法组织了。

12月27日凌晨四时，我们全体离开官地村，步行四十里路走到怀柔，乘火车返校。

我在当天的日记里记了一件事情：

早晨出发时，走出了关口，我突然发现一件可怕的事情，我一向放在旅行袋里的蒙古刀不见了！我翻了半天，头都急晕了，还是没有！一定是落在官地了！要不就是被哪个心怀恶意的可耻小人偷去了！

那把蒙古短刀是1966年“大串联”时结识的一位内蒙古朋友送的，我一直很小心地藏着；由于种种原因，它的丢失，对我来说的确是一件非常“可怕”的事情。然而，我当时还没有想到，它竟会直接影响我今后的命运。

1968年12月31日的日记是这样写的：

1968年的最后一天只剩几个小时了。

在这一年的最后几天里，又发生两件叫人兴奋、叫人激动的事情：一个，是我国又一颗氢弹爆炸了；另一件，是南京长江大桥全部建成了；第三件，是元旦社论发表了毛主席的最新指示。迎接我们的，是20世纪60年代最后一个年头。新的一年里，将会发生更多的事情。就我来说，明年的头几个月可能就要离开北京了。等待着我的是新的生活……

表面看去，我的情绪不仅很稳定，而且很振奋。既主动关心国家大事，还做好了“离开北京”的思想准备。但是，在这些充满激情的辞藻下面所隐藏的，是极为忐忑不安的心态，以致把三件事情写成了“两件事情”。几十年过去了，我还清楚地记得当时焦虑的情状。丢刀似乎是一个恶兆，我总感觉会发生什么不好的事情。

接下来1969年1月2日的日记，便真实地记录了我在这种心态影响下许多很不正常的举止：

> 按通知，应当是今天上课。但是一般都是三号才上班。我虽然有些犹豫，但还是很早就到学校去了。今天又特别冷，冻得够呛。一到学校，果然一个人也没有。到孟洪他们宿舍一问，原来又改为三日上课了。
>
> 接着，华振浩他们也陆续来了。
>
> 我们又到陈排长他们屋里看了看，他们屋只有陈排长和韩连长在吃饭。
>
> 我们连的这几个工人、解放军比较有意思：爱说话的两个——张排长和李指导员，老爱在一起，几乎形影不离。而不爱说话的两个——陈排长和韩连长，又老爱在一起，比较接近。

由于心情烦乱，我连元旦期间放假和开学的日期都搞错了，居然提前一天去了学校；接着又硬着头皮去工宣队和军宣队的宿舍——说是“看了看”，实际是想偷窥一下他们对我的态度和表情是否有什么异常。当时学校不再有什么年级和班级，一律改为部队建制；工宣队的工人是各排的排长，军宣队的解放军担任连长和指导员。张排长和李指导员都是一副阶级斗争的面孔，平时就让人怵，所以我没敢去他们那里；而不爱说话的陈排长和韩连长性情和蔼，比较好接近。我“看”了半天也没发现有什么变化，心里似乎踏实了一些。看来那柄刀已经莫名其妙地自己消失了，学校里并没有人知道。

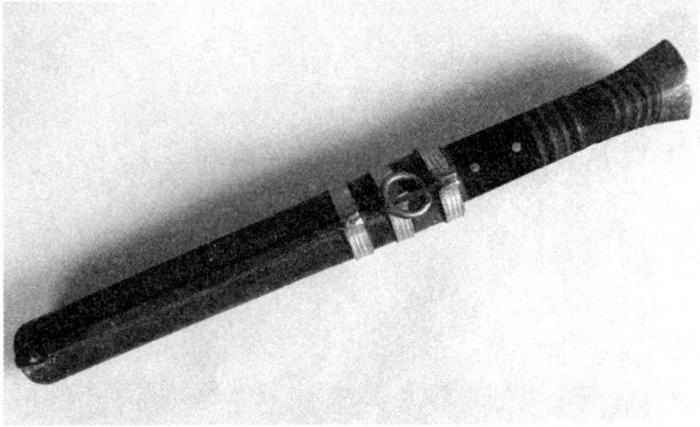

◀我至今还保存着那柄惹祸的蒙古刀。

二、“阶级斗争新动向”

那一阵子流氓猖獗。元旦过后学校连续几天举行批判大会，批斗了几个小偷流氓，还有所谓的“坏分子”“漏网右派”，等等。前者是主要对象，后者只是依例陪绑而已。批判归批判，没有什么实际效果。

我们已经不太关心那些事情。因为，最值得重视的，是毕业去向问题。

1969 年 1 月 6 日，星期一，又有一大批人由学生变成了“知青”。我在当天的日记里写道：

> 今天又有一批到山西去的，我们到火车站当标兵维持秩序。送行的大部分是家属，少不了又哭哭啼啼。现在像我们这般年纪的大部分快走光了，一想到一两个月后就该送我们了，总不免有些茫然。
>
> 上午开了征兵动员大会，然后是报名。我虽然也报了，但我想是当不上的。一方面眼睛不成，另一方面家里又——不过不管当得上当不上，报名还是要报的，因为这表现了一个人的态度问题。

那天出发去山西的应当是六七届的毕业生。关于毕业分配问题，各种小道消息已经流传了一年有余了。早就有人说，比较好的去向是黑龙江生产建设兵团，发军装、有工资，但政治条件要求得很高；接下来就只有插队了，基本顺序是内蒙古的牧区和农区、山西、陕西、甘肃、宁夏、云南……也有消息说，六八届的去向其实并未确定，很可能有留京的名额呢！这消息好得让人有些不敢相信。

后来的事实证明，除了甘肃和宁夏没有安排插队，小道消息的内容基本还是可靠的。

最好的出路是当兵，那是每个人都梦寐以求的，但名额极为有限且条件极为严格，因此能得到这份幸运的没有几个人——当然，有本事走后门的不在此列。实际上，我们班已经有个别军队干部子女悄悄消失了，他们有路子，别人除了羡慕忌妒恨，只有眼巴巴地瞧着。

在这样关键的时候，征兵工作居然最先展开，显然是非常鼓舞人心的。

但是对我来说，不仅毫无意义，反倒造成极大的思想负担。问题的根源，就在我吞吞吐吐的那一句："另一方面家里又——"

那个破折号后面，隐藏了许多东西。

实际上，所谓"家里"指的是我父亲。他在两年前被作为"走资派"打倒后，一直在被批判；前不久又被原工作单位的造反派揪到辽宁大连批斗，音信全无。

回想从前，我曾为自己的"革干"出身而不可一世趾高气扬，如今却成了"走资派子女"，突然从天上掉到地下，那滋味是很不好受的。幸运的是，学校离我父亲的单位很远，似乎没有人听到消息。我每天小心翼翼，生怕走漏风声。所以，那段时间我最怕的就是什么报名填表之类的事情，因为如此一来不可避免地要涉及"出身"问题，我只能硬着头皮继续写"革干"——这两个字实在是重如千斤呢！

我最担心的不是报不上名，而是怕"幸运中选"。万一报上名，一政审必然马上露馅，休说当兵万无可能，我就连去兵团也不够条件，插队似乎是必然的命运。形势逼迫我必须考虑自己的去向——我们好歹还有一点点"权利"，可以选择具体去哪儿插队。山西陕西，还是甘肃宁夏？我一时没了主意。

不过，我还抱有一丝幻想，以为至少还有"一两个月"的缓冲时间。马上就要过春节了，总不至于连春节都不让我们在家里过吧？

事实证明，我是在盲目乐观。

1 月 9 日和 10 日，我们高一年级全体学生连续两天开会，动员上山下乡。具体地点是山西吉县，名额 200 人，1 月 20 日就出发。

我犹豫了，没有报名。

我在日记中写道：

> 分配来之迅速实在叫人措手不及，只有 10 天的准备时间。
>
> 我准备到弟弟那里去。既然同是去山西，何必分在两个地方。当然，批准不批准是上头的事了。
>
> 下午接到了仲存的来信，东西找到了。他让我去取，我哪里还有时间？明天给他回个信，还是寄来算了。

仲存全名叫毛仲存，是我们在官地村劳动时的房东。所谓的"东西"，自然是那柄蒙古短刀。从官地村返校后，我曾冒险给他去信，吞吞吐吐地问他

▲ 1968 年 12 月，我们几个同学与房东毛仲存（后排中）一家的合影。前排是毛仲存的父母和弟妹。第二排左一便是那个偷拿“匕首”的傻孩子。中排右一是朱建晨，右二是华振浩；后排右一是齐锡均（齐军），左一是我。不久后，我们各奔前程。

是否看到有我们遗下的东西。这些天乱七八糟的事情太多，我居然把这件事忘了。

后来我曾不止一次想过，接到仲存的信后，我应当充分重视这事，赶紧去官地亲自取回东西。官地村的确很远，但总比我后来去的地方要近 10 倍、20 倍。如果当时我去了官地，也许会遭遇另一种命运。

但是，命运就是命运。我没有去官地。这一步，决定了我后来的人生。

1 月 11 日，星期六，上午报名去吉县，我们班只有三个人报了名。据说，这 200 人是填充六六、六七届空额的。两天后，情况又变了，改成到陕西黄陵去，走的日期是 21 日。

我没报名。我仍然打算到弟弟那里去。

1 月 15 日，去陕西插队的正式名单公布了：

> 今天到学校，去陕西没有我。
>
> 我们班共批了五名：宋仕猛、王德禄、包薇、王慕茜、张恩平。另外

还有王德禄的弟弟和王慕茜的妹妹。这样看来，走的日期就可以拖延几天了。但也拖延不了几天的，据说第二批几天后就走……弟弟今天该收到我的去信了，不知他那儿联系得怎样了？

可以想见，我在日记本上写下“到陕西没有我”这几个字的时候，那种如释重负的心态。但我很明白，“躲得了初一躲不过十五”，的确是“拖延不了几天的”，我把希望完全寄托在了弟弟身上。

不料，事态突变。

1969 年 1 月 17 日应当是星期五，由于写日记的时候心情紧张，我错写成了星期四：

早上一进教室，几个人就指着我说：“这不，来了……”

我还在莫名其妙，连长上来对我说：“你是在官地丢了几样东西吗？仲山、仲力昨天来了，说仲存今天来，让你到北京站去接。东西取来后，请你交到排长那里。”原来如此。

也许他们又想借此机会整我一整了吧？

中午到火车站，仲存果然来了，东西也带来了。下午我带到学校，交给了排长。

我觉得那件东西没有什么了不起的，我也没什么错误。

要说危险，菜刀家家都有，可也没听说有人禁止使用菜刀。菜刀要比它好用多了。

这篇日记里所包含的东西实在太多了。

在车站与仲存见面，场面有些尴尬。那柄蒙古短刀，问题出在他的大弟身上。那孩子是个弱智，干不了活，整天待在家里，有时候会好奇地溜到我们屋里乱翻。我们走后仲存才发现情况。

由于我懒惰，没有亲自回村去取，而仲存是个老实人，那样一件“家伙”留在手里，很是惶恐。正巧村里革委会的干部毛仲山、毛仲力要来我们学校联系事情，仲存便托他们把东西给我带来。干部的政治觉悟就是高，在他们眼里，那把“匕首”也许是“阶级斗争的新动向”，因此，他们不仅没有答应替仲存带东西，还立刻向我们连里报告了。

我应当感到庆幸的是，对阶级斗争具有高度热忱的军宣队李指导员回部队汇报工作，刚好不在学校。如果他在，只怕我熬不过这一关。

处理这件事情的是军宣队的韩连长，他一向性情温和，即使遇到这种蹊跷事情，也没有声色俱厉地盘问什么。他处理问题的方式也很有意思：要仲存自己送来，让我亲自去取、再上交工宣队；如此繁复的手续，不知是好心给我一个“坦白从宽”的机会，还是怕招惹是非而避免接触实物。

尽管我做贼心虚地在日记里论证了一番菜刀与匕首的本质差别之类，似乎很有些“为人没做亏心事，不怕半夜鬼叫门”的大无畏气概，但心里已经恐惧到了极点。

因为韩连长告诉我，仲存家那傻孩子偷拿的东西，除了“匕首”，还有一个军用指南针。

那指南针本是属于华振浩的物品，与我的蒙古刀毫无关系，但想让连长相信却并不容易。

韩连长在言语间还欲言又止地突然说了一句：“听说你父亲……”

我没有回答，因为我的脑袋一下子懵了。

几个月前，我就发现有人偷看过我的日记；不久前，还发现有人拆过我的信件；此外，还听说有人调查过我家里的情况。我曾自己骗自己，那些都是相互并无关联的偶然事件，是无耻小人的无聊之举。但事实显然比我所想的要严重得多。

现在有这“匕首”和指南针凑热闹，已经形成了一个近乎完整的“证据链”。

从阶级斗争的角度看，人们难免会产生这样的想法：一个对现实似乎存有不满情绪的走资派子弟，要匕首干什么？要指南针干什么？！是不是在反动本性的支配下，准备暗杀造反派或工农兵，然后越境出逃？！

如今的人们也许会以为如此奇特的联想比天方夜谭还要荒诞，可它确实就是当时人们的思维方式。假设我是一个旁观者，大概也会如此看问题的。

幸亏韩连长没有那么丰富的政治想象力。他是个典型的职业军人，主要负责正在进行的征兵任务，这类比较复杂的事情应当属于指导员的工作内容。所以，当我从车站把刀取回来上交的时候，他只让管我们的工宣队陈排长把东西收下，没有再追问我什么。

我并没有因此而感到轻松，因为，这样重大的事情，韩连长是不敢瞒着指导员的。指导员迟早总会回来，在他那样一个阶级斗争的弦绷得比其他人都紧、善于上纲上线把简单问题复杂化的人面前，只怕我浑身上下都是嘴，也说不清楚这件事。

正如老话所说：“福无双降，祸不单行。”一天后，1 月 18 日，弟弟突然从山西回来了。他告诉我一个不折不扣的坏消息：他们那里不要人。也就是说，我想去他那里插队的打算彻底破灭！

三、决定命运的邂逅

1 月 22 日，第一批去陕西黄陵插队的同学如期出发，我去火车站送别了宋仕猛、王德禄等人。我不知是否应该羡慕他们，如果我也在这批人当中，岂不是可以逃脱眼下的险境了？

1 月 24 日，是第二批去陕西插队报名截止的日子。我已经没有继续犹豫的时间了。在当天的日记中，我写道："今天到学校报了名。经过几天十分激烈的思想斗争之后，我终于迈出了这十分艰难的一步。"

其实，对于去陕西插队，我并没有下定决心。在内心深处，我对毕业分配方案仍然抱有极大幻想，打算再拖一段时间，没准儿能躲过危机，留在北京分配工作。所以，我是卡在截止时间的最后一刻才报名的，带有极大的投机性质：希望名额已满，使我走不成。

我本应投机成功的。可我偏偏没有沉住气，报名后的第二天又去学校打探有关所谓"新分配方案"的消息。不料，一个意外而偶然的因素，使我的命运遭到急转直下的突变。

> 1969 年 1 月 27 日，星期一。
>
> 今天将是我一生中又一个重要的日子，我被批准去陕西黄陵县插队了。
>
> 早晨到校较晚，因为晚上下了雪，再加上体育馆今天又开什么公审大会，车上很挤。好容易才到了学校。教室照例锁着门，没有人。我回头往楼下走去，想去看看批准了谁。我思想里是觉得这回批准不了我的，因为这次报名的人很多。据孟洪的"可靠消息"，还是没有我。不过总还是要看一看。迎头碰上了曹玉平，他兴高采烈地告诉我：批准你了！我有些不相信，走到礼堂那儿，可不是吗！大红榜上倒数第二名，就是我的"大名"。
>
> 这下可有些出乎意料。想了一下，回忆起上星期六，碰到四班的吕

宏印，他对我说："怎么样，咱们一块走吧？"我犹豫地说："我报名太晚了。"他说："咱们坚决要求嘛！"他就拉着我到陆老师那儿去了，说：我们俩一块去。看来我这次就是沾了这小子的光了。

遇到排长，给了我一张迁户口的证明。

上午和孟洪瞎扯了一通。一上午我都有些茫然，好像有些措手不及。和我一起去的人也比较合不来……

下午和晚上准备乱七八糟的东西，思想比较平静了。其实我早已做好了走的准备，但是突然批准了，总有些太快了，思想上一时还接受不了。现在想：管他到哪儿呢？还不是一样干革命！

思想上产生波动，说明觉悟不高。

在北京总共还有 8 天的时间啦！而且以后说不定再也没有机会回来了，心中颇为留恋。

日记中所提到的曹玉平、孟洪，都是我的同班同学。曹玉平之所以"兴高采烈"，不外乎两个原因：一是他也贸然报名了，却居然没有批准；二是我原本不想去陕西，报名时间最晚却"光荣上榜"，他自然有些幸灾乐祸；我离京以后便与他失去联系，不知他后来的命运如何。孟洪早已决定去陕西，所以消息比较灵通；这次他也被列入了大红榜上的名单之中。

还有工宣队的陈排长。我想，当他发给我那张户口迁移证明的时候，心里一定大大地松了一口气。他是一个很本分的工人，一直显得不太适应学校里的复杂环境。那柄"匕首"保存在他手里，如同一个烫手的山芋。我终于决定去陕西插队，"匕首事件"自然会随着我的离校而终结，对他以及和他一样不喜欢惹是非的韩连长来说，未尝不是好事。有件事情非常奇怪，很久以后，我居然在收拾行李的时候发现了那柄惹事的蒙古短刀，可见陈排长曾寻机把它还给我了，但我竟一点印象都没有！

至于吕宏印，不知应算是我的"克命星"还是"幸运星"。我今后生命中的每一步，都取决于 1969 年 1 月 25 日那天与他的不期而遇。四十多年后的今天，我想其实我也许应当感谢他。他使我在经历了无数坎坷和波折之后，能够留下许多终生难忘的记忆，由此而有资格说："我是知青！"

经历了许多天的犹疑和彷徨以后，在并非出自我内心意愿的情况下，插队的事骤然成为定局。这时我的情绪却似乎稳定了许多——更准确些说，是无奈和麻木。

我曾竭力遏制自己混乱的思绪，认真地问自己：插队真的那么可怕吗？

仅仅几年前，我还曾无比狂热地想要“上山下乡干革命”呢！

那是1965年，我即将初中毕业。当时正有一股知识青年“扎根农村干革命”的热潮，还涌现出诸如董家耕、邢燕子、侯隽等一批让人敬佩的先进人物。当时有一本影响甚广的书，名叫《军队的女儿》，写一个到新疆兵团“支边”的女孩儿的故事，让人看得热血沸腾。在这股热潮的感召下，我决定放弃中考，坚决要求下乡劳动。

不料，恰在这时，《中国青年报》刊发了一篇文章，标题是“一颗红心，两手准备”，认为应届中学毕业生应当服从祖国的需要，既有参加中考或高考继续升学的思想准备，也要有上山下乡支援农村建设的思想准备。我看了以后感到十分愤怒，满腔愤慨地给报社写信抗议，认为一颗红心干革命，只应有“一手准备”，岂能三心二意有“两手准备”？！

那时的中央媒体还是很接近群众的，对于我这样一个十五六岁初中学生的大胆质问，也予以充分重视，很快就直接回信，耐心疏导；学校方面也多次找我做思想工作。但我很固执，大有决心下定誓不回头的气势。

后来，父亲认真地同我进行了一次长谈。他是一个脾气极好的人，绝少打骂训斥孩子，我们出现问题，他的办法就是“谈话”讲道理。那次，他严肃地批评我是头脑发热一时冲动；到农村去不是三两天的事情，应当做好扎根一辈子的思想准备；自己的生活还不能自理，下乡只会给贫下中农添乱。我不服气，说上山下乡是响应党和毛主席号召的革命行动，谁也不能阻拦。他不同我争论，只要求我认真参加中考，如果三年以后高中毕业的时候，既具备了必要的能力、还保持着现在的热情，他会坚决支持我的。我无法抗辩，只好答应。那年我考上了高中，而我们班居然有同学放弃升学下乡务农去了，让我十分羡慕。

如今恰好过去了三年时间，我没想到社会、学校和家庭会发生如此天翻地覆的变化，让我一时无法适从。尤其是父亲被“打倒”后，他的问题对我造成了巨大的影响。有时我甚至会对他怀有一丝怨恨，但在内心深处还保持着对他的基本信任：如果他真的是坏人，我不知这世上是否还有好人。所以，在遇到人生选择这种具体问题的时候，我还是十分渴望能得到父亲的指教。只要能听到他的一句安慰或鼓励，我的心情会平静许多。

遗憾的是，元旦之前他就被造反派“揪”到大连去了，此时正在千里之外生死未卜，我无可指望。

其实，下乡插队本身也许并不恐怖，让我畏惧的却是这种无可指望：指望不了父母，也指望不了朋友。

▲ 1968 年，父亲多次被他原工作单位的造反派“揪”到大连批斗，其间也曾短暂回过北京。看来他对家人四散的前景早有预料，所以在国庆节的时候悄悄带全家人去颐和园拍了一张照片。不料后来有人揭发，说“走资派”居然胆敢“游山玩水”，可见批判得不够狠！父亲并未接受“教训”，在弟弟下乡之前，我们先去照相馆，后来又去天安门广场，各拍了一张“全家福”。不久，父亲就被再次“揪”走，我也前往陕西插队，此后我们再也没有拍过这种正式的“全家福”。照片上，大家的表情都很忧郁，唯有父亲在微笑。这微笑至今仍让我看了心酸。

应当说，经过几年交往，我在班里也有几个基本可以信赖的朋友，比如朱建晨、华振浩、齐锡均、陈学勤、王洪崃等，可算是一个有些特殊的小团体了。我自然希望能有一些志趣相投的人一起插队——只要有朋友壮胆，其实去哪儿都无所谓！当时下乡的学生，很多都是兄弟姐妹同行，或是朋友同学结伴。人人都有从众心理，再苦再累再艰难的事情，只要有人共同承担，感觉总要好许多。但是，由于种种原因，最后我还是独自报名了。

四、准备上路

我曾看过许多知青写的回忆文章，不可否认，确有一些满怀革命激情的学生是积极主动自觉自愿到农村插队的；然而，还有很多人则是迫于形势无可奈何随大流。我基本属于后者。当然，报名是我自己决定的，并没有人逼迫；若说有一点主动的成分，也是为了逃避。虽然我原先对将要前去插队的黄陵县一无所知，但据动员时所做的介绍，黄陵是中国人的老祖宗黄帝待过的地方，文化底蕴丰厚；那里如今属于延安地区，自然环境很好，全县森林覆盖率达到 70%，主产小麦，论富裕程度在陕北位列前茅。还有一个特殊的因素：父亲当年向往革命投奔延安，应当走过那里；对于我们这些“革命后代”来说，圣地延安有极大的吸引力，能有机会重走父辈走过的道路，也是难得的机会。思来想去，插队似乎也不算坏事。

而学校方面似乎比我更急切，要我们在春节前离开北京：“到农村去和贫下中农一起过一个革命化的春节！”

原定我们这批人的出发日期是 2 月 5 日，从批准插队那天算起，连头带尾只有不到十天时间，已经很紧张了，而情况还在不断变化。2 月 1 日，星期六，我在日记中写道：

> 昨天到学校去，听说走的日期又提前了一天，就是四号走。这样我在北京又要少待一天了。昨天把户口转了，昨晚上排长来通知我提前的事，我就把户口交给他了。现在我已经不是北京的居民啦！（毕业证昨天也办好了。）
>
> ……今天上午到学校找到排长，领了布票。下午赴约到王府井，朱

建晨和王洪峡、华振浩来了，我们便到天坛去照了几张相。这是最后一次去，以后再也没有机会啦！

明天就要把行李运到学校去，再过几天，就要“滚蛋”啦！再也看不见北京啦！

在我的日记里，很少用到这个抒情的感叹词“啦”，这天却“啦”起来没完。用当时的语句形容，应是“小资产阶级思想情调的典型表现”。

但那几天的确很重要，难以避免地会有很浓郁的惆怅之情。

如日记所写，1 月 31 日，我到派出所办理了注销北京户口的手续——直到整整十五年以后，我才重新获得了北京居民的资格。那其中的曲折艰难和辛酸苦涩，凡是经历过的同龄人都能体会。

学校方面逼得实在太紧，陈排长居然不顾路远亲自到我家里来传达提前出发的事。他为人忠厚老实，这种出力不讨好的跑腿事情往往由他办。也许他就是在那天把蒙古刀偷偷还给我的，因为此前此后我和他都没有单独接触的机会。

按照政策，知青可以领到一些布票置办衣物。那天我到王府井百货大楼买了一件带栽绒领子的黑色短大衣、一顶军绿色栽绒棉帽、两个价格八角二分的搪瓷大碗、一把铝质饭勺。那套碗勺跟着我走南闯北一直用了二十几年呢！

陪我买东西的是那几位朋友。尽管在下乡插队的事情上我对他们有些抱怨，但事已至此也并未留下什么芥蒂，我很感激他们能来陪我，以后见面的机会的确不多了。

那天回到家里，我就开始收拾东西。时至今日，我仍可以开出一个大致可靠的清单。

我的大件行李共有三件。

一个用线绳捆成的行李卷，里面有母亲特地洗净晾晒的被褥和枕头床单——由于布票不够买不了新的，这些东西都是我住校时的旧物；还有一条墨绿色的美制军用毛毯，是解放战争时期父亲获得的战利品，上面印有两个大大的英文字母“US”和一摊疑似血迹的暗痕，应算是非常珍贵的纪念物。

一个旧皮箱，同样是父亲早先的用品。家里原有两个这样的牛皮行李箱，一大一小。弟弟去山西插队的时候拿走了小的，给我留了一个大的。那里面盛放的是我的“细软”：几本日记本；收藏的许多精致的毛主席像章；一些笔记本和纸张（我喜欢画画，所以喜欢收集各式各样的本子和纸张，并视为最

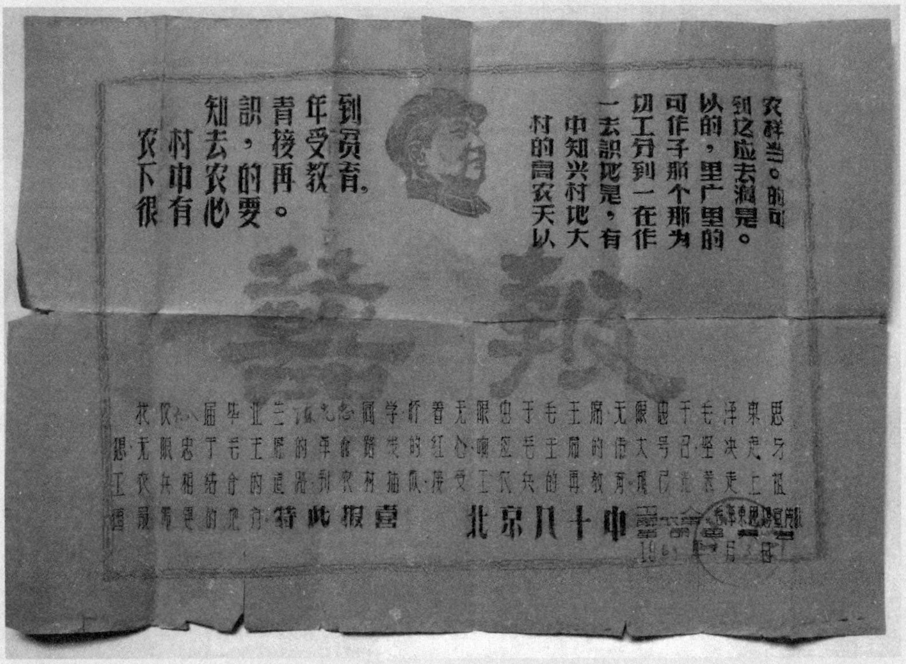

▲我的插队喜报，套色油印在一张 16 开大小的粉红色糙纸上。上方正中，是戴着军帽的伟大领袖木刻头像。两边各有一段“最高指示”，左边是：“知识青年到农村去，接受贫下中农的再教育，很有必要。”右边是：“一切可以到农村去工作的这样的知识分子，应当高兴地到那里去。农村是一个广阔的天地，在那里是可以大有作为的。”中间的“喜报”两个大字下面，是正文：“我校六八届毕业生陈光忠同学，怀着无限忠于毛主席、无限忠于毛泽东思想、无限忠于毛主席的革命路线的红心，响应毛主席的伟大号召，坚决走与工农兵相结合的道路，到农村插队，接受工农兵的再教育。现已光荣走上祖国最需要的地方。特此报喜。”下面是：“北京八十中工人解放军毛泽东思想宣传队、革命委员会；1969 年 2 月 3 日。”可惜，我的名字却被搞错了，那个“中”被写成了很时髦的“忠”。

珍贵的东西），铅笔盒和水彩调色盒；一个温度计；一本年历；一个充当手电筒的自行车车灯；一个父亲单位制作的塑胶毛主席半身像，由于掺有特殊物质能在夜间发光，很有些与众不同……

那柄蒙古刀我没有带走。我对于插队的环境毫无了解，应当接受上次丢刀的教训，不能随身携带如此危险的东西。家里被造反派抄了好几次，已是抄无可抄，藏在家里反倒可能安全些。

人生自有许多极为偶然的事情会出人意料地改变一切，这柄刀如果被带到陕北，后来的一些故事也许会是另一种情节了。

第三件行李是一个较大的木箱。本来下乡知青可以"享受特殊待遇"，凭票购买一只价格二十多元的正规木衣箱，当时很多人都买了，但我没有。当初弟弟得到即将下乡的消息后，父亲带领我们自己动手，把原先搬家时保留的几个大木箱拆成一堆木板，连锯带刨，做成两个同样大小的箱子，我和弟弟一人一个——看来父亲已经预见到我也难逃插队的命运。之后不久，父亲就被造反派"揪"走了。看到这个木箱，不由得想到父亲，心中很有些伤感。我也很感激父亲，教给我们很多自己动手的本领，使我们在以后的日子里能够自立。

这只箱子盛的东西较多，除了绒衣绒裤和内衣外衣，最多的就是书。其中有原属父亲的《共产党宣言》《自然辩证法》《列宁主义问题》和两卷本的《列宁文选》，等等；还有《毛泽东选集》，我带的是父亲那册四卷合一的繁体字竖排本；有几本书比较有特点，如《关于胡风反革命集团的材料》《关于国际共产主义总路线的论战》以及安娜·路易斯·斯特朗的《斯大林时代》，等等；另外还有我最珍贵的《少年天文学家》《大众天文学》《安徒生童话》《猎人日记》《好兵帅克》以及一大堆科学幻想小说，主要有《星球来客》《水陆两栖人》《萨尼科夫发现地》《海底两万里》《神秘岛》《地心游记》……我之所以能一一列出这些书的名字，是因为它们至今还摆放在我书橱中最显眼的位置。

箱子中还有一件东西，在知青的行李中也许是很少见的，那是母亲给我的一块洗衣搓板。我们兄妹三人从小就被母亲训练洗洗涮涮，从手绢袜子之类的小东西发展到衣服、床单、被套，我甚至会自己拆洗和纳被子，所以针线顶针甚至备作补丁的碎布头也是必不可少要带的东西。

这个木箱一直跟随我，根据不同的摆放位置，充当过饭桌、写字台、书架、床头柜、杂物橱……一直到2003年我家迁入新居，它终于被抛弃了。想来真是不应该，那箱子本是一件值得永远保存的纪念品，在一侧的箱壁上，有墨笔写的字迹，那是我将要前去插队的地方："陕西省黄陵县太贤公社惠家河"。

此外，除了一个装着"红宝书"、日记本和洗漱用品的帆布书包，便是身上穿的衣服了。在贴身的衬衣口袋里，缝着20元钱和10斤全国粮票。由于父亲的工资全部被扣，家里只能靠母亲的工资过活，她居然还能从大家的牙缝里抠出这么多钱和粮票给我，很让人感到惊讶。

五、告别北京

1969年2月2日，星期日。

今天上午将行李捆好，中午齐锡均来了，谈了一会，他帮我把行李送到学校。

没想到我们分在一个新的大队，我和吕宏印一个队，其余的都不认识，可能都是初中的。

后来又到吕宏印家去了一趟。以后就要同他在一起待着啦！以前他给我的印象还不错，很老实。还需在以后进一步了解。

今天思想上波动又很大，有时甚至不想走。就是现在还有些发愁。

有些问题思想上一时解决不了，真是不好办。

不管他，"既来之，则安之"，现在户口也转了，行李也运了，后悔也没有用。还是看以后吧！

1969年2月4日，星期一。

我怎么也不能想象，今天已是我在北京的最后一天了。可是事实却就是这样。

看来，以后，再也不能回来了。除非是在特殊的情况下。

学生时代就这样结束啦。从明天开始，就是新的生活了，是"自己养活自己"的生活了。

最后一天……

上午到学校去，碰到陈学勤、曹玉平、李宗强、张恒真、吕宏印，在学校照了几张相就回家了。下午一直待在家里。晚上吃了一顿丰盛的晚饭，这是因为我要走，妈妈特地做的。

吃完饭，洗了个澡（以后也许洗不了几次澡啦），就开始记日记。

平凡的一天，就这样度过了。但这平凡的一天，就是我在北京最后的一天啊！

这两天思想里进行着极其激烈的斗争，但我尽量把它隐藏在内心里，表面上十分平静，而不是像某些人那样，完全流露出来。

有的人说我无动于衷，好像没有事一样。其实我哪里有这么镇静！

我本来不愿想这些事，可是却非想不可，真是没有办法！

昨晚上为了平定一下，到什刹海滑冰场去滑冰。一年没滑，都有些不会了。哎呀，这次滑冰，不但没有平定心情，反而增加了许多烦恼。冰场里真是乌烟瘴气，什么人都有。最多的是打扮得奇形怪状的年轻人，女的是越妖气越好，男的是越奇形怪状越好。有的戴着老头帽，穿着呢子衣服，打扮得土不土洋不洋地，手里拿着烟卷，叫人看了真是恶心。

我心想，这帮混蛋家伙倒是逍遥，应当把他们都送到乡下去改造改造。

社会上多了这么一帮流氓，麻烦就多了。

唉，不管怎么说吧！明天就要离开这里啦！

雄关漫道真如铁，而今迈步从头越。

可以看到，在北京的最后几天，我的思想仍然处于极大的波动之中，所以在没完没了地“啦”“唉”“啊”。

在学校遇到的几个同学中，陈学勤后来留京工作，曹玉平去向不明；张恒真最幸运，得以入伍当兵；比较奇怪的是李宗强，本来他已经和张恒真一起参加了征兵体检，不知何故没有合格，这次居然也要去陕北插队！

我们班这一批去陕北的同学共有四人，除了我和李宗强，还有刘大雄和孟洪。由于我报名太晚，没有和他们分在同一个村子里。不过，在后来的日子里，我们还有很多机会交往。

至于吕宏印，将是我今后长期相处的伙伴了，但我对他其实不是十分了解。他是我邻班高一（四）班的学生，他们班的同学很抱团，一个班不过四十来个学生，居然排练了整出的大型活报剧《收租院》，到处演出，效果很不错——那可是只有大型专业演出团体才有能力表演的剧目呢！我最初认识吕宏印，就是通过这出戏。他扮演一个贫农老大爷，好像只有一两句台词，一出场就瞪着一双大眼脚步蹒跚地满场呼喊自己的儿子：“柱子，柱子啊！”他身材矮墩墩的，头发化妆成花白，的确很像个苦大仇深的地道老农；他表演得很入戏，嗓音虽然低沉却颇有穿透力，给人留下深刻的印象。在官地劳动的时候，我们接触的时候较多，觉得他很能吃苦耐劳，人也朴实憨厚。所以难怪他一煽乎我就“上套”，和他一起去插队，心里似乎踏实些。

最后时刻，我们的插队目的地又发生了变化，我那箱子上的地址是在确定了地点之后才写的。反正我们对陕北毫无概念，管他什么张家河、李家沟的，只有听天由命就是了。原本与我毫无关联的“惠家河”三个字，就是从那天开始深深地植入在我的生命里。

本来我们似乎是和几个高中同学安排在一个大队的，调整了插队地点之后，连人员也变了，据说同队的都是初中六八届的学生，我们一个都不认识。几天来忙东忙西，脑子都麻木了，这事儿也只有听天由命。

而行期突然又延迟了一天，仍改为2月5日出发，这倒重新勾起了内心的混乱。最危险的时刻是那天洗澡。我家厕所里没有沐浴设施，需要另烧热水端到厕所去，在一个大盆里洗澡。当我端着一大锅很烫的热水往盆里倒的时候，突然冒出一个念头：要是让水把脚烫了，岂不就去不成陕北了！

幸亏那只是刹那间的一闪念，我终于没有干出自残的蠢事。而是老老实实地洗了澡，然后写下了我在北京的最后一篇日记。

在即将远行的时刻，我只有用伟大领袖毛主席的著名诗句为自己打气：“雄关漫道真如铁，而今迈步从头越！”

> 1969年2月5日，星期三。
>
> 列车在“大海航行靠舵手”的乐曲声中离开了北京车站，向远方驶去了。
>
> 许多人的脸上还挂着泪珠。是啊，离开家和亲人，是要有些留恋。
>
> 列车在华北平原上奔驰。经过了石家庄、邯郸等市，亲爱的北京、亲爱的华北平原啊，何时才能再见到你们啊！
>
> 夜里9点～10点多钟，列车过了黄河大桥。然后到了郑州。
>
> 车厢里有很多人串来串去，叼着烟卷，带着奇形怪状的帽子，叫人讨厌。
>
> 一到火车开动，不知怎的，我心里不像前几天那么乱了，好像比较踏实了。

▲ 1969 年 2 月 5 日，我与母亲及弟妹在北京站的告别合影。妹妹身上那件又短又小的绒面大衣是我曾经穿过好多年的“残余物资”。我倒是一身新：头上的栽绒棉帽和身上的栽绒领短大衣都是几天前在王府井百货大楼刚买的。

这是我一生中最重要的日子。这天的日记是在火车上匆匆写的，所以内容过于简洁，以至于遗漏了很多细节，造成记忆上的缺失。比如，我们是在学校集合后一起出发的，还是自己到车站的；我们是如何进站的，登车需要什么手续；我在车上的邻座是谁，我们在车上的伙食是如何解决的……这些都忘了。

有些同学至今还保存着当年的乘车证，何等珍贵！而我本来是个很仔细的人，连一些零星杂碎的东西都能保存多年，却遗失了如此重要的纪念物！

但是，有一些情节片段，还是永远不能忘记的。

那天，母亲、弟弟和妹妹都到车站送我了，全家人只缺父亲。

我们也照相留念了，只是不记得摄影者是谁。照片的上我表情木讷，穿着刚买的那件短大衣，戴着新棉帽，像个傻小子。

我也记得几个朋友都来了。他们都说着送行的吉祥话，但我不记得他们说了些什么；人们挤来挤去，有人和我握手告别，我也不记得是谁。

我还记得站台上的人很多，似乎有锣鼓喧天的场面，但实际上气氛很压抑。车快开了，我忘了自己是如何上车的。很多人——车上的男生、女生，车下的男人、女人、孩子——都在哭，却都抑制着哭声。

那个时间：1969 年 2 月 5 日上午 10 时 41 分，列车开动了。

那一刻，车上车下突然哭声大作，惊天动地，撕心裂肺。

后来母亲不止一次回忆，那天场面很乱，车开动的时候大家都没有思想准备，她只听到我大叫了一声“妈！”，等到抬眼看去，只见我的脸在移动的车窗里一闪就不见了。她大哭。

我自己倒不记得了。

我只记得自己没哭。

我看到车窗外一片模糊的面孔急速向后闪去，哭声渐弱，但没有消失，

▼1969 年 2 月 5 日在北京站与给我送行的人们合影。前排右侧是同班同学王洪崃，中间是我，左边是陈学勤；后排右起依次是朱建晨、曹玉平、华振浩、齐锡均（齐军）和军宣队的韩连长，最左边的似乎是主管插队报名的陆老师。

那是车厢里的人仍然在哭。

我依然没哭。

我觉得我们不应当哭。从这一刻开始，我们便都是离开家庭独立生活的成年人了。我们不再是学生，我们是“知青”，哭有何用！

所以，我很“踏实”。

我在日记中记下了途中经过的一些城市：石家庄、邯郸、郑州……我不会想到，当我下一次经过这些地方的时候，竟会发生那么多惊心动魄的故事。

第二章 走向陕北

一、从西安到铜川

1969年2月6日，星期四。

一夜迷迷糊糊地过去了。

列车开过了洛阳、三门峡，早晨天亮时经过潼关，来到了孟塬。我下了车，看到串联时待过的地方，心里十分激动。正好站台通往候车室的门开着，就出去看了看。今天天阴，华山看不见。

在孟塬停了二三十分钟，列车又开动了，来到了西安。我们爬上天桥，环顾西安，最引人注意的是车站前广场中央一座顶天立地的主席像。说它顶天立地真是一点也不假，足有几十丈高。

下午，列车开过渭河、渭河平原，来到了目的地——铜川。铜川是一个小小的城市，什么也没有，商店也早早就关门了，什么也买不到。大街上贴了很多布告。吃完一顿晚饭，在街上遛了一会，碰到了来接我们的王德禄他们，讲了一些情况。

刘大雄他们三个想转到我们队来。

这是在铜川的临时住地写的日记。

对于接近终点之前的这一路段，我相对熟悉一些。1966年10月是红卫兵“大串联”的高峰期，我曾独自一人前往西北。起初的计划很宏伟，要在中国的地图上画一个“8”字：先从北京经西安、兰州到乌鲁木齐，再返回兰州拐向内蒙古，由包头南下纵贯山西，自风陵渡过黄河，东至郑州，继续南下去韶山，再南下到广州，北上江西及上海后返回北京……前一阶段的计划都如期实现了，自风陵渡乘木船过黄河的经历很惊险，到潼关后便如愿画成了“8”字上半部分的圆圈。没想到，潼关是一个极小的车站，居然滞留了大批打算东去的串联学生，过路的列车上人员爆满，根本上不去车，许多列车甚至不停。我决定步行四公里到西面的孟塬。孟塬车站较大，停靠的列车比较多。不料那里聚集的人更多。没办法，我只有挤上一列西行的列车到了西安。让人惊愕的是，在西安等待东去的串联学生成千上万，连食宿都无法解决，当地部门只好把许多人安排住到居民家里。我住的那家人非常热情，对来自各地的几个学生照顾得十分周到。我在西安一住就是半个月，天天到车站去办票却毫无结果。直到 11 月中旬，中央宣布“大串联”暂时告一段落，铁路部门增开列车遣散滞留人员，我才得以狼狈地返回北京。我当时咳嗽得十分厉害，夜里吵得大家睡不着觉，幸亏那家好人，想方设法给我弄药，使我的病情没有恶化。几年后我在一次体检中发现肺部疑似有一个钙化点，可能就是那次留下的纪念。

所以，在路过这些地方时，我自然很激动。尤其是西安那个“顶天立地”的领袖像，其高大的程度让人惊叹，我还从来没有见过体量如此巨大的塑像。不过，上次来的时候，我是情绪昂扬的“首都红卫兵”，这次来则成了一个情绪烦乱的普通“知青”，心里说不出是什么滋味。

我们在西安车站见到了气势很大的欢迎场面，站台上鼓乐喧天。领头的是一个高个子戴眼镜的中年男子，像一个典型的知识分子，他举手投足十分认真，舞姿翩翩妩媚动人，看上去有些让人感动的滑稽。

至于铜川，给人的第一印象是比较脏，空气中弥漫着浓郁的煤烟味儿。

这天，我的同班同学王德禄和其他几个人居然从黄陵县赶到铜川来迎接我们。说是“迎接”有些不确，因为他们的“动机”显然不纯。他们是第一批来陕北插队的，1 月 22 日离开北京，到黄陵已经半个月了，其间曾给在北京的我们写信介绍过情况，把陕北说得天花乱坠，犹如世外桃源，有一些人正是由于看到了他们的介绍才下决心报名来黄陵的。这次在铜川见面，他们却说：“插队的地方苦极了穷极了，连水都喝不上，尤其是塬上，打一口井至少三四十丈深，有没有水还不一定呢！”众人听了大惊，质问他们为啥写信骗我们。他们一脸坏笑地说：“不骗你们咋会来呢？要倒霉大家一块儿倒霉！”这话倒弄得大家哑口无言。

王德禄他们的到来，在我们这些第二批的知青中引起一股恐慌烦躁情绪，所以刘大雄他们三个人才想转到我们队来。他们去的地方叫“姜林沟”，听名字似乎不如我们“惠家河”。“他们三个”包括刘大雄、孟洪和李宗强，都是我的同班同学。关于他们的事情，有待后面再细说。

当天晚上还发生一件意外的事情，据说有几名知青把带队的老师揍了一顿。实际情况似乎没那么严重，是几个人突然用被子蒙住老师的脑袋，不轻不重地捶了几下。待老师气急败坏地挣脱，动手的人已经不见了，旁边的人说人家是和你开玩笑呢，让他无可奈何。那位老师平常口碑很差，这次又赶上“带队”的倒霉差事——他“带”完“队”就回北京了，留下我们受苦——挨几下捶也是活该。

二、1969 年 2 月 7 日

从毛泽东发表“知识青年到农村去”的最高指示那天至此，已经过去了一个半月，我似乎时常处于一种恍恍惚惚的精神状态，若不是有日记提示，许多事件和时间将搅成一团理不清头绪。唯有 1969 年 2 月 7 日特殊。随着这一天之中时间的推移，我的记忆从模糊到逐步清楚，最终在脑海中留下极为清晰的印象：包括影像、声音甚至触觉、气味，都清清楚楚。即便过去了数十年，仍然如在眼前。

许多去陕北插队的北京知青所写的回忆文字，都是从“铜川北上”起头的，可见这一天对我们所有人来说都是极为重要、极为难忘的。

早晨在铜川的早饭是如何吃的，连一点印象都没有了。有一点是我事后才意识到的：这是我们享用由公家提供的最后一顿“免费早餐”，今后的吃食，要靠我们自己用劳动去换取了！

送我们的是一队军用卡车，有人张罗我们按照不同去向各自上车。厢斗里没有座位，只能席地而坐。车很快就开了，路况不太好，颠得屁股疼。天气相当冷，大家紧紧地挤在一起相互取暖，情绪似乎都有些低落，车厢里一片沉默，可以听到有个别女生在低声啜泣。

由于从夜里就开始下雪，车上蒙着帆布篷，只能从缝隙里往外瞧。灰蒙蒙的天空下，四外一片洁白，路边一棵棵光秃秃的黑色树干慢悠悠地向车后闪去，不知是不是茅盾在《白杨礼赞》中说到的白杨树。

突然，有人叫：“快看，快看！”

篷布被扯开了一些，外面的景色实在太震撼了！

我们的汽车正在一道窄路上行驶，两侧绝壁千仞，中间一径如线，看去让人头晕目眩。放眼望去，远处是一道接一道白皑皑的山峦，却又不像山，因为上部的地势平坦无垠——后来我们才知道，那就是塬。我们正在通过的，便是以险峻著称的“宜君梁”。

这就是高原，这就是高原啊！

我们第一眼所看到的高原便是如此雄浑壮观，让人一辈子也不会忘记呢！

车过宜君不久，突然随路向下。川谷里凸现一个松柏密布的山丘，绿色的枝干在雪雾中招摇，犹如荒野中一丛翠焰升腾的巨大篝火，在洁白的背景下极为醒目，那就是黄帝陵。

虽然当地组织了盛大的欢迎仪式，但我们在黄陵县城基本没有停留。汽车在这里分别开往不同的方向。我们的车继续沿公路前行，半个小时后，掉头爬坡驶向塬顶。

我的心情有些紧张。根据昨晚从王德禄他们那里学来的知识，川道里的村子条件较好，塬上则相对差得多；我们自然希望自己的村子在川道里，而汽车上塬却不是好兆头。

不知开了多久，汽车停了一下，刘大雄他们三个和另外几个人被点名叫下车了，他们的表情很有些沮丧。这使我对“前途未卜”四个字有了更深刻的理解。

车又停了，这次轮到我们下车了。

车开走了，在雪地上留下两道极深的车辙。还有一片杂乱的脚印，属于我们下车的 12 个知青。

另外还有一个人，是带我们回村的老乡。看他满头满身的积雪，可知他早已等在这里了。

他叫惠天明，据说是惠家河村的贫协主席，说是五十多岁，看上去却像六七十岁的模样，身穿一条极为破烂的棉袍，拦腰扎着一道麻绳，头戴一顶瓜皮小帽——似乎只有《半夜鸡叫》中的周扒皮才戴这种帽子。

他给我们的第一印象不太好，后来才发现其实是个挺憨厚的人。初次见面，他比我们还窘迫，只说了一句话：“咱走……”

那个“走”，发四声，音同“揍”，十分短促有力。这是我们学到的第一句陕北话，直到现在，许多人还习惯这个斩钉截铁的“走”！一听就是陕北知青。

那段路走得艰难。大雪封山，天上又纷纷扬扬地下起来了，根本看不见路，只能踩着天明的脚窝走。我们最关心的是行进的方向：上面是塬，下坡是川，这一点很清楚。

开始是平路，波澜不惊；接着是下坡，我们一阵欣喜；不料很快变成了上坡，心都悬了起来；好在又下坡了，精神为之一振；不久还是上坡，让人重新感到紧张……如此上上下下，不知走了多少路，时间似乎比一年还长。每次问天明还有多远，他总是简洁的两个字：“快哩。”

终于，我们一路向下，抵达了一个村子。说是村子，其实是白雪覆盖下的一些柴堆和房子，还有崖壁上一些黑洞洞的窑洞，连一个人影都没看见。我们没有进村，沿着村外的小路继续走。有人忍耐不住了，气急败坏地问：“还没到啊？”天明的回答还是那两个字：“快哩！”

出人意料地，我们突然发现自己踏上了一条挺宽的公路。根据路况不难判断，这就是我们自铜川北上时所走的咸榆公路。绕来绕去，咋又回到这公路上来了？

天明不待我们发问，主动指了指前方：“真的快哩！”

后来我们知道，刚刚路过的这个村子是和我们同属一个大队的秦家川。顺着绕村而过的公路走过一个大上坡，便可以看到远处小山包下一个不大的村落，那就是我们将要落户的惠家河。

三、进村

村口居然有一群小学生在列队欢迎。而我们经过一路跋涉，都很疲惫，来不及观赏景色和环境，便被带进一个院子，这里已经有不少老乡在等着了，有人张罗着搬桌子端板凳，热情地跟我们打招呼，可我们连一句话都听不懂。窑洞里风箱拉得山响，看来是正在为我们准备午饭。待着也是待着，我们搭讪着走出院子，没想到外面聚集了更多的人。由于对环境不熟，不便随意走动，好在这时天放晴了，大家只能在墙根下待着晒太阳。

我一时内急，急着找厕所，有人热心地指点，我看到不远处有一堵半人高带拐弯的矮墙，挂着一块小木牌，写着歪歪扭扭的“厕所”两个字，墨迹犹新，看来这牌子是特地为我们这些知青而新置的。厕所没有门，只留了一个很窄的入口，里面是个不大的土坑，刚刚有人光顾过，一大摊新鲜粪便还在冒着热气。我也去过农村，但这么简陋的厕所倒不多见，连块垫脚的木板或砖头都没有，一旦粪坑盛得过满，弄不好就会踩一脚屎。后来我才知道自己是杞人忧天，大粪在农村是宝贝，这粪坑刚攒一半屎尿就被起走了，从未盛满过。

在厕所里我听见凌乱的脚步跑过，有孩子急促的声音：“北京学生来哩！”

▲记忆中的 1969 年 2 月 7 日。

◀看热闹的人们。

还有大人敦实的步伐，伴着粗重的嗓音：“看北京娃哩！”

这两句话都能听懂，我很有些感动。“北京学生”和“北京娃”，后来成为我们这个群体的固定称呼，无论什么时候听到，心里都感到热乎乎的。

回到刚才的地方，场面大有变化。十来个“北京娃”神态局促地站在墙根下，被围得里三层外三层。最外面的一圈很松散，都是村里的婆娘，看身段和打扮，头发杂乱衣着破烂的，是中年妇女；脸被围巾裹得严严实实、衣服比较齐整甚至带花的，是年轻的姑娘和小媳妇；她们拘谨地站得远远地，一边纳着鞋底什么的，一边不时小声交头接耳。站得较近的，则是些年长的婆婆，间杂着叼烟袋的汉子，他们更矜持，一声不吭只是看。最里面的是一圈大大小小的孩子，叽叽喳喳闹得很。

后来我们都知道了，在陕北农村，不同性别、不同年龄的人有特定的称呼。比如未婚的年轻女孩叫“女子”、已婚的媳妇叫“婆姨”、具体说到某人的妻子则称“媳子”、老太太叫“老婆”、小孩叫“碎娃”、壮年汉子叫“外前人”、老头无论自称还是他称都叫“老汉”……这比普通话显得更准确更贴切呢。

这些老婆、女子、碎娃、外前人和老汉，显然很少见到来自大城市的人，一个个看得张口结舌。阳光下我们看不清他们的眉眼，眼前只是晃动着一些衣衫褴褛的身影以及围巾、瓜皮帽、烟袋锅和许多露着黄牙憨笑的嘴巴。说“衣衫褴褛”绝非夸张，尤其是“老婆”们，浑身上下似乎全是补丁，看不出衣服原来的形状和颜色。汉子们要好一些，基本都是补丁摞补丁的空心棉袄，用麻绳拦腰一系，下面是肥大的缅裆裤（那个“缅”不知该用哪个字更准确，“缅裆裤”就是没有腰身、裤裆极肥大的裤子），头上戴个瓜皮帽——我们以前在电影中所看到的“陕北农民”，都是头蒙白羊肚手巾、身穿翻毛羊皮坎肩，形象彪悍，与眼前这些人物的模样相去甚远。

那些碎娃也是破衣烂衫，脸蛋儿上带着两团“高原红”，看上去大都还算圆润。只是个个拖着两管鼻涕，哧溜哧溜吸个不停，眼睛只管直愣愣地盯着看，让人浑身不自在。

如果站在他们的角度看我们这些“北京学生”，可能更觉稀罕。十来个细皮嫩肉的小伙子，大都戴着“火车头帽子”（他们是这样称呼栽绒帽子的），穿着虽然长短不一却都很挺括的绒领大衣，看上去“美的太”；只是脸色都有些苍白，显然是很少晒太阳的缘故；说话挺容易听懂，声音也很悦耳，和广播里“中央”的声音很相似。北京可是个遥远而神秘的地方，在他们眼里，我们大概和从月亮上掉下来的差不多。

四、我们十二个

说来奇怪，大概是学校管事的家伙马虎，在分配名额的时候没有考虑性别搭配，分到惠家河的居然是 12 名男生，连一个女生都没有。后来与老乡熟了，他们经常开玩笑：“上头咋没把人分好呢，连个配对儿的都没有！”巧的是，距惠家河不远另一个公社有个村子，据说分去了 12 名女生，一个男生都没有！所以老乡都说：“把你们两头拆开，一半配一半，那不是僚咋了！”“僚咋了”和“美的太”意思差不多，就是“太好了”的意思。

这 12 个人，除了两个特殊人物，基本都是来自北京八十中，在这里，有必要简单介绍一下。实际上，到进村这时为止，我们之间还不太认识。

我最熟悉的自然是吕宏印。他的穿着比较朴素，没有“火车头帽子”，也没有绒领大衣，只穿了一件北京人俗称“棉猴”的半旧连帽棉大衣。在学校的时候他有个外号叫“驴头”，本来村里的其他知青都不知道，是我嘴欠说漏了，结果大家都叫他“驴头”，为此他对我很有些怨恨呢。倒是村里人待人比较尊重，习惯叫他“宏印”；但极少有人叫“老吕”的，这发音在陕北话中和“老驴”一样，实在不太好听。“驴头”出于“报复”，便宣布我的外号是“老猫”。我很不高兴，因为我不太喜欢猫。可我眼睛近视，有时需要戴眼镜，看上去似乎像只傻猫，这外号还不算离谱，我也只有接受。时至今日，有时在知青聚会上有人偶然叫我一声“老猫”，我会感到十分亲切呢！

说起来“驴头”这外号的确有些不够恭敬，如今落实到纸面上，还是改称“吕头”为好。免得万一被他看到会不高兴。

前面说过，12 个人中，除了我和“吕头”，其他 10 个都是初中六八届的。

先要说的是曹连元。可能他在学校时表现较好，所以被任命为我们这些人的队长。这个“队长”也没什么实权，却有很多跑腿出力的事情。他个子不高，人很认真勤谨，有什么对外打交道的事都是由他出面。由于为人稳重，不仅没外号，还荣幸地获称“老曹”。这让年龄最大却仅担任了个副队长的“吕头”心态很不平衡，因为后来很多人都荣获“老”字，唯有他的最别扭：加了“老”可总要带个尾巴，就是“老吕头”。

第二个叫董宪平，是个浓眉大眼挺英俊的小伙子，总有一副玩世不恭的劲头，得了个外号和名字谐音，叫“馅饼”。

第三个是朱建群，和我的同学朱建晨的名字只差一个字，以至于我在说到他们的时候总要犹豫一下到底是“晨”还是“群”。朱建群性情沉稳，瘦高个子——这和他的外号“老猪”很不相称。其实“老猪”就是“老朱”，有时也会开玩笑地叫成“阿朱”，全看叫的人是个啥心态了。

▲吕宏印的这张照片大概拍摄于 1968 年，倒也是个浓眉大眼的英俊小伙呢。

第四个叫郝庆超，也是瘦高个子，面相略有些偏老，所以很早就被称为“老郝”——“老好”，这名字挺不错。

也是瘦高个儿的还有傅鹏，长得有些各色，长鼻子长脸长胳膊，说夸张些，两手长可过膝，像《三国演义》里的刘备似的。奇怪的是他没有外号，但也没被封“老”，人们一直称呼他的本名。

没有外号的还有宋元清，身材敦实脾气温顺，一笑就露出两个小虎牙，无论我们还是老乡，都叫他“元清”。

“猴子”刘秉棣就没这么幸运了，他的外号是从学校带来的。其实他只是有时笑得有些嘎，并非“猴”气十足。不幸的是这外号很顺口，从知青到老乡、包括婆姨和碎娃，异口同声都是“猴子”，到后来有许多人竟不知道“刘秉棣”是谁了。

接下来的一对人物叫金晓峰、金潮河，他们年龄相仿，却是叔侄俩——前者是侄子，后者是叔叔。

金晓峰是我们八十中的，两只小眼睛眯缝着，后来我经常拿他开玩笑：“别笑！一笑就没眼了！”这小子中等个头，宽肩细腰体型壮实，看上去像是一个会摔跤能打架的狠角色，虽然没见过他有什么逞凶斗狠的表现，总让人心里有些提防。金晓峰的外号和他的形象大相径庭，居然叫“癞子”，实在奇怪。

金潮河则是两个“特殊人物”之一，来自三里屯二中，因为和金晓峰的叔侄关系才加入了我们学校的知青队伍。他的长相不凡，一头卷曲的头发，两个深陷的眼窝，一个硕大的鼻子，使他像个地道的外国人。人们称他“大鼻子”，多是背后叫叫，当面则是“潮河”或“老金”。因为他那一双深邃的眼睛总有些摸不透的神情，使人宁可敬而远之。

最后一个、也是最特殊的人是杨三。小个子，不苟言笑，不知原属哪个学校。后来听说他是刚从少管所出来的。我们这批知青中，被上面有意掺杂了一些“不良青少年”，分散发配各村。他们往往来自工读学校或是“少年管教所”，多多少少都有些偷窃抢劫、聚众打架的劣迹，让人不得不多加警惕。杨三有个颇具京城“黑道”特色的绰号——“杨三”，与“天桥老四”“西城七爷”之类属于同路角色。他在我们村待的时间并不长，做的事情也并不多，但后来的许多变化，却与他不无关系。

这就是来到惠家河插队的12名知青的大致情况。无论对当年的我还是现在的读者来说，毕竟只是初步的了解和简略的介绍，只能有一点点粗浅的平面印象，谁都无法预料，这些人在将来的日子里将会发生一些什么故事。而这样一个人数虽然不多却个性复杂的群体，从刚刚形成的那天开始，就已经埋下了不和谐的种子。

五、安家

我们与老乡们大眼瞪小眼地互相“欣赏”了很长时间，直到有人招呼吃饭，才结束了这份难耐的尴尬。

院子中央已经摆好了几张长条桌，上面放了几只大碗，一个碗里盛的是白色的片状物，一个碗里盛的是白色的粒状物，还有一个碗里是红艳艳的糊状物。有人尝了一下，那片片淡而无味，就是白水煮萝卜；粒粒又咸又涩，尝的人赶紧吐了：原来是普通的大盐粒子；至于那鲜红耀眼的东西，大概是辣椒吧？此刻老乡一碗接一碗地端来了热气腾腾的面条，还殷勤地招呼："喋！快喋！"

这是我们初到陕北后学会的第二句话，虽然它也是只有一个字，发音是"dié"，即"叠"。

为了避免用错字，我专门查过字典。"喋"字有两个读音、多种含义，读"dié"的时候，基本与"吃"无关，比如形容啰唆、踩踏，或指杀人很多以致血流遍地；倒是在读"zhá"（读音同"铡"）的时候，是形容嘴巴"开合，吮吸"的意思，这应和"吃饭"大有关系了。不管啥读音啥字义，我喜欢的是陕西话的这个"喋"！"嘴巴开合，吮吸"，正是典型的陕北式吃面条的动作呢！

我在后来所写的一篇小说里，曾专门提到这个"喋"：

> 陕北老乡见面第一句话总是问："吃了没？"如果是晚上，则是："喝了没？"因为晚饭从来都是喝稀的。另外常问的是："吃毕了？"我开始不知道"吃毕了"是什么意思，经常答："吃完了！"结果闹得人家很不高兴，说"下顿你不吃啦？"我琢磨了好久，才弄清这两种说法的本质区别。这个"毕"，当"结束"讲；这个"完"，当"没了"讲。要是说："吃完了"，那简直就等于说"不吃了"一样，太不吉利，人家当然不爱听。"喋"和"吃"可不是一个意思。"喋"是大吃，美美地吃，往足了吃，想怎么吃就怎么吃，我这辈子就跟这个词儿的感情最深了！你可别笑我一说吃就这么来情绪，那年月老百姓最惦记最上心最操心最担心的还不就是个吃！

瞧瞧！直到如今一提到"喋"，我还是如此兴奋地"喋喋不休"，以至于不知不觉地跑题了。现在还是回头说吃面吧。

陕北的面条远比北京的要宽，所以才有"陕西一大怪，面条赛腰带"之说。不过，也许是怕我们吃不惯，这顿面条还没有宽到那种程度。倒是那盛面的碗大得吓人，简直像个小脸盆，白花花的一大碗，又没啥调味品，让人咋吃得下！我和"吕头"毕竟年长一些，都曾多次参加过下乡劳动，对我们来说，如此吃食也不算差到无法接受的程度。"吕头"带头上手端碗，很内行地挆了些萝卜撒了些盐，又很内行地挑了一大筷子红糊糊拌面条：“这个好！油泼辣子！”大家有些犹豫地跟着挑了一点尝尝，个个伸直了舌头——哪里是什么油泼辣子，分明是水拌辣椒面儿而已。那辣椒可真厉害，舌头沾上一点就像被火烫了似的。“吕头”好面子，硬着头皮稀里呼噜把一碗红通通的面条都吃完了，只见他满脸血红浑身冒汗，还要口齿不清地说：“这……这辣子好！”

老乡们看得直夸：“这娃能吃！”

那面条擀得不错，只是吃起来很牙碜，这是用石磨的缘故——磨面的时候总会有石渣子掺进来，没法儿不牙碜。幸亏我们没搁那么多辣子，为了避免浪费，也只有勉强吃下去。老乡们挺好奇：“北京学生吃面还嚼哩！”

后来我们发现，陕西人吃面条真的不嚼，就是那样“嘴巴开合吮吸”，大口直吞下去！我猜这习惯也许和面条牙碜有关，掺着石头渣子的面条让人咋能嚼得了嘛！

在以后的日子里我们都很怀念那顿面条，多好多瓷实的一碗面啊，当时竟会难以下咽！

▲1988年，我在当年住过的地方——保书家的厦子。

▲ 2007 年我再次回村，那厦子居然还在。

我不记得这顿饭是否是 12 个人一起吃的，因为当天我们就分灶了。金家叔侄和杨三、“猴子”，原来在北京的时候就很熟识，这次插队又是相约而来，所以自己组成一灶，也是必然。

接下来生产队的干部又很认真地组织我们开了一个座谈会，介绍村里的情况；还特地炒了一大堆花生，大家都吃得很高兴。

晚上我们被分别安排在几处地方住下。“自组灶”的四个人自然住在一起，余下八人分为两处。我和曹连元、董宪平等五个人住在生产队会计保书家，那是一处外观奇特的房子，屋顶只有半边，当地称“厦（读音同“煞”）子”，这也是“陕西一大怪，房子半边盖”。这是我们在惠家河的第一个家。

由于我们的行李还没有运到，队里向各户老乡借了十几床被子给送来。那些被子有大有小有长有短有厚有薄，从白天看到的老乡们的衣衫，就不难想见这些被子的模样和气味。不过我们都累了，什么也顾不上，一个个倒头

▼高原印象。

便睡。有人已经给我们烧好了炕，那一夜还算睡得很暖和、很舒服。

临睡之前，我借着炕头上一盏昏暗的小油灯，写下了这天的日记。

这一天经历的事情太多，绝非这篇简单的日记所能容纳的。

1969 年 2 月 7 日，星期五。

早晨吃完早饭，就上了汽车。一路颠簸，到了高原地带。高原地势有特点，看起来像平原似的，但有很多深沟，即川。

中午，来到黄陵县城，受到热烈欢迎。汽车继续开，又上了塬，在一个三岔路口停了。一个老乡带着我们，走了十余里，到了惠家河。村子紧挨咸榆公路和洛河，地理条件比较好。

到了后吃午饭，是面条。菜是白水萝卜，调味的只有盐和辣椒面，看来比较艰苦。

今天行李没来，老乡送了十几条被子。

队里又请我们座谈，介绍了一些情况。请我们吃了一堆花生。

有几个同学很差，流氓似的，很叫人讨厌。

我们村 36 户，一户富裕中农、6 户中农，其余是贫农。人口 206 人。马 4 匹，骡子 4 匹，驴 5 匹，牛 28 头，羊一百多只。地八百多亩。

第三章

开头的日子

一、惠家河和姜林沟

都说“万事开头难”，我们插队生活的开头却似乎比较顺当。只是睡觉还不太适应。我们烧不好炕，往往填的柴火过多，刚睡下的时候烫得像烙饼的锅，到了下半夜则冷得浑身打战连鼻子都不敢露出被头，甚至要戴着棉帽子睡觉。就这一点来说，厦子不如窑洞，后者冬暖夏凉，比厦子舒服多了。后来老乡教我们如何摊匀柴火把握火候，还要留几根硬柴慢慢煨着以保持温度恒定，这才睡得舒服些了。

我们进村适逢春节前夕，正是农闲季节。有专人为我们做饭，吃了饭就没啥事儿可干了，只有到村里四处转转。

从第一眼看到惠家河那一刻起，我们就感到自己真幸运！

准确说来，我们这个村子叫“惠家河生产队”，隶属于秦家川生产大队。大队共有秦家川、刘家河和惠家河三个生产队（也叫“小队”），不过通常我们习惯称“村”——惠家河就是“我们村”。

我们村实在“美的太”。

村子在一个小山包下面，老乡称那小山包为“仰脑头起”，大概是形容它很高、需要抬头仰视的意思。其实从咸榆公路上看，一点也不高。公路从村边经过，在南边的村口处可以看到一块路标，写着“203”；在北边的村口也有一块路标，写着“204”。也就是说，公路在这里刚好绕了个一公里长的半圆，圆心就是惠家河。这条公路的质量相当不错，看到它，许多人的第一个念头是：离公路这么近，回家就方便了！

站在高处，可以清楚地看到黑黢黢的公路从白雪皑皑的平坦川道中延展过来，格外显眼。和它并排的，是一条挺宽的大河，老乡说，那就是有名的洛河。据说洛河是陕西省境内最长的河流，历史相当悠久，我曾听过“洛神”和所谓“河图洛书”的神话传说，说的就是这条河呢。虽然现在河上被厚厚的冰层和积雪覆盖，但不难想象开冻以后河水奔流的情景有多美。守着这么一条大河，夏天游泳应当不成问题吧？比起王德禄说的塬上那些连水都喝不上的村子，我们这里岂不真是天堂了！

“天堂”的好处还远不止这条路和这条河。在头天的座谈会上，队干部曾经介绍，我们这块面积很大的川道是村里最好的一块地，物产丰富。比如花生，我们已经品尝到了；我们还有自己的菜地、瓜地；村里满是树木，绝大多数都是枣树，虽然现在看着枝干枯萎，到了春天就知道有多茂密了，到了秋天就能见识结多少大枣了……

我们村还有马、有牛、有驴、有骡——陕北话把牲口叫“头口”——那么多头口加上那么多羊，大概吃肉也没问题吧？我们村的地也不少，才二百多口人就有八百多亩地，平均每人四亩；再笨的人也会一下子就算出来，就算每亩地只能打一百斤粮食，平均每人每年的口粮也得有四百来斤，无论如何也不会饿着吧？……

这是多美多好的地方啊，算我们运气好！

我们当时很兴奋，光憧憬着游泳吃瓜“喋”羊肉的美好前景了，却忽视了一个显而易见的问题：这么美这么好的地方，老老少少咋会穷成那样，连件像模像样的衣服都没有呢？

进村后的第二天下午，行李运到了。我们刚安顿好，刘大雄他们三个便到我们村“串队”来了。

“他们三个”自然是指刘大雄和李宗强、孟洪，他们的情绪相当低落。待到听我介绍我们惠家河的情况、看到我们村的模样，情绪就更低落了。他们插队的地方叫姜林沟，且不说环境怎样，村里的安排就很成问题，似乎没人管事，连饭都没人做。其他一些知青相互之间大都是亲戚关系，形成了一个不与别的知青来往的小圈子；结果刘大雄他们只好从队里领了些粮食自己动手做饭。

看到惠家河的情况，他们都很羡慕。这天晚上，他们就住在我们这里，一面商议着如何迁到我们村来。

第二天一早，我和“吕头”陪他们去公社。村里还不知道对我们这些知青该如何管理，反正没活干，随我们自由活动。

积雪未化，上塬的路很不好走。大约走了一两个小时，约有十五六里的路程，居然回到了昨天我们下车的地方。这里距姜林沟倒是不远，很快就到了。他们村的确不怎么样，比我们村破烂得多。最要命的是井干了，连水都喝不上；每人吃了半个他们剩的馒头，便接着出发去公社。

我在当天的日记里写道：

……公社的窑非常好。又走了五里到南村，又走了四里到北村，吃了一碗面条，然后向后转，到四圣去了一趟，天黑后才回到姜林沟。连水都没有，老乡送了一瓶水来。

五个人挤在炕上，睡了一晚。

我们这一路都是在塬上，地势平坦，走起路来倒是不太费劲，但印象实在不咋的。塬上缺水，一般的井都有三四十丈深，还动不动就断水，所以很多村里都有涝池——就是随处挖个大坑，积蓄些雨水雪水应急。而我们惠家河的井才六七丈深，水质清亮水量充沛，条件相差之悬殊简直没法相比！

塬上的村子倒是规模很大，像南村、北村、太贤等，往往一个村就是一个大队，下面再设若干小队。我们所属的太贤公社，办公地点就在太贤村，是相对的两大排砖窑形成的一个院子，砖窑自然比土窑要好看得多。我们到公社去，主要是想解决刘大雄他们打算换村的事，但公社不同意，这让我们极为失望。我们顺便去了几个村子，想看看其他几个同班同学。我们八十中高一（三）班一共来了七八个人，竟分到了好几个地方。第一批来的人中，女生包薇分在北村；男生王德禄在太贤，宋仕猛在安子头。这两天大概许多知青都在“串队”呢，我们只见到了包薇，她在班里不言不语的，以前很少接触，这次异地相逢，很是热情，给我们做了一顿面条。

这一天我们至少走了四五十里地，实在累极了。回到姜林沟的时候，天已经黑透了。我们没看到村里其他那些知青，只能回到刘大雄他们窑里。冷锅冷灶冷炕头且不说，连个油灯都没有。隔壁的老乡不错，送过来一暖瓶热水。我们不好意思说没吃饭，只能自己饿着。好在大雄他们的行李已经送到了，取出手电筒，窑洞里多少还能有点儿亮。用手电筒的时间也不敢太长，万一没电了，出去上厕所岂不麻烦。所以大家只有摸黑在炕上枯坐着。

李宗强的胡琴拉得很好，这次也带来了。我们说：拉一段吧，也算解解闷。

他从琴盒里取出二胡，简单地调了调弦，沉默片刻，慢慢运弓，拉出一道悠悠的长调……

后来知道，他拉的是一首《江河水》。

在以后相当长的时间里，我听不得这首曲子。

我永远不能忘记那个晚上，我们几个人饿着肚子坐在姜林沟那孔黑黢黢

◀1967 年在北京八十中的学生宿舍里，华振浩（后左）、齐锡均（后右）、刘大雄（前左）和我。这是我与刘大雄唯一的一张合影。

的窑洞里听的那首《江河水》。

如泣如诉的琴声在窑壁间回荡，像有一只手在脏腑间轻轻搅动，那种痛楚，无法用语言形容。我只觉得喉头哽咽，呼吸艰难，万般思绪随着琴声飘荡发散，让人几乎不知自己身在何方……

直到曲终之后良久，窑洞里仍是一片寂静。

我想，他们也会永远记住这一晚的。

二、刘大雄他们的新家

刘大雄他们下定决心，无论如何也要离开这个让人心寒的姜林沟。

这次来陕北，本来我们应当分在一个村的，但由于我报名太晚，以致被另行安排了插队地点，阴差阳错地到了惠家河，虽说很幸运，却总感到有些孤单。我自然很愿意他们转到惠家河来，所以和他们一起多次去公社，请求换村。可公社就是不同意，说是知青被安排的都是条件较好、具备安置能力的村子，不能随意调换。大雄他们锲而不舍，再三要求，最终被迁到到同属姜林沟大队的真理塬村。与他们同去的，还有一个初中六八届的小伙子——据说他因为手脚不干净而进过工读学校，被其他知青视为异类，极力排斥不愿接纳，就塞给大雄他们了。

但大雄他们宁可和“异类”同行，也不愿再在姜林沟待下去。

2 月 14 日，也就是我们抵达陕北的第七天，大雄他们迁往真理塬，我特地赶去帮忙搬家。

真理塬是个极小的村子，大概只有十几户人家，大雄他们被安排住在村子尽头一孔破烂到极点的土窑里。村里倒是派人很努力地打扫了一下，扫了扫窑壁和地面，重修了炉灶，新糊了窗纸，在炕上铺了片还算完整的炕席，就算是他们的新家了。

那地方地势相当险峻，窑洞门前有一块不大的平地，出门几步，就是陡峭的崖坡，半夜上厕所若是不小心一脚踏空，只怕滚上三五分钟还到不了沟底。不过，这里风景相当好，无穷无尽的沟壑塬坡一层接一层像波浪一样向远方铺开展去，直到一眼望不到边的远方；上面是极高极阔的天幕，所谓“天高云淡”，应当就是这个样子；下面是深邃的沟底，经千万年雨水冲刷在黄土高原上形成的皱褶状地貌格外壮观……这一切真像一幅无比巨大的油画，苍凉雄浑，气象万千！

然而，风景再好，当不了饭吃。真理塬条件极差，最差的一点，就是缺水。在我的印象里，这村子连井都没有，全靠涝池和窖水过活。所谓的“窖”，是在地上挖个深坑，积蓄雨水雪水。它比敞口的涝池稍微好一些，多少有个盖子，但免不了有些倒霉的蛤蟆耗子之类误入歧途淹死在里面，那水的质量和味道想想都让人恶心。

大雄他们发现，窑前陡坡下的沟底有条时隐时现的小溪，便顺着一条灌木丛生的小路下去考察，发现那溪水清冽，极为兴奋。尽管下沟打水要在陡滑的山路上往返三四里路，他们还是宁可费力出汗自己下沟担水，也不愿喝那窖里混浊无比形若浆汤的脏水。我几乎每次去他们那里串门，都会看到有一个小小的身影正担着两桶水从遥远的沟底慢慢地往上爬呢。担水的活儿是四人轮流，不管轮到谁，回到家来都是浑身湿透，夸张些说，汗水不比担回来的水更少！

▲高原印象。

但是，没过多久他们就不再下沟了，原因并非怕苦怕累，而是因为老乡告诉他们，那沟水“不干净”，喝不得，喝了会得溜拐子病！

真理塬用水之难到了怎样严重的程度，未曾亲身经历是完全无法想象的。那年夏天麦收期间我去过一次，看到大雄他们不知从哪儿弄了一个大石槽搁在窑前，那本是喂头口的料槽，里面却盛了半槽水。我猜不出这东西有什么用，一问，答案让人辛酸：原来，这就是他们的“浴盆”！在场上碾麦扬场是极脏的活路，一天下来灰头土脸、连头发根里都是麦芒土屑，不洗洗根本没法吃饭睡觉；他们就想了这么个办法，存上半槽水，收工后好歹可以擦擦身子，然后沉淀上一夜，第二天就又能接着用了。这一槽水得用好些天呢！

我真佩服大雄他们能吃苦的精神，包括那个有些所谓“污点”的孩子——其实他挺老实的，能干活而不叫苦，真是不容易呢！当然，这也许和大雄他们的影响不无关系，正所谓“近朱者赤”，在这个群体里，他毕竟是个小弟弟，啥事儿还得听大哥们的。

在这三位同班同学中，我和李宗强以前接触得不多，他好像出身高级知识分子家庭。刘大雄和孟洪则与我曾在同一个宿舍住过很长时间，应是十分熟悉的。

大雄长得略显老相，额头上有几道深深的皱纹。据说他父亲是一家医院的学术权威，还担任领导职务，在运动中自然难逃冲击。大雄在“文革”中从不积极参加运动，总躲在宿舍里鼓捣收音机。他的手很巧，先是做矿石二极管的，后来做三极管半导体的，越做越精致，他做出来的收音机比市场上卖的功能还强、模样还漂亮。受他的影响，我也买了一堆零部件——包括二极管、三极管、电阻电容磁棒、线圈、电路板、波段开关什么的，跟他学着做。可我的手笨，直到下乡前也没做成，那套半成品就交给大雄，由他到陕北后继续做。大雄带来了包括钳子、改锥、镊子、焊锡、松香之类的全套工具和材料，最难得的是烙铁。农村没电，用不成电烙铁，大雄居然自己做了一个火烙铁：他将一个大号铜子弹头装在铁丝缠成的把手上，放在灶膛里加热，就可以干那些精细的焊接活了。但是还有一个问题很难解决：山沟里无线电信号极其微弱，收音机无法调试，所以拖了很长时间才给我做好。我的那台收音机相当漂亮，橘红色的面板、乳白色的背壳，个头只有巴掌大小。他们真理塬地势高，可以听到好几个台，而我们惠家河在川道里，勉强才能听到中央台。奇怪的是，“美国之音”却听得清清楚楚！那可是“收听敌台”之罪，所以我始终没敢告诉大雄，当然更不敢让别人知道了。

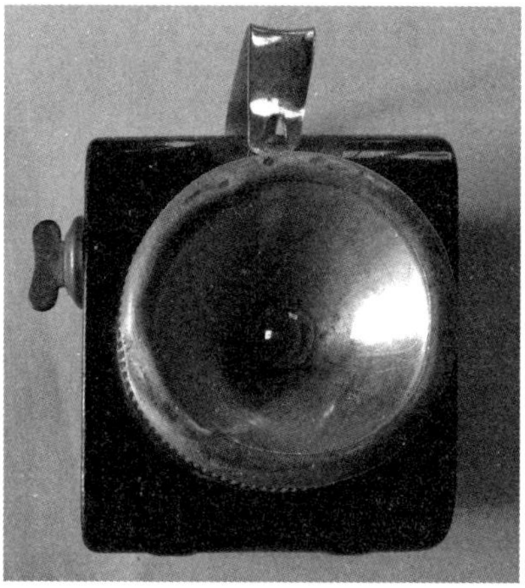

▲惠家河村每家必备且属唯一的“家用电器”是手电筒，夜间出门不仅要看路还得防狼——时有夜半三更村中群狗突然放声狂吠的情况，往往就是有狼偷偷进村寻食来了。我的手电筒造型比较独特，可以立着也可以挂着，让“老帽儿”们很是羡慕，其实它就是个自行车的旧车灯而已。

孟洪是个白白净净的小伙子，原是班里的学习委员，如果不是遇到“文革”，考个名牌大学应当是不成问题的。可他家里也有“问题”——孟洪的出身是“旧军官”。据说他父亲曾是国民党将领傅作义手下的骑兵旅长，按说在抗日战争中应当立过战功的。这位旅长在平津战役中随傅作义起义，后来当了个农场场长。孟洪由于家在远郊，长期住校，“文革”中似乎没受到家里多少牵连。但是，“旧军官”与“国民党反动军官”虽然有很大区别，毕竟距“红五类”还差得远，所以孟洪与刘大雄一样，长期属于“逍遥派”之列。

我想，他们走上插队的道路，应当也经历过各自不同的痛苦抉择吧？命运把他们安排到了真理塬这样一个地方，将来的日子不是那样容易熬得过去的。

三、自立锅灶

我的日记还是过于简单，遗漏了许多细节，而细节往往最能真实地反映历史。

比如，国家对于我们下乡插队的知青，头几个月是有补助的，但是具体补贴多少，我却彻底忘记了，只记得刚开始的几天，吃饭是笔糊涂账。说是国家有补贴，可是补贴的钱全部由生产队管理，我们不知道是如何支出的。为此我们很有些担心：那做饭的老乡不知是否也在我们灶上吃饭？我们是否有能力雇用一名专职的厨子？欠债总是要还的，将来这些账都算在我们头上，如何吃得消呢！所以，刚吃了三天省心饭，我们就向村里提出，今后不必再派伙夫了，我们和“自组灶”一样，自立锅灶轮流做饭；国家的补贴可以由生产队管着，但如何支出得让我们参与。村里也不知道该咋办才算好，便同意了我们的意见。我在日记中记载了这件事情：

> 1969 年 2 月 11 日，星期二。
>
> 今天黄陵逢集，队里派了一辆车，给我们买东西。昨天，我们决定自己做饭。有许多事心里还没有底。
>
> 集上很有意思。买什么东西都要讨价还价。快散集的时候碰到刘大雄，他买蒜，问老头：“老汉，蒜多少钱一挂？”“七角！”“太贵了，便宜一些，四角吧。”“那不成。好，六角吧！”“人家卖四角五都没人要，你就四角五吧。”“我的蒜大，再说我都退一角了！”“那五角吧。”递过去五毛钱，就成交了。
>
> 回来太晚了。走了二十里，在龙首公社住了一晚。

那是我们第一次赶集。本以为通过“割资本主义尾巴”，农村不许私人之间进行农产品贸易了，没想到这集市还挺热闹，那讨价还价的场面，让人感到很新奇。其实大雄还没看见更好玩的呢。我们村一个农民去买个猪娃，和卖家的交易方式很奇怪：俩人把手都褪到袖管里凑在一起，不知在里面捏咕些啥，还神神秘秘地摇头晃脑挤眉弄眼，折腾半晌终于成交，掏完钱就抱猪娃。自始至终双方都没说上几句话，不知这买卖是咋做成的。问那老乡价钱他也不肯讲，只是说："不贵，不贵。"后来我们才知道，这还是一种十分古老的交易方式呢，有一套复杂的哑语式数字表达手法，全靠互相摸手指头讨价还价。

我们村距黄陵县城整整四十里地，若不是拉了辆架子车装东西，本是可以搭顺路的汽车的。这天走得太累，到了半途的龙首公社所在地，实在走不动了，便去求宿。在北京知青初到的时候，当地人都很热情，公社干部让我们在办公室里睡了一晚。第二天、2 月 12 日，我和大雄分手。我回惠家河，他回姜林沟准备搬家——前面说过，两天后他们迁往真理塬。

这一天，应当算是挺重要的日子。我在网上查到 2013 年黄陵县档案馆编写的《黄陵县北京知青大事记》，其中记载：

> （1969 年）2 月 12 日，黄陵县委生产组、安置办联合下发关于接待安置北京插队学生任务的通知，遵照中央和省委有关经费开支和吃粮标准，插队学生每人每月给粮食标准 44 斤，油 4 两，经费开支每人 240 元，其中建房费 140 元，工具灶具费 30 元，生活费 70 元。

由此可知，对于北京知青的补贴标准，上级规定得还是很具体的。应当说，就当地的生活水平而言，我们的粮、油、生活费标准应算很高了。不过，这份材料也遗漏了一些细节：上述经费中的建房费，是支付给有关生产队的，不能由知青自己支配；而粮油供给仅执行了几个月，至当年夏收便宣告停止，从那以后，知青们便要真正"自食其力"了。

对于我们来说，每人的工具、灶具、生活费共有一百元之多，我们灶八个人就是八百元，应算是一笔巨款呢！但是，这笔钱仍然不能发给个人，要由生产队统一管理。真到花的时候，才发现这钱不像我们期望的那样用之不竭。我们要买的东西实在不少，除了镢头、铁锹、锄头、镰刀、槽子锨等人手一件必不可少的农具，还有点灯用的煤油、盛粮用的瓦瓮、挑水用的扁担水桶、做饭用的铁锅、铲、勺、水瓢、案板、菜刀、擀面杖……所以那几天我们几乎一直在忙着去不同的地方赶集。除了上述物品，我们还买了几件在老乡看来实属多余的东西："自组灶"的几位未经讨论批准便擅自买了一个篮球，他们有支配自己经费的权力，我们灶的人虽然很不高兴也没办法；“吕头”也许是出于对抗心理，坚持要买一个闹钟，那玩意儿带两个铃铛，钟面上还有一个不停地点头啄米的公鸡，看着挺好玩的，在我们村里也算是头一份儿了。

我日记里记着：

> 2月13日，下雪，去太贤赶集；2月14日，帮大雄等搬家。

2月15日写得比较详细：

> 今天到洛川去赶集，来回走了整八十里，回到家，已是半夜了。本来因为路太远，我又偏偏感冒了，发烧头晕，所以在洛川挡了一辆汽车，打算搭车回来。没想到那个司机太坏，死也不让上，只好走了回来，病也好像好了。

我们村的地理位置很有意思：距太贤公社和龙首公社都是二十里，距黄陵县城、洛川县城和隆坊镇都是四十里——隆坊镇有大集，规模不亚于县城。

▲ 1970年7月8日画的速写：从咸榆公路上看惠家河，左边那小山包就是“仰脑头起”。

看上去路挺远，可我们村有特殊的便利条件：挨着咸榆公路，常有汽车往来，能借搭车的光。本来那些卡车司机轻易不肯带人的，但北京知青毕竟比较稀罕，俊姑娘帅小伙个个嘴都挺能说，捎上几个一路胡侃不会寂寞。所以，许多知青都学会了拦车这一招儿；要是再给司机送个领袖像章，搭车就更不成问题了。不过，啥事儿久了也就不新鲜了，每天路上总有一帮一帮招手搭车的北京知青，司机也烦，有时一踩油门就蹿了，惹得一些知青骂娘，据说还有愣头青把司机给揍了。如此形成恶性循环，本来挺融洽的关系，结果搞成死对头了。那天我在洛川遇到的那个司机大概受过知青的气，死活不让上车，嘴里还不干不净地嘟嘟囔囔，所以我才说他“太坏”。

四、过年

在我的日记里还遗漏了一个细节。

从我们进村后的第二天，连续几天的中午时分，咸榆公路上都会有一队带篷的大卡车向北驶去，车上是后续而来的北京知青。看到他们从篷布的缝隙里探头探脑四处张望的好奇模样，真有无限感慨。我们虽然只比他们早来了三四天，却似乎已经阅尽世事饱经沧桑了。

如此车队在几天后便停止出现了，公路上一下子清静了不少。我们知道，来陕北插队的知青队伍，就此截止。因为马上就要过年了。

几年前，我曾发表过一篇题为《过年》的文章，讲述的就是这个“革命化春节”的故事：

> 1969年的农历正月初一是2月17日，那是我们永生难忘的一个春节。
>
> 我们是在1969年2月7日到达陕北那个名叫“惠家河”的小山村的。到达后的第十天，就是春节。对于我们这12个北京知青来说，初涉人世间时的那一腔激情还在胸中荡漾，因此大家一致提议：要使这个新年成为我们人生道路上最有纪念意义的新起点。
>
> 我们在物质上已经进行了充分的准备：柴面油盐酱醋碱，样样备齐，仅猪肉就买了20斤。担任“总厨师长”的老吕头是我们之中最年长的一位，时年19岁，自称在以往下乡劳动时曾荣任过炊事班长，因此自然具

备绝对的权威。“权威”决定：只留下5斤猪肉剁馅包饺子，其余全部炖红烧肉，对此大家并无异议。但在具体操作过程中却发生了争执：有人认为其肉之“红”是酱油炖成的，还有人坚持是色素染成的……众说纷纭。老吕头力排众议，断然声称：“红”烧肉就是“红糖”烧肉，并宣布猪肉与红糖的科学比例至少应是五比一。于是足足三斤红糖被倒进那一大锅热气腾腾的猪肉中。

嗅着充溢于窑洞中的红烧肉香气，乱哄哄闹嚷嚷地包着饺子，倒也别有情趣。其间，老吕头唯恐猪肉不红，又私自向锅内加了若干红糖。夜半时分，满满一炕大小不齐形态各异的饺子终于包完了，锅里的猪肉也应当炖好了，但老吕头却拦住大家不许吃肉，说是怕遮了饺子的味儿。他的规矩真不少，饺子煮好了仍不让吃，先是发表了一大通扎根农村干一辈子革命的演说，然后是进行那个年代必不可少的仪式。一阵“万寿无疆”、“身体健康”、“满面红光”的祝福之后，大家才蜂拥般扑向锅台。

饥饿冲淡了味觉，在狼吞虎咽地吞下五六个饺子之后，大家逐渐感到很有些不是滋味。碗里的饺子散发出一种莫名其妙的刺鼻气息，肚子里也觉得不那么惬意。而且，即使是在昏暗的油灯下也可以明显看出那饺子皮儿是一种可疑的黄褐色，远非面粉应有的雪白。没有人再敢继续吃下去。经过长时间激烈的分析论证和现场勘验，我们终于排除了阶级敌人破坏的可能性，因为有人发现原先放在案板上的一大碗预备蒸馒头用的碱面不见了！毫无疑问，是哪个冒失鬼把它当成白面倒进了面缸。

但是更坏的事情还在后头。当我们打起精神开始瓜分红烧肉的时候，最先下嘴的人却又大叫起来：“这……这是什么肉嘛！”老吕头分开众人，脸色阴沉小心翼翼地尝了一小块，半晌，才含糊不清地嘟囔了一句：“可能忘了放盐……”

岂止是忘了放盐，那肉甜得发腻，成了一锅不折不扣的红糖肉！

整个正月，我们只能靠掺碱面粉和红糖肉打发一日三顿，以致最后可以用农民粗俗而准确的语言形容为：“凭屁味儿就知道谁是知青！”那真是一段难熬的日子。

然而要不了多久，几个月后当国家停止供应知青的口粮，我们也和农民一样在饥饿中煎熬的时候，才痛切地感到，那一个月实际上将成为我们漫长插队生涯中吃得最饱因此也是最幸福、最值得留恋的时光。

除了几处细节，这篇文章完全属实。

所谓“细节”之一，是“老驴头”的绰号见诸文字显得不雅，所以改称“老吕头”。

“细节”之二，是我们一下子买了 30 斤猪肉而并非 20 斤。大约发表那篇文章的时候有关报刊编辑觉得吃那么多肉过于奢侈，显得有些不真实，便自作主张改少了数量。其实那个春节我们确实很奢侈。一下子知道自己有几百元之多的“经费”，不花白不花！

最真实的自然还是日记：

> 2 月 16 日，星期日。
>
> 今天是大年三十。为了过好这个离家千里远的第一个春节，买了三十斤猪肉、几十斤菜。下午，队里开会，赠我们每人一本语录，并送了一篮花生和一盆黄黄和粘馍，晚上准备包饺子。
>
> 结果叫人很不愉快，不知是谁把一包碱撒到了面缸里，饺子又黄又黑，一股碱味。

队里送的“黄黄”和“粘馍”都是很好吃的东西，我们还是第一次见到。黄黄是用硬糜子面发酵做的蒸食，像个半圆形的饼；粘馍则是用软糜子面做的，里面是红豆馅，比黄黄更好吃。过年了，村里家家都做这些年食，如今看到这篇日记，还能回忆起它们那诱人的味道。

自打到农村后，我们依然保持“早请示晚汇报”的仪式。环境变化造成情绪波动，“战无不胜的毛泽东思想”就是支撑我们存留一点生活勇气的精神力量。否则，只怕我们连一天都坚持不下去。

五、打柴的波折

春节期间到处都不干活，知青们还是忙于“串队”。我们倒很欢迎其他村的人来串门吃饭，可以帮我们消耗一些“碱面”；我们更乐于往其他村里跑，能换换口味——那“碱面”实在太难吃了！我们和农民不一样。他们全年的口粮都囤在家里，可以掺和着吃；而我们则每个月才到隆坊的粮站领一次粮食，现在距月底还远呢，只能硬着头皮熬着。

大家在外面混了几天回到村里，突然发现了一个严重情况：“碱面”和“红糖肉”已经不是主要矛盾了，现在最重要的问题是没柴烧了！

做饭必须要有柴火，没柴火就没法做饭，这是很简单的道理，可我们一开始并没明白。

在我们决定自立锅灶并真的自己动手轮流做饭那天，队里要求每户人家送给我们一捆柴火，三十多捆柴火摞在灶房窑洞外面的空地上，是相当壮观的一座小山呢，似乎一辈子也用不完！没想到才短短几天工夫，居然就剩可怜巴巴的一小堆了。想想也是，烧水、烧饭、烧炕，样样要用柴火，所谓“坐吃山空”嘛！

打柴应当不是什么难事，四外那么多沟峁坡梁，灌木荒草满山遍野，自己动手打柴就是了！村里所有人家的门口都堆着大大小小的柴火垛，看柴火垛就可以知道这户人家的境况如何。凡是青壮劳动力多的家庭，那柴垛又高又大黑压压的多是隔年积存的老柴；凡是只有老弱妇幼的人家，门前的柴垛不但很小且常有发青的新柴，说明这家人经常是现打现烧勉强维持而已。我们灶也算一户独立的人家，有八个身强力壮的大小伙子呢；再说我和“吕头”插队前在官地劳动过，干的活儿主要就是打柴，这等区区小事，实在不算什么。

于是，全体出动，分头出发，各显其能。

我和“吕头”几个人选择的目标是河对岸的一条山沟。进村以来我们还没有到河边来过，正好实地考察一番。

去河边倒不算远，出村下坡越过咸榆公路便是开阔的河滩。河面上积冰很厚，我们看到一个有趣的现象：前些日子天寒地冻，河水一冻到底；这些天有些回暖，冰层下有水流过，积冰浮起，竟把原在河底的卵石带了上来。于是，透过透明的浮冰，便可以看到那些晶莹的卵石像是悬空漂着似的，十分有趣。

进入我们看中的那个山沟，情况让人大失所望，远看毛茸茸似乎长满柴火的山坡，实际上只有稀稀拉拉的灌木和茅草。砍柴似乎应当使用斧子，可我们购买的农具中不包括这个项目，因此只带了镢头铁锨之类的家什，用起来很不趁手。那天的“战果”实在羞于一提，打到的柴火根本谈不上“捆”，只是一小“把”而已。返村的时候刚好碰到去往另一个方向的“馅饼”和元清也回来了，他们倒是“战果辉煌”，打了相当大的一捆茅草，由于体大招风没法肩扛，只好用行李绳捆了拖着，在身后扬起一大片烟尘。老乡见了都笑，说这货色当点火的引柴还勉强，要想烧灶，只怕连泡猫尿都烧不开。但“馅

▲ 1977 年，我在离开七年后第一次返村，在“仰脑头起”的塬坡上俯瞰惠家河。西安至延安的铁路当时正在建设，远处河滩上的建筑是施工队伍的工棚。再远处的山沟，就是当年我和“吕头”第一次打柴的地方。

饼”他们还是很得意，再不济也比自诩“打柴老手”的“吕头”和“老猫”强！

村里有个回乡知青叫惠万红，经常来我们这里串门，见了我们的成果也是笑：“外沟里哪儿有柴火嘛，打柴也得看地方哩！”

我求他指点一下，他说：“明早我带你去。”

第二天早上，窗纸还黑着呢，我就听见有人轻轻敲门。这事儿不知是否靠谱，所以我没告诉别人，独自悄悄起床穿上衣服出门，看见外面有两个身影，除了万红，还有他的弟弟万义，是个十五六岁的半大小子。我小声问：“带啥家伙？”万红说：“镢头就成。”我问：“绳呢？”他答：“不用！”

我满腔狐疑：仅靠一把镢头就能打柴？

我还是第一次起得这么早，外面实在冷得很，一路走一路打哆嗦。不过顺着山路爬上一二十分钟，很快就暖和了。翻过塬顶接着下坡，足足走了有两三里地，直到天色大明。我没想到打个柴要跑这么远的路，万红说：“方圆几里地的柴都打光了，走远些才有好柴哩！”

果然，他带去的那处山坡，密密麻麻的都是半人高的粗壮灌木。万红教我如何用镢头连根刨——那硕大的灌木根是最经烧的好柴火呢！如此我才明白，为什么村子附近没柴可打了，这种连根刨的方式，让灌木根本没有恢复生长的机会。如此下去，岂不是“断子绝孙”的愚蠢行径？！

万红对我的质疑只是一笑：“农民么，只顾眼前哩！”

不管咋说，这地方的柴火就是多就是好，我们每人都很快刨倒了一大片。万红又教我如何用细荆条拧成“腰”——即捆柴火的“绳索”；还教我如何用镢头将柴火归拢砸实，用“腰”系紧。如此，便形成了一个像模像样的大柴捆。不过，直到此时我还想不出，这样一个大家伙，该如何运回家呢？

没想到，那办法异常简单：万红把镢头的木把用力向柴捆里一戳，扛起柴叫了一声：“走！”就此上路了。

万义年龄虽小，也不含糊，同样一戳一扛，跟着起步。

▲对面坡上，是当年我与万红和万义打柴的地方。（摄于1988年）

我的镢头已经被万红戳好了，此时不敢迟疑，学着他俩的样儿，两手摁住镢头的头儿，俯下身子一使劲，也扛起了自己那捆柴。

这办法是简单，可也真吃力。虽然柴捆的主要重量由脊背承担，可那细细的镢头把儿压在肩膀上，生疼生疼。山路狭窄陡峭，中途不能止步，待到爬至塬顶卸下柴捆歇息，我已经是大汗淋漓，只顾大口喘气，几乎连话都说不出来了。可怜我那捆柴，论体积还不及万义那捆的一半呢！

这是我到惠家河后正式打的第一捆柴。后来，所有的知青也都学会了，这是每天必不可少的一项劳动。关于打柴，还发生了许多故事呢。每当沉甸甸的柴捆压在肩上，我的第一感慨就是：想把饭顺顺当当吃到嘴里，可真不是一件容易的事情！

第四章 『三关』难过

一、我们都是“壮劳力”

用那个时代特有的语言形容，知识青年下乡要过“三关”，即“思想关、生活关、劳动关”。

对我们许多人而言，劳动并不算什么了不得的“关”。从小学开始，所有的学生每年至少要下乡一次，每次短则一两天、长则十天半月；低年级的干些诸如拔草拾麦穗的轻活，高年级的则能承担挑水抗旱之类的重体力劳动。

我们既然下乡插队，对参加劳动是有必要的思想准备的。没想到来农村后赶上农闲加过年，倒有些百无聊赖心情烦躁，不如有些活儿干干，累了乏了，就没工夫想家了。

2月24日正月初八，我们终于和全体社员一起开始出工：挖土填沟，在村南头一条大沟的沟口筑一座土坝，拦洪蓄土造田。当时全国都在“学大寨”，学习的主要经验是兴修水利、平整梯田。不管什么地形地势，都很刻板地落实这两条。我们村同样很认真地执行上级要求，一方面抽调一部分壮劳力成立了“基建队”，主要负责修筑梯田；另一方面“变农闲为农忙”，出动全村剩余劳力筑这条水坝。根据后来的实际收效看，修梯田还是有显著成果的，筑水坝则完全是瞎忙活。黄土高原地势陡峭，夏季雨水集中，想靠一条松松垮垮的土坝挡住山洪，再让积淀的泥土形成平整的田地，实属异想天开。当年夏天的第一场大雨，就把我们辛辛苦苦干了许多天筑成的“大坝”冲得踪影全无。老乡们有一个很形象的词儿形容这种不靠谱的事情，叫作“没眉眼”。

“没眉眼”的事情也必须要干，否则就会挨批判。不过老乡们干起来总是没那么认真，只当作农忙前的热身，带些游戏的成分；我们不明白其中的奥秘，倒是相当卖力。第一次和“贫下中农”们一起劳动，大家都想积极表现。那活儿还是很累人的。土地还没有开冻，镢头刨上去只能啃出一道白印，开始的时候我们干得很愣，只会使蛮力，费半天劲不见效果。老乡笑我们是“生坯子”。起初我们听不懂，后来才明白那是略带揶揄的表扬：没进窑烧过的生砖坯子，又沉又瓷实，但当不成正经砖头用；对人而言，是指身体棒肯出力，但是干活不得要领。

光靠苦干终究不行，有人想出来一个办法：从崖壁两边开挖，凿出两道深槽后，几个人用镢把一起撬，一下子就能弄倒半堵墙那么一大块。这招儿效率高，老乡又表扬说：“这伙学生，挣得很！”那意思是夸我们能干呢！

那天是春节后第一次出工，来的人挺多，男男女女老老少少，很是热闹。老乡们也是第一次和这些北京学生一起干活，看着我们很觉得稀罕。中间休息的时候，许多人凑过来围着坐，问了不少稀奇古怪的问题，比如：天安门有多高、长城有多长、北京的马路有多宽、火车道真是铁的吗，等等。这些低级问题打开了我们的话匣子，海阔天空胡侃一气，听得他们嘴张得老大几乎忘了闭上。他们中许多壮年汉子连黄陵县都没出去过，有些婆姨甚至没见过电灯，让人觉得真可怜。也有个别人去过延安西安见过一点世面，很想插嘴发表些意见，却往往被其他人打断：“别言传！听人家学生谝！”

那时候北京知青对陕北老乡有个带有鄙视含义的称呼——“老帽儿”，想必是从北京话里的“傻帽儿”演变而来的。尽管这称呼很有些不敬，但直到如今北京知青谈起陕北乡亲还会有人叫“老帽儿”，那言语间已经减少了许多妄自尊大的情绪，而带有比较浓郁的怀旧之情了。我在这篇文字中有时也会使用这个词儿，只是为了回归当时的语境而已，犹如“老猫”“驴头”这些外号，虽略带调侃，却并无贬损嘲讽之意。

第一天的劳动圆满结束，但它的负面效应到晚上就开始显现出来了。大家累得胳膊都抬不起来，几乎连拿筷子吃饭都没力气。第二天早上有人哼哼唧唧不想起来，但在老曹和“吕头”两个正副队长的催促下，还是坚持出工了。想想大家能做到这一点很不容易，因为这几天我们每天天刚亮就上山打柴，回来后匆匆吃过早饭立即上工，实在辛苦得很。如此坚持了四天，所有的人都撑不住了。我在日记中写道：

> 1969 年 2 月 28 日，星期五。
>
> 今天早晨五点半，闹钟准时响了，但是大家都累极了，一致决议，今天不去了。所以一直睡到七点。
>
> 昨天队里干部据说开会研究，我们每天干活挣十分，但磨面没分。

这天的日记写得太简单，还是需要注释。

其中所说的“不去了”，是指不去打柴了。我们起床后还是咬着牙坚持出工了，因为不出工就没工分，没工分就分不到粮食，分不到粮食就没饭吃。以前在学校里有句话是：“分分分，学生的命根。”现在可以套用为：“分分分，社员的命根。”

前一天队里开会讨论议定，我们知青每天的工分是十个分。按照这里的习惯，通常是一起床就上早工，干到太阳升起便收工回家吃早饭，然后再接着正式出工。这十个分是指白天干活的工分，若是上早工则增加一个分。如此待遇，也是激励我们坚持出工的主要动力。

当时许多地方给北京插队知青定的工分都很低，往往只给男生八九分，女生更惨，只有五六分。我们惠家河的 12 名知青中，只有我和“吕头”是 19 岁，其他 10 个人才刚满 16 岁，只是些半大小子，无论体力还是干农活的技术，都差得远呢，可队里却决定我们与壮劳力享有同等待遇！惠家河乡亲们的这种宽厚之心，实在应当让人感激。不过，当时我们并不是这么认识问题的。我们不仅认为享受同等待遇是理所应当，若论劳动积极性，有许多“老帽儿”还不如我们呢！

二、应当由谁教育谁

那几天，我们还干过一件特殊的活儿：昨天和今天是在塬上挖地，填平了国民党时代的战壕。这些战壕和碉堡是修在旧咸榆公路两边的，抗日战争时期，多少有志青年在这条路上横遭绑架与迫害啊！

尽管黄陵离延安很远，但毕竟属于延安地区。对我们来说，“革命圣地”还是非常令人向往的。这里居然还保留着一些几十年以前的老战壕，想到当年父亲奔赴延安参加革命的时候也许曾经在此路过，我很有些激动，“革命热情”油然而生。我想，看到这些战壕，其他知青也会有很大触动吧。

实际上，为了激励和保持“革命热情”，我们采取了很多具体措施。比如，我们不仅自己始终坚持“早请示晚汇报”，还建议社员们也必须同样执行；队里接受了建议，于是每天上工前便由知青轮流领头“万寿无疆身体健康满面红光”一番，然后队长才能派活。为了关心国家大事和世界革命的大好形势，我们还用自己的经费订了一份《人民日报》，但要到三月上旬才能看到。为了提高阶级斗争的警惕性，我们还想让队里安排批判“地富反坏右”，但是全村成分“最高”的只是一户富裕中农，似乎不应是阶级斗争的对象；据说倒是有一个“坏分子”，可他的罪行不过是小偷小摸，在村里辈分又比较大，队干部对批判他的态度有些模模糊糊。队里不组织批判会，我们也没办法，只能勒令那个“坏分子”每天必须老老实实戴着白袖箍，以区别于普通革命群众。

然而，这些革命行动并不能很好地解决许多实际问题。比如，如何“接受贫下中农的再教育”。

这可是毛主席“最新最高指示”中最重要的一句话，是我们必须认真贯彻认真执行的。

问题是：我们这里的贫下中农的革命觉悟似乎很成问题。

我在日记中写了这样一件事：

> 今天在地里，向队干部们提了一些建议，如队里养猪。可是他们老是强调困难。最后谈到这样一个问题：“人活着到底是为什么？”他们异口同声地说：“为了吃饭！”
>
> 这可真叫我们大吃一惊。争了半天，谁也没说服谁。他们又问我：“你怕死不？”我说：“只要用毛泽东思想武装起来，就不怕死！”“你不怕死我可怕！”
>
> 后来我又问：“你们知道雷锋吗？”“不知道！”一个干脆的回答。这真叫我有些茫然了。
>
> 毛主席说：“严重的问题是教育农民！”真是一点也不假呀！要想改变农村的落后状况，要把“私”字彻底拔掉，实在不是一件容易的事。但这却又是一项重要的工作，否则，共产主义何日实现！

今天重看这篇日记，我只有苦笑。看来一旦摆脱了离京前那一段窘迫时光，我很快就又恢复了“无产阶级革命接班人”的角色，动辄考虑的都是有关实现共产主义的大问题了。

我不知道“老帽儿”们是如何看待我们的。我们有公家发粮给饷，却又要让我们和他们一样靠劳动挣工分；我们说是来接受他们“再教育”的，可他们不知道该如何教育这些一副居高临下模样的“北京学生”，要说是我们教育他们还差不多！因此他们应当比我们更惶恐呢。

▲上工是一个比较热闹的场面，尤其是过沟干活，因为路途较远，不仅需要自带午饭，还要有人负责给大家烧开水，所以得带上铁锅水桶马勺等许多零碎家什。有一次“馅饼”被派这活儿，水烧开了才发现忘了带水桶，一时情急，他居然端着满锅热水往坡上爬。坡陡路远中途无法停歇，他咬着牙一口气把水端到地头，一放下锅就甩着两手转圈蹦高地叫疼，原来是锅把太烫燎得手指头上都是大水泡！队长又是感动又是心痛：“怂娃性子咋这急哩，等水凉些再送也不迟嘛！”更多的人一哇声地叫：“抓耳朵！快抓耳朵！”那次我也跟着学了一招：若是烫了手指头，赶紧捏住自己的耳垂，那是快速降温止痛的好法子。

实事求是地说，“老帽儿”们和我们想象中的“贫下中农”相差实在太远。经过多年无产阶级传统教育，我们认为，贫下中农的形象和表现应当是高大威武英姿飒爽立场坚定斗志昂扬，哪像眼下这些猥琐卑微的老农民，张口闭口除了“喋”就是“日”！这倒符合“食色，性也！”的古语。

我们平日与老乡接触时间最多的场合，自然就是上工。每天的工间休息，基本就是一堂生动的性普及课。因为现场男女混杂有所忌讳——比如老公公自然不能当着儿媳妇说些不正经的事情——所以许多“荤话”往往表达得十分含蓄，但又人人听得明白。

而所谓的“酸曲儿”，由于借助唱的形式，就没有这样拐弯抹角，一般都是直奔主题，像什么“大姑娘遇上个当兵的，一把把拉进了高粱地……”下面的话就不能用文字表达了，因为立刻就是对生殖器官和性交过程赤裸裸的直接描述，让人听了脸红身热心跳加剧。

我们原本以为陕北民歌都是“山丹丹开花红艳艳”“花篮的花儿香”之类的革命歌曲呢，没想到听到的却是让人酸掉牙的“酸曲儿”，实在出乎意料！

理想中的“贫下中农”与现实中的“老帽儿”相去甚远，让我们每一个

▲为了“教育”贫下中农，我们曾经在这座房子的墙壁上办了个黑板报，发布“最新最高指示”和从《人民日报》上抄下来的新闻摘要。不过，这股革命热情没有坚持多长时间。（摄于2007年）

人都感到迷惘困惑，这就涉及一个根本的问题：我们来陕北，究竟有什么意义？到底应当是谁教育谁？

三、接连不断的风波

1969年的冬春之交，大至国家，小至我们的惠家河村，都是风波不断。

1969年3月9日，星期日。

今天送来了我们订的第一份人民日报，是本月6日的，第一眼就看到那个令人十分气愤的消息，苏联军队公然侵略我国领土珍宝岛，打死打伤我边防战士多人，全国亿万军民愤怒声讨苏修新沙皇的罪行。

看到这个消息，叫人肺都要气炸了。我们大骂了一通苏修。可惜这儿离边境千里。如果战争爆发，非打到莫斯科不可。我们向队里建议，搞一个黑板，宣传毛泽东思想、讲解时事。

最近几天队里选队长，选了丙章，可他不干，所以队里没有人管了。

想到国际上革命运动风起云涌，我们却在此种地，什么也不知道，真是十分那个。

政治上的翻云覆雨本是老百姓根本搞不明白的事情。不过那个年代很特殊，像我们这些普通知青，也都自认是伟大的爱国英雄，恨不得战争明天就打起来，而且“非打到莫斯科不可”。

无可否认，我们的气愤是发自内心的，确实是“肺都要气炸了”，连饭都没心思吃，在窑洞里拍桌子踢板凳齐声大骂“苏修”。记得最冲动的是“馅饼”，把手都拍肿了，连着几天没法干活。如果当时“上面”让我们报名参军，保证个个踊跃、毫不含糊。

就在这个节骨眼上，从北京传来的消息更加激化了我们的情绪。

1969 年 3 月 14 日，星期五。

今天中午同时收到了家里和华振浩的来信。

看了华振浩的来信，不由得七窍冒火，气得我两眼发黑。

据说朱建晨被分配到了驹子房砖厂，王洪峡被分到了双桥砖厂，陈学勤、陈武汉被分到了建材总厂。而那些善拍马屁者，却都分到了好厂。更令人气愤的是，那报了名插队已被批准、后来后悔不来的人，也被分到了工厂！真令人费解，我们满腔热忱，响应毛主席的伟大号召，到农村来了，而那些留恋城市、不愿到农村来的人，或是投机分子、拍马屁的小人们，却可以受到照顾，可以不到农村来。我不禁要问，这些人执行的是什么路线？！

但是，尽管如此，我们相信：这种事情是不会长久存在下去的。他们歪曲地执行毛主席的指示的罪行早晚有一天会受到应得的惩罚！

写这篇日记的时候，我的确十分愤怒，连自己都觉得有些过激，所以最后还是稍微冷静了一下，又写了几句冠冕堂皇的话，以避免万一日记被人看到而引起其他的麻烦。

日记中提到的几个人，都是与我比较要好的同学，这次虽然留在了北京，但分配的单位极差。比如砖厂，后来我到朱建晨和王洪崃他们位于东郊的砖厂去过，正遇到王洪崃像驴一样吃力地拉着一车砖坯进窑，他灰头土脸破衣烂衫的，手上还带着一副驴蹄子似的橡皮护掌，让人看了真不是滋味。而建材总厂听上去似乎不错，实际从事的也是重体力劳动，完全靠手工方式用砂轮磨制水磨石；陈武汉原是一个华侨富商的儿子，因缅甸政府反华而被迫回国进了我们学校，如今分配了这么个“工作”，不知他如何吃得了这种苦！而华振浩不久之后去了内蒙古的生产建设兵团，也离开了北京。

被我斥为“投机分子、拍马屁的小人”确实存在。曾有人与“上面”默契配合，扮演过“上山下乡积极分子”的角色，每次报名都名列前茅，还一次次在动员大会上慷慨发言“要扎根农村一辈子”，但每次都站在欢送队伍里送走前往农村插队的同学而自己却留了下来，最终分配到最好的工厂。

事实证明，有关“六八届的分配去向主要是留城”的“流言”并非空穴来风。只是由于“最新最高指示”的促进，使“上面”急于凑人数报大功，而采取各种手段，让一大批毫无生活经验的学生急匆匆地来到下乡。我们高中六八届的学生已满十八岁应算成年，遭此命运也就罢了。可怜的是初中六八届以及更低届的人，他们不过十六岁，有的甚至才十四五岁，小小年纪就被迫离开父母。

根据当时的情况看，我是最早得知北京分配情况的，但未敢声张，因为那两天队里也在闹风波。原先的队长是黑儿，撂挑子不干了；社员选了丙章，可他也坚决不干。队里没人管事了，处于无政府状态。

村里并非没人想当队长。比如住在我们隔壁的久保，就是个争当队长的积极分子。他很聪明，认为我们北京知青是生产队这个“政治舞台”上不可忽视的潜在力量，所以经常往我们住的地方跑，一方面忧心忡忡地说马上开春了队里没人管事可咋个好，另一方面时不时送点花生炒豆之类的吃食想方设法建立感情。他的出身是贫农，我们觉得有这么个根红苗壮忧国忧民的积极分子当队长也挺好。那天公社派来了贫宣队，专门解决我们村选队长的问题，久保又跑来探听我们的态度，大家异口同声坚决保证选他，他笑逐颜开地说着“选完了就得赶紧安排播种的事儿哩”，一面兴冲冲地走了。

不料，他前脚刚走，贫宣队的人后脚就来了。他们已经听说我们打算选久保，连说万万使不得。久保原来曾当过队长，但群众反映不好。贫宣队的意见是动员万有当队长。万有以前在灞桥电厂当过工人见过世面，三年自然灾害时期回村务农，人缘不错，也有一定的领导能力。可问题是他本人死活不干。

对万有这人，我们也有所了解。他干活比较踏实卖力，而且为人正派，很少参与那些“性启蒙活动”。给我留下深刻印象的是一次聊天，他说：我以前也当过工人，也常读书看报，回村来真是不适应，一天连个牙都不刷，嘴臭得跟啥似的就得下地干活挣命，啥国家大事都不知道，这日子过得像个畜生！看来他应算是有理想有抱负的新型农民，大家决定改变主意，立刻配合贫宣队去他家动员。开始时任我们死说活说他就是不干，后来我们一致表态：别人咋样不管，我们知青保证坚决支持他的工作。这样他才动心了。

当天晚上就投票选举。全村不过三十来户人家，北京知青投下的十二票起到了决定性的作用，万有以压倒多数当选。

形势的突然逆转让久保惊得脸都绿了，以后好长时间不理我们，路上遇见都绕着走。

应当说，我们选万有当队长是做对了，他的确很认真很负责任。但万有盲目地相信我们，却是一个错误的选择。后来我们给他找了许多麻烦，让他苦恼不已。当然，那些都是将来的事情了。

四、“小报告”引起的风波

所谓“纸里包不住火”。有关留京学生的分配情况，很快就在陕北的知青中传开了，并引起很大的骚动。我们村的知青胆子小，也就是骂骂街发发牢骚自己闹闹情绪而已，而其他地方据说已经有人扒火车回北京去了，有的冠冕堂皇地要求上前线参战，有的则四处闹事，显然已经严重影响了“首都的大好革命形势”。也许是为了平息动荡，北京赶紧派出“慰问团”奔赴陕北，及时“灭火”。就在贫宣队为选村长的事进村的同时，我们学校也来了一名工人和一名军人王排长。要说他们的这趟差事很难办。面对情绪激愤的知青，有些情况的确不好解释，处于很尴尬的地位。但他们的工作水平很高，嘘寒问暖，热情慰藉，还带来一个电影放映队，给全村放电影。这可是惠家河有史以来第一遭，老乡都说是沾了北京学生的光，让我们觉得很有面子。

我们那时毕竟年轻，看到多日不见的“工人和解放军叔叔”，如同见了亲人，有说不完的话要同他们讲。那天晚上，军宣队的王排长到我们所住的厦子来“接近群众”，我们几个人犯了一个极大的错误：把“自组灶”的人狠狠攻击了一通，说他们抽烟喝酒唱黄歌不干活四处乱逛还打架惹事之类——所谓“打架惹事”主要是指杨三，在短短一个多月的时间里，他已经在黄陵县的北京知青中“扬名立万”，小有影响了。

尽管我们认为自己是“与坏人坏事作斗争”，但这种背后打小报告的行为实在算不得光明正大。不过，让我们没想到的是，这位王排长在第二天临走之前，找“自组灶”的人个别谈话，居然把我们“汇报”的情况——包括具体是谁、讲了什么——又统统“透露”给了他们！

当天，“自组灶”的人便采取了坚决果断的回击。

据后来傅鹏说，那天“猴子”笑眯眯地来找他，说请他去有点事情。傅鹏毫无思想准备地进了他们窑，立刻就挨了杨三两个大嘴巴，打得他眼冒金星，缓了一阵才看清“自组灶”的四个人都在，一个个横眉立目，颇有些威虎山座山雕审小炉匠的架势。杨三大吼：“说！昨天你们说我们什么坏话了！！”

傅鹏平时有些小清高，对“自组灶”的不轨行为最反感，昨晚说得最多。“自组灶”的情报很准确，所以第一个打击对象便是傅鹏。傅鹏从来没见过这种阵势，后来他承认，自己当时就吓傻了，立马“老实交待”。

“自组灶”首轮审讯完毕，第二个被“猴子”笑眯眯“请”去的是老曹，照样一进门就被抽了两个大嘴巴，因为他是队长，所以打得比傅鹏还狠。老曹撑不住，同样“老实交待”。

根据他们俩一致的口供，第三个打击对象应当是我。大概因为我是高中的，怕“猴子”应付不了，杨三亲自出面前来找我。

当时我一个人正在厦子里整理箱子里的东西，杨三突然闯了进来。他不像“猴子”那般会掩饰，怒冲冲地对我说：“跟我走一趟！”

这话有些像是流氓约架的意思。我发现势头不妙，本能地应了一句：“干吗？”

杨三急了，猛然出手揪住了我的脖领子：“你说干吗？！昨儿晚上你们是不是说我们坏话了？！”

他的另一只手用力抵在我的腰间——那应当是一把匕首。

我当时脑子一懵，正扶着箱子盖的两手僵住了，只是脑子里电光石火般地一闪念：“要是那把刀在就好了！”

事后想想，即使当时我的那把蒙古刀就在身边，也未必来得及还手；即使来得及，我也未必有胆量还手。有那把刀不过只是给自己壮胆而已，弄不

▲保书家厦子的房门。我与杨三的冲突就发生在这间屋子里。（摄于 2007 年）

好还会刺激对方造成场面失控。所以，倒应当庆幸我下乡时没有带它，否则后果不堪设想！

关键时刻，忽然有人推门进来，我和杨三不由得一惊——由于精神高度紧张，我们居然都没听到屋外的脚步声。

杨三反应快得很，一个反手掐住了来人的脖子，顺势推倒在炕沿上。定睛一看，原来是我们的房东保书。杨三的动作太猛，保书的嘴磕在炕上，自己一摸，牙齿已经出血了。他很生气地说："做啥嘛！咋动手哩！"

杨三显然不想把老乡扯进来，赶紧假笑着赔不是："跟你闹着玩儿呢！"

保书不满地擦着嘴里的血："这叫闹着玩儿啊？！"转头只见杨三已径自走了。

保书还在嘟嘟囔囔地发脾气，却不知道自己刚刚差点被误伤性命。我虽然松了一口气，却很明白麻烦从此开始了。

"自组灶"的反击步步紧逼。应他们的要求，当天晚上我们12名知青开了一个全体会议。杨三唱红脸，连骂带损把我们训得跟孙子似的；金氏叔侄扮白脸，耐心批评我们不该背后使坏打小报告；"馅饼"和元清昨晚本是在场参与"汇报"的，因为没被列入打击对象而暗自庆幸；"吕头"、老朱和老郝因为不了解情况，很有些憋气。还没等大家反应过来，"自组灶"的人便提出必须改选。结果是老曹和"吕头"双双落选，金晓峰以微弱多数当选我们知青的"队长"。

在当天的日记里，我很有些丧气地简单记述了这件事情。

1969年3月24日，星期一。

昨天，我校派来的一名工人和一名解放军到我们这儿慰问我们来了……昨晚向解放军反映了那四个人的一些问题，没有想到今天他全数"汇报"给他们四人了！

上午他们要走，被我们拦住了，大提了一通意见。

下午，姓杨的打了曹和傅，还要和我打架。然后又以另一派出面，要改选，金晓峰当了队长。

五、分灶

事过之后痛定思痛，我们灶的大多数人十分愤怒。最愤怒的应当是"吕头”，因为他的“副队长”职务莫名其妙地没了。几天后我和老朱甚至去了公社一趟，想找那个解放军理论一番，不料他们已经悄悄回北京了。我们没处撒气，找到公社的一位主任反映情况，也没什么效果。

“卸任队长”老曹有些蔫，说这事儿不必纠缠了，虽然杨三打人行为恶劣，但我们背后打小报告毕竟有些理亏。大家都认为还是应当加强自身团结。

然而，我们八个人内部的裂痕实际上已经开始产生，因为涣散情绪正在弥漫：劳动还是要参加的，但有的人开始三天打鱼两天晒网；打柴担水磨面做饭这些事情总要干的，但有的人经常偷懒。比如有一次轮到傅鹏和元清做饭，正赶上白面没了，他们竟煮了一锅麦子充当午饭。我们回去的时候，元清溜出去玩了，傅鹏惬意地躺在炕上看书，还摇头晃脑地哼哼着什么“草堂春睡足，窗外日迟迟”啥的。面对大家气急败坏的质问，他强词夺理地说做饭的人没责任管磨面、吃麦子从理论上说比吃白面更有营养，由此引起一场口角。但是下午还要上工呢，谁也没精神饿着肚子吵架，最终以大家无可奈何地围着灶台吃煮麦子而告一段落。

因为生活琐事引起的冲突逐渐加剧。在外部因素的刺激下，这个问题越来越严重，最终酿成无可挽回的分裂。

4 月 1 日是农历的二月十五，为黄陵每年最大的一次“古会”，所谓“古会”，自然是历史悠久了。当地人不说“赶集”而说“跟会”，那天我们都去“跟会”了。下午有些人顺便上塬串队去了，我和“吕头”以及几个农民拉着架子车回村，没想到天降大雨，顺着公路摸黑走了四十里路回到村里，淋成了落汤鸡。

第二天，有一些重要事情。

> 1969 年 4 月 2 日，星期三。
>
> 党的第九次代表大会召开了！
>
> 这个消息是昨晚九时广播的，今天早晨五点才传到我们这里。我们立刻爬了起来。我的衣服全湿透了，还得翻箱倒柜。肚子又十分难受，看来昨晚受凉了。但是还坚持游了行。上午我没干活，睡了一上午。县里的宣传车今天也来了。这个消息太叫人兴奋了！
>
> 今天也有几件不叫人愉快的事。一是队里一匹怀驹的母马死了，喂马老汉愁坏了。这对队里是多大的损失啊！
>
> 另一件，是几个昨天赶集的同学回来了。只两天一夜的工夫，变化

如此巨大！眼也斜了，肩也晃了，说话气也粗了，黄色歌曲也哼上了，烟卷也叼上了。

是什么东西使得他们变得这样快，我真纳闷。

总之，我觉得，学不学好全在自己，我决不能同他们一样，那样下去是要把自己毁掉的！

第三件，是这个月的报纸没有订。偏偏这几天的报纸是必须要看的：九大的召开是国家的大事，如果看不上就亏了。今天托秦家川的人替我们订报，不知能不能订上！

那几个“变化”了的同学是“馅饼”、元清和老曹。他们又听到一些有关留京学生的分配情况，受到了极大刺激。我仅看到了表面现象，未能理解他们的烦乱的心情。所以，只是感到厌恶。

尽管如此，我们为了保持团结仍在进行一些徒劳的努力。

1969 年 4 月 5 日，星期六。

今天，是我们离家整整两个月，又适逢清明，为了庆祝庆祝，我们都请了假。昨晚上包饺子，准备中午吃。

早晨做面条。当时针一点点移动的时候，大家都很激动；当它正指十点四十一分——两个月前火车开动、我们正式走上生活道路的时刻，全体起立，敬祝毛主席万寿无疆。然后，面向东方——北京所在的方向，高唱大海航行靠舵手等革命歌曲，背诵主席语录。

中午，因为今天是清明，我用桃花和柏枝做了一个小小的花圈。吃饭前，背诵了几条语录，高唱国际歌。然后向牺牲的革命烈士志哀一分钟。

晚上，因九大召开，学习了几条语录。

今天过得比较有意义。

我们——我们全体八个人——都是十分认真地举行着这些仪式。

我们无法克服现实带来的困惑和苦恼，只能用这种方式慰藉自己的灵魂。

这是我们同心协力所做的最后一件事情。

冲突和分裂已经是不可避免的了。

其实，从进村的第一天开始，矛盾便开始产生。我所未曾预料的是，这矛盾主要形成于高中和初中学生之间。

也许早在学校的时候，这种隔阂便已经存在。高中生瞧不起初中生，认为他们幼稚肤浅；初中生不服高中生，觉得他们狂妄自大。

我们村的知青中只有我和“吕头”两名高中生，虽然居于少数，言行之间仍不免流露出居高临下的姿态，经常指手画脚指责挑剔，让他们很是反感，有时难免表露出来，甚至产生摩擦。

比如有一次傅鹏串队回来，行为十分反常。他在窑洞门口与我迎面碰上，居然不让路，拉着长声说：“‘老猫’你厉害呀！”

我有些莫名其妙：“什么意思？”

他的个子比我高半头，似笑非笑地俯视着我：“听说你挺能打架的？”

我突然明白了，他一定是从别人那里听到了一些关于我的谣言。其实我还从来没和同学动手打过架，面对他的挑衅，我倒有些来气了，说：“怎么，想比试比试？”

我一硬，他倒软了，挪步给我让开路，仍是似笑非笑地说：“不敢，不敢！”

▲陕北话把磨面称为“推碾子”。这是个琐碎活儿，要提前一天把麦子洗净闷上，这样磨出来的面才白，数量还多。此外，还要经过队长批准，去饲养室领头口。我们队牲口多，驴、马、骡子都有，只是有的勤快有的懒，赶上一头懒骡子，人家半天就能完事的活儿它得磨蹭上一天。当然还得记着联系磨盘，村里有七八个磨盘，都是“私有财产”，需要提前跟主家打招呼。磨到最后不能把面出净，得留下二三斤，既避免空磨损坏磨盘，也是作为“使用费”留给主家的报酬。

照我的理解，他挑衅的目的无非是警告我：你“老猫”的底细我都知道，没啥了不起的！

类似的事情还有不少。“吕头”的脾气比我倔，招来的摩擦自然比我多。最主要的矛盾，是他坚决主张并坚持执行粮食定量政策。

按照规定，国家供给我们的粮食定量是每人每月 44 斤。比起在北京当学生时的 27 斤定量，应当算不少了。但是，我们都是正在发育阶段的大小伙子，从事的是强度很大的体力劳动，又没有其他杂粮菜蔬搭配，个个饭量大得惊人。若是放开吃，44 斤粮食不够吃半个月的。

因此，“吕头”提出，必须有计划地加以控制，不能上半月撑死、下半月饿死。

为了省粮食，我们可真没少想办法。比如，我们把定量卡死在每人每天一斤四两：早晨三两、中午七两、下午四两。我们竭力把馒头做得小些，只有一两一个，这样看起来数量较多，心理感觉会好一些。有时出工的地方较远，中午需要带饭，我们个个带的都是一包雪白的小馒头，让“老帽儿”们羡慕得流口水。可那七个小馒头零叼碎吃地根本坚持不到中午，到吃晌饭的时候就变成我们看着大啃糜子馍的“老帽儿”们流口水了。

从插队的第二个月开始，我们决定不再买成品白面，改成麦子和玉米粒，自己磨面。我们从老乡那里学会了如何用同样的麦子磨出更多的面：头三遍箩出来的是白面，留着擀面条包饺子；以后的越来越黑，可以蒸馒头；一般老乡箩七八遍，一百斤麦子能出八十多斤面；我们要箩九遍十遍甚至十二遍，后面的简直都是麸子了，这样一百斤麦子能出九十来斤面。我们和老乡一样，再也不吃纯黄的玉米面了，而是尽可能地多掺些玉米皮。甚至在熬玉米面粥的时候，“吕头”还要特地撒上几把玉米皮。

即使这样，我们的粮食仍然不够吃。像“馅饼”这样的大肚汉最有意见，认为人不能让粮食憋屈死，放开肚皮吃又能怎样，反正国家不能让咱们饿死！老曹、元清等人也有些支持“馅饼”的意思。

“吕头”绝不通融。

终于，由于吃饭问题发生了一次严重冲突。

那天晚上大家正围着破桌子吃饭，“吕头”和“馅饼”又因为省粮的问题吵起来了。“馅饼”说：“你他妈的凭什么管着我们！”“吕头”急了，跳起来拍桌子：“有本事你自己起伙！”

没想到的是，突然之间一桌子人都跳起来了，形势一触即发，弄不好就要动手了！

当时只有一个人没有起身，就是我。

事后有人对我说：你够镇静的！其实我哪里有那么镇静，不过是一时没有反应过来罢了。

以前经常听说，那些英雄人物——像董存瑞炸碉堡、黄继光堵枪眼、欧阳海拦惊马等等——在千钧一发的关键时刻脑子里都会想到无数事情，比如革命先烈的伟大形象啦、伟大领袖的谆谆教导啦。这些似乎都是夸张的艺术加工。但是，那天就在短暂的几秒钟时间里，我的脑海里倒的确闪过一个光辉形象，就是电影《列宁在十月》中那个身处危急之中还要不慌不忙掏出小梳子拢拢头发再不慌不忙放回口袋的卫队长，他是我极为崇拜的偶像。

所以，当我也遇到了危急的时刻，竭力试图保持镇定，在心里拼命告诫自己，沉住气！

窑里一片寂静，我知道许多眼睛在瞄着我。但我仍在低头喝粥。

大约过了一两分钟，那段时间可真难熬。我终于憋不住了，猛地一拍桌子，大吼了一声："吃饭！完了睡觉！"接着把碗一扔，起身扭头出了窑门。

所有人愣了一下，出人意料的是，接下来竟然都很听话地陆续坐下喝粥了。尽管"馅饼"还在瞪着"吕头"嘟嘟囔囔，但一场危机似乎就这样过去了。

我出窑之后才发现，由于刚才过度紧张，内衣都被冷汗湿透了。

这次经历让我自己很得意，可惜没什么机会吹嘘吹嘘，而且在以后的岁月里再也没有如此镇静过。

此后，又发生了几件令"吕头"无法忍受的事情。他坚决提出分灶。"吕头"、我、老朱和老郝四个人组成了一个新灶。

第五章 琐碎的生活

一、八个人四个灶

按照“吕头”赌气的想法，宁可自己单过。当然，他知道我会支持他的，却没想到老朱和老郝也愿意加入，自然很得意，认为这是“得道多助，失道寡助”的典型例证。那天吵架时虽然所有的人都跳了起来，可目标和动机显然完全不同，只是我和“吕头”没有觉察，还以为其他所有人都是一伙儿的呢！

老曹、“馅饼”、元清三人坚决反对分灶，可是他们已经成了少数派，因为还余下一个傅鹏，居然也不愿意跟他们一起过，而想加入我们灶。这才真是出乎意料。但是，“吕头”对傅鹏前一阶段的表现极不满意，坚决不肯接纳，我们其他三个人也觉得这小子时左时右表现不稳定，决定暂不考虑。傅鹏失望之下断然宣布：谁也不跟了，老子自己单独开伙！那言语间颇有一点自视“鸿鹄”决不与燕雀同巢的悲壮情绪。

刚来了两个月就要分灶，队里的干部听说后很有些诧异。不过农村常有父子兄弟闹分家的情况，他们处理这类事情很内行。我们等同于一个兄弟众多的大家庭，既然过不到一块，那就分家算了。实际上我们也没有多少“财产”可分，劳动工具归个人所有，厨具灶具再另外置办就是了。我们的经费还剩下一些，不花白不花。

比较头痛的问题是住处一时难以解决。八个人分了三个灶，加上“自组灶”就是四个，这些人除了睡觉的地方还得有做饭的灶房。村里一下子找不到合适的地方，只能尽力调整。折腾了几天，总算暂时安排到位。“自组灶”挪到我们原先的灶房，那孔窑洞就是我们刚进村时吃第一顿饭的地方，和保管室及马圈在一个院子里，面积较大炕也不小，既可以住人也可以做饭。我们四个人的灶房安排到坡上有信家腾出来的一孔石窑里，有信是中农，让他出力是应该的；只是那窑洞里除了灶台就是一盘小炕，只能勉强挤下“吕头”他们三个人，箱子等杂物没处放，不得已又占用了隔壁帮劳家的一孔烂土窑存东西；我只能原地不动，仍与老曹他们住在原先的厦子里，队里再给老曹他们另外安排了一处做饭的地方。

村里的房子和窑洞都是随坡而筑的，犹如城里的楼房，自下而上分成好几个层次。由于我们的灶房地势高，被称为“上灶”，老曹他们自然就是“下灶”了。

最特殊的是傅鹏，他在马圈门口用几块砖头垒了个小灶台，坚持特立独行，自己单独开伙了！

后来我也想过，这次分灶，我们确有不妥。都是一起从北京来的，有必要把事情做得这么绝吗？从更高的角度认识，这不是“抛弃落后同志、分裂革命队伍”的行为吗？后来看到其他村的知青也多有分灶的情况，我也就觉得这是大势所趋，从而心安理得了。其实，若从思想深处发掘，至少是一种“甩包袱”的自私心态使然。

我在日记里简单记述了分灶的事情。

> 1969 年 5 月 1 日，星期四。
>
> 今天终于分灶了。
>
> 今天是“五一”劳动节，又是阴历三月十五，是县里规定的放假日，所以正好收拾东西。
>
> 上边的地方真挤，只能住三个人，我只好还住下边。

分灶的气氛还算正常，没有再闹什么矛盾。“下灶”的人认为是我们搞阴谋搞分裂属于“另立中央”的反动行径，他们至少在心理上占优势，倒也很坦然地接受了分灶的现实。没有了“吕头”“老猫”的唠唠叨叨，生活过得更舒坦：柴啥时候没了啥时候打，打一捆能用好几天，没必要天天起早摸黑地受苦；粮食尽管放开肚皮吃，啥时候没了再想辙，大不了多去塬上串几天队，到哪个村还不能混口饭吃！那些天其他村来他们“下灶”蹭饭吃的同学挺多，这也算是必不可少的感情投资嘛！他们那种扬眉吐气当家做主的愉悦心情溢于言表。

我们“上灶”的日子过得也不错。大家志趣相投观点一致，都有必要的革命热情和劳动干劲，有自觉节粮的共同认识，“早请示晚汇报”天天坚持，“家里”的活儿都积极主动去干。我们的粮瓮经常满着，缸里的水始终不断；门口的柴垛很快就形成规模，向外人显示出这是一户底气雄厚的殷实“家庭”。

傅鹏的生活似乎也很惬意。一个人过日子没必要买麦子玉米，只吃成品粮就是了，省了磨面的麻烦。不过他还是有些懒，宁吃片汤不擀面条，宁可烙饼不蒸馒头。啥时候饿了啥时候吃，吃饱了想看书看书想睡觉睡觉没人管你呵斥你。如此无节制地吃粮总会造成亏空，幸运的是这小子赶上了个好邻居，马圈里住着的喂马老汉是个好心人，这孤寡老汉看傅鹏单锅独灶地实在恓惶，便经常接济些吃食。为了免得傅鹏觉得过意不去，还找了个特殊差事让他作为回报：请傅鹏给他念书。老汉虽然不识字，却有好几本书，老的如《封神演义》《说岳全传》，新的有《艳阳天》。这对于傅鹏来说正是求之不得的好事情，于是每天晚上都可以听到从马圈的小窑洞里传出他音调铿锵的朗读声，从“岳飞枪挑小梁王”到“萧长春死了媳妇三年还没有续上”，真是有声有色有滋有味！

分灶还带来一个意想不到的好处：我们知青多分了一块自留地。

按照生产队的规矩，每户人家可以分到一块自留地，不管人口多少，一律都是三分地。一分地大约是六十多平方米，三分地就是二百来平方米，真是不小呢。只是原来我们只有两个灶，现在却变成四个灶了——傅鹏又是

▲在惠家河村头遥望洛河川。下面是咸榆公路；中间洛河拐弯处左面那丛树木所在的地方，是我们大队的另一个村子刘家河。（绘于 1970 年）

"单身"，不知这地该咋分。不料队里实在公平：傅鹏和老曹他们算一份，一共分给我们知青三块地！

我们没想到，经过那么多的政治运动和社会主义教育，农村居然还保留着自留地，这算不算"资本主义的尾巴"呢？如此想法实在愚蠢，有便宜不占是傻瓜蛋，我们不再多想，欢天喜地跟着队长和会计量地去了。我们灶的那块地就在村头，是个上好的地块。最让人欢欣鼓舞的是，队里原先已经在那地里种上冬小麦了，我们无须付出劳动就可以坐享其成！这就好比买头老母猪还搭了个猪娃，是天上掉馅饼似的大便宜！后来麦收的时候这块地收了四十多斤麦子，虽然远低于我们的期望值，但已经是难得的意外收获了。

二、春天来了

人都有逆来顺受的本性。无论是被动下乡插队也好、毕业分配风波也好、闹矛盾分灶也好，事情已经发生了，情绪反复闹过了，心态也就渐渐平和下来了。我们毕竟年轻，不会总沉浸在无休止的痛苦中，只要生活稳定有吃有喝，还是很容易顺应命运安于现状的。

这时我们才发现，在不知不觉之间，春天来了！

只有在心情趋于平静之后，才有闲暇关注周围的环境，我也难得地写下了一篇略带抒情色彩的日记：

> 天已经阴了好几天，今天早晨刚到地头，雨就下起来了。在岩石下蹲了一上午，雨停了一会，我们就赶忙回家了，下午大睡一场。
>
> 我们这儿风景不错，粉红的桃花，雪白的梨花，掺杂在一起。金黄的菜花，配上鲜绿的麦苗，显得十分好看。洛河水浑浊而又湍急。广阔的黄土高原有着它独特的美丽。

后来我还画过一幅水彩速写，但我的画功极差，无法描绘惠家河诱人的风采。

我从未想到，春天的黄土高原，色彩竟会如此绚烂。

白雪逐渐消融以后，高原才真正展现出无比壮阔的本色。无边的荒塬一个劲儿地向四外伸展，看不到尽头，看不到边缘；经亿万年雨水冲刷形成的深沟大壑，纵横交错触目惊心，像是刻在那张仰望苍天的荒褐色巨脸上的皱纹。而苍天呢，同样高到无边无际，望到让人眼睛刺痛，这时才会品味到什么叫“天似穹庐笼盖四野”。站在塬顶，有时可以看到遥远的地方有一片云彩正在飘来，渐渐扩大漫延，你还没有回过味儿来，它已经变成面目狰狞的乌云飞临头顶，突然撒下一阵豆粒大的雨珠，砸得人头皮生疼；还未等你慌不择路地找到躲避的地方，它已经挟着闪烁的电火和隐隐的雷声跑远了。原来这是老天爷在和你逗着玩呢！不知什么时候，高原脱去了黄褐色的外衣，这里一点那里一片，鲜翠鲜翠的绿色开始悄悄蔓延，突然就染遍了天下。紧接着杏花开了、桃花开了、李花开了、油菜花开了……满山遍野，像是一团团粉红的、嫩绿的、雪白的、淡黄的云朵，四处飘荡。

洛河早已开冻了，水势一天比一天大。若遇到连日大雨，河道会变得非常宽。河水极其浑浊，要是把手伸进去再抽出来，会有一层浓稠的泥浆糊满手臂，像是戴了一只黄色的胶皮手套，想洗净都不容易。这时的河水异常凶猛，洪流里经常夹带着许多乱七八糟的东西。最多的是木头，村里人有时会捞上来很多木头，大些好些的可以当材板屋椽，小些差些的也能剁成柴火烧火用。还有许多被泥浆呛死的鱼，可惜当地人不吃鱼，都白白浪费了。时常也会有死猪死羊什么的，肚皮鼓胀四蹄朝天在波浪间浮沉，那就有些吓人了。不过，泛洪的时间毕竟不长，平时的洛河还是很清澈很温柔的。热天出汗多，活儿又脏，我们每天都会到河边游泳，那可是极大的享受！有一次我和老朱几个大胆游过河去，到对岸刘家河的塬坡上偷杏子吃。我总觉得这村子也许应当叫“六家河”，村子极小人口极少，由于大河阻隔，与外界很少来往，像是世外桃源。满坡的杏树，果实累累没人看护，杏子个个大得赛鸡蛋，汁水饱满口感甜腻，我们吃得好不过瘾！可惜那天是光着屁股游泳过河的，没法儿往回带。这样的好机会只有一次，第二天赶上发大水没法过去，等过几天水退之后季节也就过了。

我们惠家河的地理位置真好，端着碗站在院门口吃饭的工夫，就把一川的风景观赏了。这时节满村的枣树也开始发芽长叶，一片郁郁葱葱，掩盖了这村子的破烂贫穷。

开春了，村里的活儿也越来越多了。既然我们拿着壮劳力的工分，就得干壮劳力的活。可惜很多“技术性工种”干不了，只能跟着社员们下大田，干些锄草、间苗、“散畔”、“打核圾”之类的普通活。所谓“散畔”，是把崖畔上的浮土铲下来，撒到地里当肥料；“核圾”的发音接近“胡气”，是那些“技术高手”们驾驭牛马犁过地以后产生的大块土坷垃，需要用镢头打碎，这活儿就叫“打核圾”。打核圾之后应当还有一道工序是耱地，有个“技术高手”站在用荆条编的大排子上面，用头口拉着再将土地平整一遍，有利于保墒。

我们灶的老郝是个很聪明的人，脑子快手也巧，经常主动试着干些技术含量较高的活儿。不久之后，他居然也能得心应手地赶着头口犁地了——当地人把犁地叫“揭地”，真是十分生动贴切，犁地可不就是把地表“揭”起一层皮嘛！有时候老郝也耱地，看他站在荆条排子上“得秋得秋”地大声吆喝着挥鞭驱牛的威风模样，很有些古代士兵驾驭战车勇往直前的豪迈气概呢！

后来老郝更了不得了，居然当起了羊倌。我们村的羊群本来有个老汉带着一个半大小子管着，但老汉越来越老而羊群日益壮大，那半大小子比较愚笨看不住羊，队里便换了老郝跟老汉当羊倌。那活路看上去很闲在，把羊轰到坡上让它们自己吃草就是了，自己找个背风的地方歇下，晒着太阳听老汉扯着嗓子吼秦腔，实在是优哉游哉！但是仔细想想，这羊倌也不是那么好当的。百十来头羊早上撒出去容易晚上拢回来难，羊倌一天到晚在外头晃着永远吃不上个热乎的晌饭，要是遇上雨天雪天或是母羊下崽就很麻烦，更别说一身洗不掉的膻臭摘不净的羊毛和满裤裆活蹦乱跳的跳蚤了！

不过老郝挺适应，很快就像个地道的羊倌了。每天晚上还能背回来一大捆柴火，那是看羊的时候抽空打的。老乡夸他：“老郝能得很，外前赶着一群羊，屋里还养着好几个哩！”那话是调侃我们灶上其他几个人呢，有“猫”有“猪”有“驴”，真是热闹的一大家子！

“猫”指我，“驴”自然是“吕头”，“猪”则是影射老朱朱建群了。老朱和老郝同龄，但性情大不相同。老郝总是一副笑眯眯的模样，为人处事比较活络；老朱则认死理儿爱较真儿，与我很有相似之处，所以我俩倒很合得来。

我和老朱干的活比较杂，多属于出大力流大汗的力气活，比如拉架子车运沙子、给羊圈出粪之类。有时候也有一些特殊的轻省项目，像过沟打鸟、赶驴运肥，等等。在做农活方面，我大概属于比较笨的那种人，时常会搞出一些笑话。

有一次，我被派去给羊圈出粪。羊圈的粪尿积攒多了，需要定期清除出去。这活儿又脏又臭又累，所以工分很高还是包工，一口气干完，就是十三分。通常一个壮劳力努努劲儿，半天就能完事，下午就可以歇着了。可那天我从上午一直干到后晌，脱了个光膀子累得满身大汗，刨出来的粪在圈外堆得像座小山，而圈里的粪却似乎无穷无尽总也出不完。幸亏喂马老汉遛马路过，一看这阵势，苦笑着赶紧止住我：“这娃可把力下煞了！咋没人给你说哩，你这把老底子都给挖了！”原来这活儿只需要把上面新积的一层粪清出去就行了，下面多年积存的老底子硬得很，根本不需要刨起来。我把这老底子足足抠下去了二尺深，完全是弄巧成拙，最后还得运新土把圈里重新垫平夯实。这十三个工分，挣得实在不容易！

三、“吕头”

我们“上灶”的四个人中，挣工分最多的是“吕头”。

“吕头”对活路从来不挑不拣，原则就一条：工分高就行。从正式上工的第一天，他就表现出对工分的极高热情：他是我们知青中出勤最多的一个，不管派啥活路，先得问清楚工分多少。每天全勤十一分的普通工种显然让他很不满足，经过观察了解，他发现除了队里几个专职饲养员，工分最高的是基建队的成员。

为了“学大寨”，生产队特地抽调一批青壮劳力，成立了一支基建队，主要任务是“捻地”，简单地说，就是把倾斜度较大的坡田变成平地。陕北农民种地实在不讲究，往往是顺坡开荒、撒上种就算是一块地，然后就等着庄稼熟了收粮了。这种田地往往倾斜度很大，远看像一块块破布难看地挂在塬坡上，不仅造成严重的水土流失，产量也极低。山西昔阳县的大寨人有办法，通过艰苦奋斗，把“七沟八梁一面坡”都改造成了漂亮的梯田。这经验应当很适用于陕北的地形，所以成为“学大寨”的首要措施。

就发音而言，有人说这活儿应当写成“碾地”，但我觉得还是“捻地”更贴切，因为其中有一道最主要的工序，是将荆条“捻”成系绳，捆住用椽子排成的挡墙。然后“削高填低”，把高处的土运到低处，填到挡墙里面夯实，再斩断荆条拆下椽子，移到上面筑成新的挡墙。如此逐渐向上，直到把一截坡地变成平整的梯田。

许多陕北知青所写的回忆文章都提到过这个活儿，我在这里如此啰唆，是想让其他人也有一个基本的了解。前面本来是说“吕头”的，似乎有点儿走题了。

就外貌而言，“吕头”真像个地道的农民：一身褪成灰白色的衣服点缀着无数个补丁，脚上的胶鞋总咧着口子；头上的帽子最有特点，帽檐软塌塌地耷拉在额前，还老是歪着的，说句开玩笑的话，我常怀疑多年后著名小品演员赵本山那顶帽子是模仿“吕头”的。平心而论，“吕头”是一个相当能干的人，最大的特点就是能吃苦，干活从不偷懒惜力，无论知青还是老乡，没人能否认这一点。而“吕头”最大的愿望，就是进基建队，因为基建队虽然活路较重，但每天有十三分，待遇很高且收入稳定。刚开始的时候，“猴子”荣幸地被选入基建队，但他很不争气，干了几天就觉得太累，三天打鱼两天晒网干得“没眉眼”。“吕头”对此很有些忌妒，一再宣扬：“这破活儿还给十三分！要是我，给九分就能干！”

万有刚当队长，就碰上“吕头”没完没了地提意见，很有些头痛。然而“老帽儿”们毕竟聪明，队委会的几个干部一商量，既然“猴子”不愿干，干脆把“吕头”安排到基建队。这下果然很有效，“吕头”再也不提工分高低的事儿了。直到农忙开始后基建队暂时解散，“吕头”就又开始为高工分而操心，因为拉车、起圈、揭地等也是十三分的最高待遇，未必都能轮到“吕头”。

另外，还有一些事情工分低甚至没工分。我们分灶之前，队里很照顾，每天留两个人做饭还给记工分；分灶以后就取消这种待遇了，以致我们和普通社员一样，收工之后还得自己做饭。但是遇到灶上需要磨面的时候，问题就来了：这活儿属于我们自己的事，队里不给记工分。为了体现公平原则，只有四个人轮流承担。可每次轮到“吕头”的时候，他总是很不情愿，要嘟嘟囔囔半天。我在日记里就给他记了一些小账呢：

> 今天我比他多挣了几分，回来便觉气氛不大妙。记完分，他便和郝庆超争论明天该谁磨面，结果该他。“我就再少几分吧！”这是他说的第一句。“不过我也要斤斤计较一下，我只拿粗箩箩。”第二句，这是暗指我上次磨面用的是粗箩。“而且我还要留十斤麸子！”这是第三句，又是暗指那天我的六十斤小麦没磨完，剩了一些。我又好气又好笑，不由得回了他一句：“哪怕你留二百斤呢。谁又能管你！”
>
> 又想到记分后的一段话：“你们都碾过场、拉过车子。就我亏。”
>
> ……吕头现在分最多，可他还不满足，恨不得一天二十四小时都挣分。别人说他是工分迷，他说：“我是抓革命，促生产！”
>
> 吕头，用惠家河的话说：“可僚啦！”

为点儿工分的事儿和“吕头”闹别扭，还要在日记里把他讽刺挖苦一番，说明我的思想境界与“吕头”不分高下。这段日记也暴露了一个问题：分灶并不能解决所有的矛盾，也不能避免产生新的矛盾。在我和“吕头”两个人之间已经有许多摩擦，在我们“上灶”内部同样存在许多分歧。而矛盾的中心人物，往往都是“吕头”。不过，必须强调的是，在我们这个四人“小家庭”里，“吕头”还是一个挺负责任的成员，尽管他时常以家长自居，除了继续推行他的“节粮政策”，有时还独断专行地自行决定一些事情。比如那次去隆坊跟会，他执意要买一头克郎猪——就是半大的小猪崽。他不会在袖子里摸手指头那套交易方式，索性直接讨价还价，最后以五元五角成交。“吕头”用树枝赶着小猪走了四十里路，半路小猪走不动了还得抱着，待到兴冲冲回到家中，却遭到我们三人的一致埋怨：这日子连人都吃不饱呢，拿什么养这小东西？！“吕头”赌气说：用不着你们管！此后他天天摘野菜打猪草，那小猪崽也挺争气，眼看着一天天长大。我们虽然也不是说不管就不管，总要剩些残汤剩菜涮锅水喂它，可这小东西就跟“吕头”最亲。下工回来“吕头”在院门口“喽喽喽”一叫，它就屁颠屁颠地跑回来了。晚饭后“吕头”坐在门槛上，一手给卧在脚下的小猪崽挠痒痒，一手捏着工分本心满意足地算工分，对他来说是一种难得的享受，也是我们门口一道特殊的风景。

后来小猪越长越大食欲也越来越旺，实在养不起了。又是“吕头”自己赶着猪去集上卖了，价钱是 22 元。几个月下来，收益率达 400% ！“吕头”很大方，把钱交“柜上”作为大家的公共经费。对此我们都有些惭愧，为此即使“吕头”时常表扬表扬自己和数落数落大家，我们也只好耐心忍受了。

▲当年我曾偷偷地给“吕头”画了一幅漫画，“吕头”若是看见，希望不要生气。这画面倒也很真实地反映了当时的场景。

人与人之间的隔膜，常产生于缺乏交流和沟通，而理解的前提是了解。很久以后，当得知“吕头”一些不愿为人所知的隐秘之后，我才明白为什么他会对看似“区区”的工分如此着迷，从而很有些后悔曾经对他的讥讽贬低和“恶毒攻击”。如果他有机会看到这些文字，我要诚恳地向他道歉了。

四、喂马老汉

对我来说，麦收前还有一件事情值得一提：我去县里参加了传达“九大”精神的大会。

“九大”从 1969 年 4 月 1 日一直开到 24 日，连续开了 24 天。而接下来逐级传达这次会议的精神，同样需要很长时间。待到我去参加县里的会议，应算是最基层的级别了，前后也开了将近半个月时间。

我能够脱产这么长时间参加县里传达“九大”精神的会议，而且队里还要天天给记满分，真是一件幸运的事情。而更幸运的，是与喂马老汉有了深入相处的机会。

从进村那天开始，我们接触最多的就是喂马老汉——我们的伙房和马圈在同一个院子里，一天三顿饭，都会与他打照面。

刚开始我对他的印象并不好。老汉个子极矮，穿着一身疑似蓝色的破烂

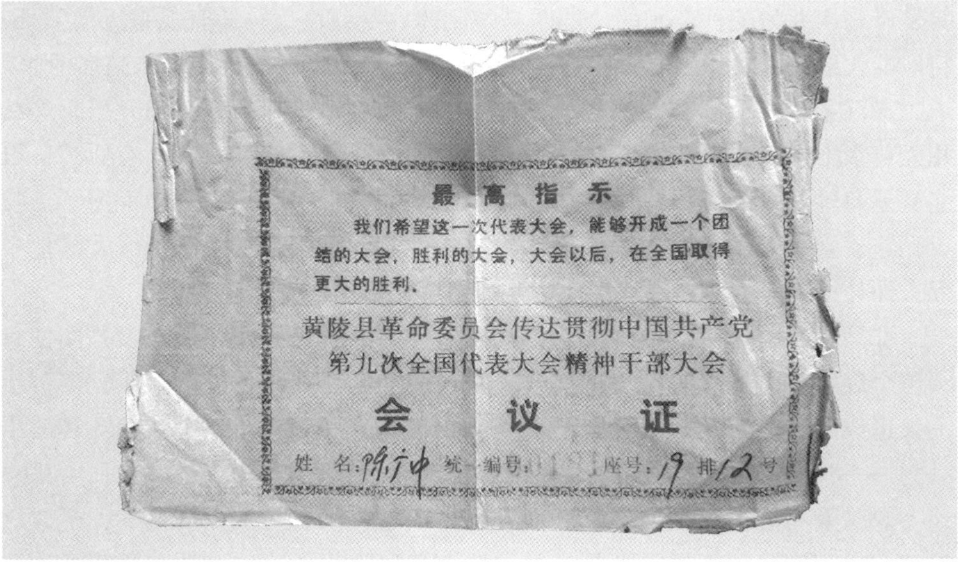

最高指示

我们希望这一次代表大会，能够开成一个团结的大会，胜利的大会，大会以后，在全国取得更大的胜利。

黄陵县革命委员会传达贯彻中国共产党
第九次全国代表大会精神干部大会

会议证

姓名：陈广中 统一编号： 座号：19 排 12 号

▲我的“会议证”。那次会议的全称是“黄陵县革命委员会传达贯彻中国共产党第九次全国代表大会精神干部大会”。我和喂马老汉很荣幸地跻身于“干部”行列，可惜我的名字又被写错了。

棉袄，当腰系着一条宽布拧成的腰带，头上是“老帽儿”们常戴的那种脏兮兮的黑布瓜皮帽；老汉是小团团脸还留着稀疏的胡子，一只眼睛瞎了，另一只眼睛有严重的白内障，混浊不清还总是斜着看人；老汉说话有些底气不足，是老年人常有的那种小尖嗓，他又偏偏喜欢捏着嗓子装女声唱秦腔，刚开始听不惯只觉得浑身要起鸡皮疙瘩。这副模样，实在有些猥琐。

老汉没老婆没后人。听说他早先有老婆的，那婆姨据说有不轨行为，被老汉暴打了一顿，羞愧难当，居然在村外的李树上吊死了，老汉从此孤身一人过活。

老汉家的窑洞就在坡上，但他几乎从来不在家里过夜，因为喂马是个精细活，所谓“马不吃夜草不肥”，老汉一天几乎 24 小时都守着他的马。有人开玩笑说：马就是他的婆姨哩！

在农村，饲养员不仅是高技术工种，还是个肥差。无论牛马驴骡，除了吃草，还得配发一些麸子、黄豆、黑豆之类的精饲料，而饲养员偷牲口料则是公开的秘密，属于“特殊岗位津贴”。胆子小有些良心的，有时不敢太贪婪，而胆子大心眼瞎的，明拿暗偷肆无忌惮。从他们各自所养的头口胖瘦程度，不难判断饲养员是个什么样的人。

喂马老汉不同。他不仅从来没偷过饲料，反倒经常倒贴些芝麻、白糖、玉米面之类的零嘴儿让马解解馋呢——在村里，这也是公认的事实。老汉养的是母马，专为配种产驹的。那匹马膘肥体壮身躯高大，简直像是天马下凡，与他本人形成极其强烈的对比——和马站在一起，老汉简直连个侏儒都不如。

老汉第一次引起我的注意，是他养的那匹大白马死了。那马开始时连续几天草水不进，队里特地派万红牵到公社兽医站看病，兽医说是“结症”，可能就是急性肠胃炎，没法治，居然死在回来的路上了。老汉心痛得哭了一整天，连着多少日子萎靡不振，饭也不吃，谁劝都没用。后来队里派人陪他专程去外县买回来一匹黑母马，他才渐渐缓过来了。

那马刚来时瘦得皮包骨头弱不禁风，许多人看了摇头，说老汉是图便宜买了个废物。可老汉自己很有信心，经过他的精心调理，没过半年，那畜生不仅也成了天马下凡，而且肚子日益见大，后来居然生了一个活蹦乱跳的小马驹——原来老汉买的时候就看出来它已经怀孕了呢！

老汉爱马近乎痴癫，决不许别人碰它一指头。有一次元清淘气，趁老汉没注意，爬到马背上想尝尝骑马的滋味，老汉气得发疯般大骂，吓得元清几天不敢与他照面，每次进灶房吃饭都像小偷似的悄悄溜进溜出，生怕在院子里遇上老汉。

刚开始我们听说老汉婆姨的故事，以为他是个脾气暴躁难以交往的老头，后来才发现他其实是个心地极善的人。有要饭的乞丐进村，他竟会招到家里请人家美美喋上一顿呢。他对我们很关心，教我们如何用镢头把柴火剁得细碎些，这样既省柴还火力旺；他教我们如何用树枝做个“丫”字形的烧火叉，进柴烧火时轻挑顺放，免得把灶口捅得像个城门洞，漏风冒烟又费柴；他还教我们如何在磨面之前将麦子用清水淘一遍再闷一夜，如此既能让面粉更白还能多出面；他又教我们如何掌握各种面粉发酵的火候，使蒸出来的白面馍、玉米馍、糜子馍又大又暄既不酸还发甜……老汉常说：“这伙娃恓惶哩，咱得多照看着呢！”

多年后我读到知青作家史铁生所写的《我的遥远的清平湾》，看到里面那位“破老汉”，很有感触。史铁生的“破老汉”姓白，我的喂马老汉大名叫“惠红”，所以也称“红儿老汉”。也许，在许多陕北知青的记忆里，都会有这样一位“老汉”呢。

这次队里派他和我一起去县里开会，那匹黑马暂时由其他的饲养员代管。老汉很不情愿，一路上嘟嘟囔囔，放心不下他的马。在会上报到之后，当天晚上他就溜回村里去了，第二天早上又赶回县上开会，来回跑了八十里。后来就不回去了，不是怕跑路，而是因为会议上的小组长批评他了，说这么重要的会必须认真参加，还指望你们回去向贫下中农传达落实哩，这可是阶级立场政治立场的大问题！老汉不敢再犯纪律，这才踏实开会了。

老汉不识字，很多“精神”得让我给他解释，免得将来传达的时候出差错。他很恭敬地一口一个“老陈”，有人和他开玩笑，说：“老汉你这大岁数了咋叫一娃娃啥老不老的！”老汉很认真地回答：“老不老不在岁数，人家北京学生有文化哩！”当地老乡相互间要么叫名字或外号、要么按辈分称呼，平时只有见到上面的干部才称“老李老王”啥的，我居然能享受如此“尊称”，很有些受宠若惊。

会议上的饭比家里好，就是分量有些少，一天三顿，每顿一碗菜加上两个二两的杠子馍。开了几天会我有些扛不住了，让老朱炒了些炒面托人捎来；老汉家里没人关照，我总得匀他一些。老汉很客气，说自己饭量小，吃馍就够了。有时推让不过吃上几口炒面，觉得过意不去，上供销社买些饼干请客。老汉没粮票，只能买高价的。我还记得那天晚上老汉请客，花两毛钱买了几块饼干，又花一毛钱在街头小摊上买了两碗醪糟。那饼干是当地产的，硬邦邦的一咬直掉渣，得小心翼翼地拿手接着；所谓醪糟只是一碗清汤水，有七八个米粒漂在上面，喝着倒还挺烫嘴。我俩圪蹴在县邮局门口的台阶上享

▲ 1977 年我回村时给喂马老汉拍的照片。那时队里已经养不起马，老汉改喂驴了。他那头驴养得彪悍，衬托得老汉更显矮小。为了照相，他特地拿上了给驴挠痒痒的篦子。

受了一把，看着延安下来的卡车不时从尘土飞扬的街上驶过。老汉说你到陵上走过没有，我说还没机会去哩。老汉说明天不开会，我带你走。

第二天，我俩相跟着去了一趟黄帝陵。

五、黄帝陵

许多年后，我才对黄帝与黄帝陵有了一些深入的了解。

《史记》云："上古，黄帝崩，葬桥山。"

如果黄帝在历史上确实存在，那不仅他本人是一位极其了不得的人物，他的四位妻室及众多部下几乎个个都是出类拔萃的天才。他的正妃嫘祖发明了养蚕，第二位妻子方雷氏发明了骨针和梳子，第三位妻子彤鱼氏发明了筷子，第四位妻子嫫母发明了镜子；他的部下之中，祝融研就击石取火、伯益教人掘井汲水、宁封子塑陶器、风后做指南车、共鼓与狄货试舟船、胡巢和于则制鞋帽、仓颉造文字、隶首创算盘、伶伦作乐律、杜康酿美酒……衣食住行、征战生产，几乎无所不包。而黄帝本人不仅有从天干地支历法到中医中药等一系列重大发明创造，其最主要的功绩，是战炎帝、灭蚩尤，统一了华夏各部落。

现代历史学家认为，黄帝实际是中国古代传说中的神。但经过数千年的文化沿承，人们更愿意相信他是一个真正的人。著名学者顾颉刚说得明白，这是“把社会人格化”了。传说，黄帝于二月初二在沮水河畔的沮源关降龙峡出生，所以民间素有“二月二龙抬头”之说。他所居桥山，定名“桥国”，寿至一百一十岁时，乘坐天帝派来接迎的巨龙升天，民众将他遗下的衣冠葬于桥山之巅，这便是号称“天下第一陵”的黄帝陵。

黄陵县因有黄帝陵而得名，因有黄帝陵而出名。这地方旧时称“中部”，可见其地位之重要。

时至今日，我依然记得当初喂马老汉带我“走黄陵”的情景——他把去黄陵称作“走”。

“走”黄陵先得去轩辕庙，那并不远，出县城北关，二里来地溜达个十几分钟就到了。不大而颇显破败的庙门坐落在一个小山坡上，静静的沮水在坡下蜿蜒绕过。走进庙门，任何人都会感到眼前一亮：好大一棵柏树，可算天下柏树之王！粗大的躯干上瘿节累累，繁茂的枝叶遮天蔽日，那就是著名的“黄帝手植柏”。老汉说它是“七搂八扎半，二十四个疙瘩不上算”，我亲自试了试，的确是六七个人也抱不过来。

过横廊，正面即是大殿。所幸“文革”狂潮似乎未曾触及这处“世外桃源”，殿前高悬的大匾上，是笔迹古拙的“人文初祖”四个大字。殿门紧闭，不知里面是什么模样。

瞻仰过黄帝庙，老汉带我沿小路上山。山路从漫山遍野的柏林中穿过，树木掩映之中，隐隐可以看到一座碧瓦朱柱的建筑物，那应当是黄帝陵了。这时老汉提醒我脚下留神，只见一截石碑横卧在荒草中。老汉说，这就是刻着“文武官员至此下马”的那块碑，可惜了！以前来谒陵的人到了这座碑前，

▲ 1969 年 6 月，我与喂马老汉一起去黄帝陵时画的黄帝庙庙门。

文官落轿、武将下马，不论职位高低，一律徒步前行，任何人不得违例。如今“破四旧”革了文化的命，说不得这些规矩了！

后来听人介绍，按中国传统的“风水”之说，这背山面水的黄帝陵地理位置极好，正是“前有朱雀”——沮河南岸有印台山镇守；“后有玄武”——看那陵后的高塬，岂不恰似一头巨大的神龟？“左有青龙”——那里的地名就叫“龙首”，正是所谓的“神龙见首不见尾”；“右有白虎”——取“神虎见尾不见首”的意思，那处村子就叫“老虎尾巴”……

黄帝陵是一个杂草丛生的巨大土包，看来已经很长时间没人管理了。我们刚才看见的那座建筑物是陵前的祭亭，亭中的石碑上，是郭沫若手书的“黄帝陵”三个大字。亭子后面，有明朝嘉靖年间镌刻的“桥山龙驭”石碑，保存尚算完好，那笔迹撑满碑面，“顶天立地”，很有王者之风。

突然，老汉做出一个出人意料的举动。他见四处无人，忽地跪倒在陵前，恭恭敬敬地磕了三个响头！

我是生平第一次看到什么叫“响头”。那是匍匐四肢，以额叩地，然后垂手起立，再重新下跪。如是者三。

◀1969 年 6 月我画的黄帝陵。

我不知该说什么好："你……这是做啥嘛！"

他十分虔诚地说："见老祖宗哩！"

我见他额头上满是泥土，连说："头上脏了，快擦擦！"

他用袖口边擦边说："不脏，不脏。'黄帝'就是'黄地'嘛。老祖宗是土，咱草民百姓也是土。土咋会脏哩……"

若干年后，我读到《史记》，突然看到令我大为吃惊的一句："……有土德之瑞，故号黄帝。"这纯属后世草民的喂马老汉，与先祖黄帝竟如此灵息相通，真使我由衷地感动！

这次"干部大会"从 1969 年 5 月 30 日上午开始，一直开到 6 月 9 日傍晚结束。

重新翻查当年所写的会议记录，我发现了一些久已遗忘的细节。

6 月 8 日下午的会议内容，是"三夏工作安排意见"。据报告说："今年小麦可能是历史上的最高产量。据记载，黄陵县 1954 年的小麦平均亩产量是 104 斤，1956 年是 96 斤，1958 年只有 78.7 斤，1965 年是 120.6 斤；而今年估计在 125 斤以上，油菜平均亩产在 70 斤左右。今年夏收丰产，化肥起了很大作用，最根本的经验是突出了政治……关于粮食征购，全县的任务是 265 万斤，要争取超额；油料征购 21 万斤，力争夏收一次完成。"这数字很让我感到震惊。在我的记忆中，1958 年"大跃进"的时候，小麦亩产有个

▲ 1977 年我重返陕北时画的黄帝手植柏。

十万八万斤不算啥稀罕事儿，这黄陵县的产量咋低得让人不敢相信呢？

所谓“三夏”，应指“夏收、夏耕、夏种”，对于报告中提到的许多技术性工作，我听不太懂，而最让我关注的，是“夏季分配”问题。

自夏收以后，北京知青便不再由国家供应粮食、而将与普通社员一样分配口粮。关于分配方式及标准，在我的会议记录中写着：“社员应按基本口粮及劳动工分相结合的方式（80%、20%）；按人口分配还是按等级定量，由群众讨论决定……学生分配粮标准，专区意见按单身汉（12分），分到麦子后，队里要解决一半秋粮，分的粮食由队里保管，按月供给。”

所谓“学生”是指插队知青。但是，在我和许多知青的记忆中，最后实际执行的标准大大高于延安专区提出的底线，那年夏收分给我们的口粮，是一个半人的标准。

这就是说，我们分得的粮食，远远超出了普通社员。

回想起来，惠家河的乡亲真实在、真仗义。实事求是地说，我们这些“外来户”并没给他们带来丝毫有效价值：地还是那些地，并不会因为我们来了而增加一寸；产量还是那些产量，也不会因为我们多干了活而增加一斤。而我们却要从他们的利益中瓜分出来一大部分。他们也许有怨言，但我们没有听到；他们也许很无奈，但还是坦然接受了这种不公平。实事求是地说，是这里的地、这里的人养活了我们。而我们不仅心安理得地接受了这一切，还很不知足呢！

▲ 1977 年我重返黄陵，在黄帝庙里的“黄帝手植柏”前留影。

第六章 麦收前后

一、“大宝”杀人了

这件事情发生在我去县里开会之前。

1969年5月15日，星期四。

今天晚上，王德禄又来了，另外南村的熊和生等到我们村拉沙子，他们带来一个惊人的消息：宋仕猛打死一个人，已被抓起来了。

原来他们村去了一个复员军人，带着一支小口径步枪，放在外面。宋大宝拿起来玩，没想里面会有子弹，对面正好有一个小孩，一扣扳机，子弹从嘴里打进去，当时就死了。大宝让人打了个半死，送到县里去了。

这真是飞来横祸，大宝这辈子算完了。

曹连元今天又回来了，又带回几个瓦梧的。

上回他带来三个人，在我们屋住了一晚，第二天就丢了书、主席像等七八样东西。

这真是，该抓的不抓、该倒霉的不倒霉，这不该倒霉的却老是倒霉！如杨三之流，明明是流氓，打人骂人、无恶不作。据金晓峰说，他前几天跑回北京，又在洛阳被扣住了。这种人却逍遥法外。

1969年5月16日，星期五。

今天启信告诉我，大宝托人带信，要见见我。我正想去看看他。总算是同学一场呀！

宋仕猛是我的同班同学，高个子，喜欢习武，没事儿就把腿翘到墙头上或双杠上压着，随便一踢腿，脚跟轻松就能过顶。不过他看似威猛，其实性格很温和，从来没与别人打过架，总是一脸憨笑，得了个外号叫“大宝”。

我们在学校的时候关系挺好。到陕北插队之前他曾经找我商量，但那时我还没拿准主意，结果他自己报了名，成为第一批来黄陵的知青。不知由于什么原因，他没有与王德禄他们为伴，而是独自分到了安子头。

最近我看到一位同为安子头插队知青写的回忆文章，提到这桩几十年前发生的命案，其中有些细节存在明显出入。可见记忆往往会有许多失误，倒是日记更可靠些。

那天我听到消息后，相当震惊。第二天听说“大宝”托老乡带话说要见我，立即匆匆赶去县看守所。没想到不让见，只有很失望地回来了。老话说“借债还钱、杀人偿命”，“大宝”这事儿虽说是误伤，可毕竟把人打死了，只怕少说也得判个十年八年的吧？我心里忐忑不安，很为“大宝”担忧。

然而，几天后，事情却发生了戏剧性的变化。

1969 年 5 月 21 日，星期三。

前天上午在沟里干活，中午吃过饭，便到安子头去了。安子头的人正要上工，了解了一下情况，就到真理塬去了。晚上在真理塬吃了饭，又到安子头睡了一晚。

昨天和安子头的老乡一块去黄陵，在法院的院子里见到了大宝。他并没有像传说的那样到处是伤，但精神看来受了不小的刺激，有些呆了。老乡送给他一大堆馍。我和大雄又在集上转了一会儿，就回真理塬去了。

今天上午到公社，回来碰见三红。昨天法院说，今天要到安子头和群众讨论如何处理大宝的事，所以我今天又去安子头。法院的人却没有来。只好回惠家河了。

那几天我没上工，一直在跑“大宝”的事情。5 月 20 日，又和大雄跟着安子头的老乡一起去县法院探望“大宝”，见面之后，很有些伤感。“大宝”本来就有点儿少白头，出了这事儿才八九天时间，头发又白了不少。原先传说出事那天他被老乡打了个半死，捆得像个粽子似的送到县上，根据实际情况看，显然有些夸大其词。他们村的老乡给我留下的印象很不错，给“大宝”送了不少吃食，还说了不少宽慰的话。被打死的那娃，是他们队长的孩子，那家长据说挺大度，说孩子死了也活不过来，“大宝”也不是有意的，还是放了算了。这话很让人感动，也让人充满希望。但是“大宝”的精神十分萎靡，好像傻了似的。

那时尽管是“文革”期间，但司法部门的处理方式还是相当慎重的，尤其这案子涉及北京知青，更不能草率从事。那天法院要到安子头开会征求群众意见，这将直接决定“大宝”的命运，所以我和大雄特地赶去了。不料法院的人有事没来，我只有怅然回村。

没想到，不久之后“大宝”居然真的被释放回村了。接下来我被派参加传达“九大”精神的大会，一连半个来月都在县里，没有时间写日记，所以记不得“大宝”获释的准确时间了。但是在6月21日的日记里，我又提到了他：“中午是在真理塬吃的饭。下午回去时经过安子头，见了大宝。”

可见那时“大宝”早已回到村里了。

关于“大宝”获释的经过，当时也有一些传言，说“大宝”回村以后，那死孩子的父亲曾提出要让他赔偿二百元钱；据说“大宝”无奈地回答，那还是把我送回法院吧！

当然，送回法院是不可能的，至于“大宝”最终是否赔过钱，说法不一。当时我们很有些愤愤不平，认为“老帽儿”太自私太财迷！许多年后重新回想这件事，才感觉真正站在自私角度看待问题的其实是我们。先不说那些“据说”是真是假，即便有这种索赔的事情，也并不算太过分。二百元钱，在当时不过是城里一个二级工五个来月的工资而已。这对于身无分文的“大宝”来说是一笔巨款，它所造成的精神压力远超过经济压力，但是毕竟欠下的是一条人命啊！同时我们也不应忘记，安子头的老乡们有多仁义。在事情尚未定性的时候，他们还像对待自己的孩子一样去法院探监；仅送给“大宝”的那一大包蒸馍，又该值多少钱？那可是麦收之前饥荒时期最宝贵的东西啊。

许多事情，是不能用钱掂量的。

◀1970年夏，我在惠家河村旁的咸榆公路上。

二、收麦了！

收麦了。还要加上一个大大的惊叹号！

因为，收麦是农民的头等大事啊！

秋收以后，经过漫长的严冬和春荒，家家都是仓空瓮净，所有的粮食基本消耗殆尽，要靠野菜、榆钱、槐花之类填充肚皮。这日子只能苦巴巴地熬着，等待麦熟的时刻！

只有我们知青还享受着吃公粮的待遇，尽管吃不饱，但总算有得吃，浑然不知老乡们的痛苦。但是有一点很清楚，麦收之后，这待遇可就没了。

这年的麦子长得好。开春以来真是风调雨顺，要么是和风细雨，要么是艳阳高照，眼看着麦子噌噌地往上蹿，转眼就抽穗灌浆，转眼就由绿变黄。

最抢眼的是川道里那一大片麦子。队长万有接受了我们的“革命化建议”，不仅引进了新品种，还使用了化肥，这可是惠家河开天辟地第一回呢！那片麦子叶色墨绿，枝干粗壮，居然比其他地里的麦子高出一倍，足足有一人高。我们看了很兴奋，看来现代化的技术就是管用；农民看了很惊诧，这日怪麦子长得也忒高了！

结果很丢人，初夏来了一场风，这片麦子全部倒伏了！后来队上请教了县里的技术人员，人家说，麦种和化肥都没啥问题，只是化肥用得太多而且时候不对。万有听了直摇头，却没敢埋怨我们，因为知青不光提建议，还为队里作了很大的实际贡献：我们一致同意，把我们的建房费全部“暂借”给队里，首先买了一台手扶拖拉机，剩下的钱用于买化肥。发展生产是最重要的事，既然眼下有地方住，建房的事可以拖拖，再说刚分了灶，谁也不愿意又搬到一起去呢。

幸亏万有比较谨慎，没有大面积地使用化肥，除了这片失败的“试验田”，其他地块的麦子都长得很正常，虽然只有二三尺高，但麦株密实麦穗饱满，农民都说今年可算丰产了。

丰产不等于丰收，眼看着麦子渐渐开始变黄了，万有和队干部们的情绪也越来越紧张，每天到塬上塬下各块地里转，掐下麦穗搓出麦粒嚼嚼尝尝，看看成熟程度咋样，同时安排劳力平整场院收拾粮仓、督促社员们磨快镰刀备齐家什，做好收割前的准备。夏收不比秋收。像高粱玉米之类的秋粮可以悠着劲儿收，早两天晚两天不打紧，这麦子可不行，一方面熟得快，转眼就全黄了，哭爹叫娘也来不及割；另一方面夏季天气多变，若是赶上一场大暴雨，半年的辛苦就全泡汤了。所以收麦既要抓住时机还要控制进度，如同打一场大仗。

开镰的那天终于到了。如同每天早上一样，早饭过后，万有敲响了上工的钟声。那也不是钟，是挂在一棵大树上的半截废铁轱辘，声音倒很清脆，能传得很远。集合的地方就在村中央，下面的人往上走走聚在树下的空地上，上面的人圪蹴在窑背上就能俯瞰这棵树，大家都听万有派活。万有扯着嗓子吼："昨儿夜黑说了，除了场上的，大伙儿都带上木镰上仰脑头起割麦哩！"

我们也早把自己的木镰准备好了。那家什与华北一带的镰刀完全不同，是一个"L"形的木把，前头卡着一片两指来宽半尺多长的薄钢刀片，刀片可以拆卸，磨起来比较方便。这刀片材质不错，有些老乡磨好的刀片锋利极了，可以直接刮胡子。拿这种镰刀割麦子得有点儿技术，刀口太钝不仅割不断麦秆，还很容易滑到手指头上去；刀口太快用力过猛则可能直接奔自己的小腿去了，后果更严重。开头那两三天，我们经常搞得自己鲜血淋漓，像是些倒霉的伤兵。

割麦还是个相当累人的活儿，最能形象地体现什么叫"面朝黄土背朝天"。大家一字排开每人四垄，一口气割到地头。转身回来的时候就困难了，因为居然直不起腰来，得慢慢缓半天劲儿才能勉强挺起身子。那些日子我们下工后走路的模样都相当难看，一个个上身板直撅着屁股，两腿僵硬地拖着地往前蹭。我们很佩服那些婆姨，居然能蹲着割麦。这姿势我们实在模仿不来，蹲上十来分钟肯定就站不起来了。

更让人佩服的还是那些"技术高手"。队里专有几个体力最棒的精壮汉子，使用一种特制的超大镰刀——那玩意儿有个专有名称，可惜我想不起来了——刀刃足有四五尺长，刀架固定在腰上，一根系在刀头上的绳子用手扯着，扭动腰肢飞镰横扫，一下子就能割倒一大片，像是一台小型收割机，那架势威风极了！我们知青没有一个人玩得了那东西，连"吕头"也只能服气。

在割麦全面展开的同时，还有两支队伍也随之投入工作。一拨人用架子车收麦运麦，还有一拨人在场上拉开阵势，进行最后一道工序：碾麦。

碾麦本身也包括许多具体的环节，比如摊、晒、翻、打、碾、扬等等，说起来实在太啰唆。这活儿又脏又累又热，还有很强的技术性，比如吆喝头口拉着碾子满场转，仍是只有"技术高手"才干得了；就连看似简单的翻场，也很讲究时间和手法。我倒是干过一个很简单的活儿：接粪。具体说来，就是拿着一个柳条笊篱跟着拉碾子的牛屁股和马屁股转，看到那畜生尾巴一翘就赶紧端着笊篱扑上去接粪。干这事儿必须手疾眼快，接慢了，粪拉到麦秸里，想弄出去可不容易。那些牛也真能拉，一泡屎有好大一堆，一个笊篱很难盛下，急了就得用手帮忙。那牛屁股也真难看，满是密密麻麻纽扣大小蠕动着的牛虱，看着让人犯恶心；有时候看到它翘尾巴了赶紧冲过去，没想到这畜生不拉屎却迎面给你一个消化不良的大臭屁，噎得人半天缓不过气儿来！

开镰第一天晚上我们就享受到了收获的喜悦。各家各户都平等地分到了十几斤当年的头场麦子，家家户户紧着磨面擀面条，村庄上空充溢着芳香扑鼻的新粮气息。

捧着自己那一大碗刚煮熟又过了凉水的面条，我心中有无限感慨：这口

▲这棵老树，是惠家河村的“政治中心”。当年每天一早一晌钟声响起，社员们都要到这里集合，等待队长派活。它还是村里的“娱乐中心”，正月的最后一天，各家都要炒许多黄豆、花生、玉米粒、面疙瘩之类当零食，还要在这里燃起一堆篝火，大家嬉笑着在火上跳来跳去，年轻的夫妻则会把碎娃在火上扔来扔去。清明节也很隆重，队里停工休息一天，队长亲自在这大树的横杈上做了一个秋千，男男女女荡来荡去玩得很开心。这些习俗也许已经延续许多年了，难得在“文革”期间还没有被作为“四旧”而清除掉。（摄于2014年）

吃食能进到肚里，实在是太不容易太不容易！尽管我知道这白花花、香喷喷的面条里掺着不少沙子尘土牛屎马尿以及自己的汗水，但我吃得舒服吃得痛快吃得幸福！真幸福啊！

麦收开始后没几天，又赶上了端午节。那天收工回来，看见不知是谁在我们窑洞的门框上搁了一把艾蒿，才知道是过节了，这让我很感动。村里的孩子们双眉间都抹了浓浓的一道黄色，不知这年月“老帽儿”们从哪里弄到的雄黄。孩子们还相互夸耀着自己的荷包，那是他们的姐姐妹妹送给他们的端午节礼物。陕北的女子们手巧得很，不过是一些花花绿绿的碎布头，加上些从香烟盒里剥下来的锡纸，配上各色丝线，经过她们的精心设计和制作，就能变成形形色色极为小巧精致的荷包，每一个都堪称难得的工艺品呢。

大概是江米难寻的缘故吧，与其他地方不同的是，我们这里的端午节没有粽子可吃。不过，只要白面面条管够，有没有粽子其实无所谓！

麦收季节是全村人一年中最幸福的时期。所有人都敞开了肚皮大“喋”特“喋”，没人再考虑什么计划什么节约，只有吃饱了才有力气继续干活继续收麦。

三、“三自一包”

感谢老天爷，开镰以后那几天始终都是艳阳高照，麦收进展顺利。但是，村里劳力有限，眼看着地里的麦子一片接一片地黄了，可没收割的地块远比已经收割的多，真让人着急。

我的日记里记着，6月18日后晌，突然下了一场雹子，使形势更显危急。

那天我们正在塬上割麦，事先毫无征兆地，远处一块云彩突然膨胀扩大，乌压压地飞速扑了过来，转眼到了头顶，紧接着一阵豆粒大的冰雹劈头盖脸砸了下来。我们捂住脑袋惊叫着四散而逃，可塬上光秃秃的根本没有躲避的地方，正在惊慌失措的当口，那乌云已经远去了。这次老天爷可不是开玩笑，而是真发脾气了！我们眼看着它一路扫荡，在塬上广阔的黄绿色麦田中蹚出了一条两三里宽的白色大道。那场面极壮观也极恐怖。我们村的损失不太大，雹带只是擦边而过，塬上有些村子却遭了大殃，几乎颗粒无收。

后来公社曾抽调劳力上塬救灾，我也去了，看到的天灾场面触目惊心。

村里的人们心有余悸地回忆说：“前些年遇上一次大灾，吃了一年救济粮，每人每天才三两七钱黑豆，苦煞哩！”

这场雹灾给我们村的干部带来很大的精神刺激，他们决定采取特殊措施促进麦收。

那天一大早，万有带着几个生产委员和会计保书到一块最大的麦田去了，保书还扛着一个人字形的木头架子，在地里走来走去不知捣鼓些啥。大忙季节几个壮劳力不干活，我们很看不惯。歇晌后，万有照例敲钟召集上工，突然宣布，从今天下午开始，割麦子按面积算工分，一亩地七分。

“吕头”的政治嗅觉最灵敏，立刻提出来：“这不是刘少奇的‘三自一包’嘛！咋能这么干！”

万有可不想当着众人同他争论，只是吆喝着：“上工了，走哩！”

保书正在地里等着呢，他扛着的木架子原来是把像量规一样的大尺，量一下足有两三米。他已经划好了地块，依次分给众人。没想到这“包工”很能激励人们的劳动热情，那天出工的人数陡然增加，连一些平时从不上工的老婆、婆姨甚至碎娃都出动了，一家一块麦地，有割的、有收的、有捆的，忙得不亦乐乎，连中午都不回家，把干粮带到地里吃。那些婆姨居然都是割麦好手，一手揽麦一手割，还用一条腿帮忙踢着拢着，几下子就出来一大捆。只见她们伏在地里的身影像蛇一样出溜着向前窜，那速度之快，我们知青完全是“望尘莫及”。

我在日记里写道：

> 十八日那天下了一场雹子，十分厉害，受了一些损失。
>
> 自留地的麦子今天已经全部碾完，背回来了，共四十斤。
>
> 队里十分叫人气愤，现在居然还实行三自一包，包工。我们制止了几次也没用。听说贺主任今天来了，不过还没有见到。看队里倒不倒霉吧。

其实，对于“三自一包”是什么玩意儿，我们也不太清楚，只知道是“资产阶级反动路线的产物”，必须坚决批判坚决抵制。后来了解了一下，原来它的具体内容是“自负盈亏、自由市场、自留地和包产到户”。如此看来我们的抵制有些可笑，一方面收着自留地的麦子，另一方面还冠冕堂皇地反对队里包工，实在是自相矛盾。那位“贺主任”应当是公社革委会的干部，他并没有像我们所希望的那样立即制止包工，而是对我们的反映哼哼哈哈敷衍对付，所以队里并没有“倒霉”，包工干得更欢实了。

那几天公社和县上经常有人下来检查工作，看来他们对基层的这种做法早已司空见惯，他们的主要任务是监督队里不得私分粮食瞒报产量以致影响公粮征收。但是，私分麦子的事情从第一天就开始了，连我们都实实在在地尝到了甜头。“老帽儿”们干这事儿很有经验，专等夜深人静的时候悄悄分粮，分的都是最干燥最干净的麦子，而且还有 30% 的“加分”，即账上记的是 100 斤，实际分的是 130 斤。我们觉察到有时他们连我们也瞒着，只是苦无把柄。

包工一旦实施，立即取得了显著成果，收麦进度大大加快。我们也不得不顺应形势，老老实实干活了。

我在日记里又挖苦了“吕头”几句呢：

> 前几天割麦包工，我们（包括吕头）都极力反对，可是到了实在要包时，他的劲头立刻就上来了：“每人割一块。”他大叫。（这是怕我们割得慢，妨碍了他。）接着，立刻扑到一块地上，割了起来。“吕头，你拉了一点儿。”队长叫。吕头来了一个急转弯，帽子飞了，连捡也不捡，只顾“挥刀向前”。

其实我们和“吕头”一个模样。既然包工已成事实而且能多挣工分，也就不算什么坏事了。

然而，仅仅割了一天，晚上记完工分，我们的态度就又变了。真佩服那些婆姨们，她们每人一天至少能割两三亩地的麦子，最高记录居然是四亩，那就是 28 分啊！而我们玩儿命也割不到一亩地。“吕头”和“馅饼”成绩最好，每人才割了一亩多一点点，一天下来挣的工分不及一个瘦弱婆姨的一半，甚至还比不上平时的正常工分！

这次我们真急了，“吕头”带头去找万有吵，威胁他如果再包工就要直接向上面揭发了。万有被我们这些知青折腾得实在头痛，但也怕把事情闹大不好收拾。“老帽儿”们很有智慧，队里开会一商量，立刻就有了对策，不再让我们参加割麦，而是安排诸如拉车、碾场之类力所能及的其他活路。如此大家相安无事。

那年我曾写过一篇名为《吕头正传》的手抄本“小说”，拿“吕头”作为调侃对象，其中有下面这么一段。

> 下午上工的钟响了，队长心安理得地抽着烟，准备给社员们派活。他还不知道自己的头上正有一场暴风雨。

吕头带着满腔怒火吃完了饭。今天上午才挣了三分半！一想到这，吕头差点没把碗边咬碎了。

他走到门上，用手卷成一个话筒喊：“队长，我干什么活？”

“割麦！”队长头都没抬。

“包工不包工？”

“包！”

“什么？”吕头眼睛差点瞪出眼眶，“你还敢包工？！包工是刘少奇那一套你知不知道？公社早就不许包工了你还敢这样？！”

“哎，刘少奇的东西咱还可以用一用嘛。”对吕头庄严的批判，队长显然不理会，这句话就脱口而出了。

“什么什么？！”吕头在那么高的土棱上暴跳如雷，以至别人都担心他会掉下来。“你说什么？你竟敢这样说！反革命！文化革命三年了，你还敢这样说！好哇！”

队长见吕头发这么大火，不仅有些担心，生怕他汇报到公社，而公社早就发了几次不许包工的指示了。

“算了算了！”队长的语气里带着明显和解的意思：“你不割就算了，你去担麦衣吧。”队长用烟袋杆指了指下头的打麦场。“不过别人还是要包工。”他又补充一句。

“你们包不包我不管，反正我不包。”吕头又问：“担哪里的麦衣？”

“就是场上那两堆，”队长狡猾地瞅着吕头：“担完那两堆，三十分。”他慷慨地伸出三个手指头。

打麦场就在下头。吕头一眼就能望见。虽然隔着二百米，但吕头锐利的眼睛立刻就把两堆麦衣的体积计算好了，接着迅速在心里盘算了一下。这堆麦衣平时一个人两天也担不完，可是现在……只要卖卖力气，一天也差不多。于是他就应道：“三十就三十！可是，这又是包工吧？”

“哪里哪里。”队长急急地摇了摇手。“这是规定定额！”

于是吕头就哼着“三自一包，累断我的腰”，担着筐往场上跑去。

到晚上，吕头终于把两堆麦衣担完了。虽然他的衣服完全湿透了而且冒出一股浓重的汗臭味儿，但他仍然十分满意，因为一天挣三十多分，毕竟是一件快活的事啊！

这里写的是“吕头”，实际说的是我们。从内心活动到实际表现，我们和“吕头”没多大差别。

说来我们不过是些假革命。在利益面前表现得如此虚伪，又有什么脸面指责“老帽儿”们自私呢！

尽管全村上下都全力投入麦收，但意外情况还是发生了。那天傍晚时分，大家刚刚收工回家，还没来得及做饭，突然听见钟声急促地响了。有人在扯着嗓子拼命喊：“快去场上！去场上哩！”

一时一呼百应，满村都有人在喊：“下雨哩！雨来哩！”到处鸡鸣狗吠一片混乱，我们也赶紧跑了出去，只见原本万里无云的晴空不知什么时候变得乌云密布，眼看大雨就要来了！

我们跑到场上，那里已经满是忙碌的人影，都在急着搬麦秸扫麦子堆麦垛，全村的人大概都来了，男男女女老老少少，就连七八岁的娃娃也紧着张罗。随着几声巨雷，大雨珠子稀里哗啦地砸了下来，而麦子还没有完全收拢，大家全急眼了！那一刻的场面实在震撼，只见所有的人都在发疯似的拼命：拿扫帚的、拿推锨的、拿木叉的……实在找不着家伙就拿块木板或索性用手撮，转眼之间，就在场上堆起了几座小山一样的麦堆和麦秸垛。有人发现苫席不够用，竟揭了自家的炕席扛了来！

大雨伴着大风劈头盖脸地来了，但我们终于抢在它前面把所有的粮食都

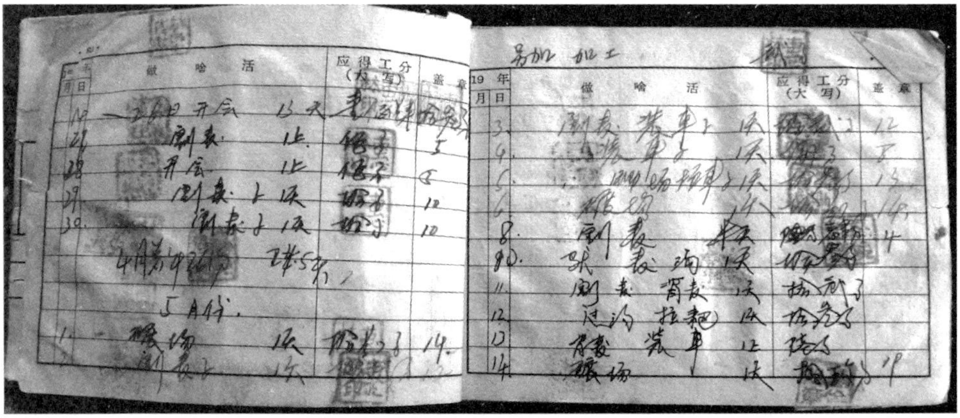

▲工分本上经常可以看到一些很有意思的内容。比如“割麦”，刚开始的两天我只能坚持半天还累得半死，每天只能挣5分；从第三天开始好歹能干上下晌了，每天挣10分；第六天割了一个全天，挣12分；到第十天，队长开始实行“包工”，我勉强坚持了半天，才挣了4分，实在惨不忍睹；接下来由于我们坚决抵制“‘三自一包’反动路线”，队里基本不再安排我们割麦了，干的是“背麦”“拉耙”“装车”等杂活。另外还有“碾场”，本是劳动量最大、技术含量最高的活儿，实行的是按出麦量论斗记工，派我这样啥技术也不会的人去滥竽充数，纯属照顾，但我居然也和那些壮劳力一样，一天就挣了19分！

收好了盖好了。雨雾中蹦跳着的人们都淋得像落汤鸡一样，但大家都在笑。那麦堆上盖着各式各样的东西：苫席、草袋、破被、烂衣服……看上去的确很滑稽。不过大家不是在笑它。大家是高兴的笑、激动的笑：保住了粮食，就是保住了命啊！

那天我经历了人生的最大一次感动，因为这些衣衫褴褛在大雨中傻笑着撒欢的"老帽儿"们。

四、分灶的余波

如我在前面的日记中提到的，分灶以后还有许多问题发生。

刚开始的时候，我还与老曹他们住在一起。他们经常外出串队，也经常带人来我们村。每次来人，我只有另找住处，好把睡觉的地方腾出来。而每次来人走后，我总会发现丢了一些东西，甚至有人还撬开了我的箱子。如此行为，显然带有恶意捣乱的成分。我无法容忍而又无可奈何，只有设法找地方搬出去。当时村里住处确实紧张，在"我们也有两只手，不在城里吃闲饭"的口号推动下，县城里的居民也被疏散下乡，我们村就来了两三户。解决他们的住处已经很困难了，不可能为我一个人再单独安排地方，只有自己想办法。可我自己能想出什么办法，只有东家睡西家住四处打游击，如此折腾了很长时间。

▲有信家的这孔石窑，是我们"上灶"的厨房，也是我和老朱、老郝所住的地方。（摄于1977年第一次返村）

这些日子，我们灶也经历了一些变化。"吕头"他们住的有信家那孔窑洞和其他老乡家一样，灶台是和炕连在一起的，这种形式很适合冬季，做饭的时候连炕也一起烧热了。但是入夏以后还睡热炕显然有些难受，“吕头”便搬到隔壁帮劳家我们放箱子的破窑去了。那窑洞大概有几十年历史了，是在崖壁上掏出来的一个不大的洞洞，里面仅有一盘小炕，崖壁上悬着的巨大土块几乎把门框都压弯了，似乎随时要塌下来，看着就吓人。不过“吕头”不怕，说是既然几十年都没塌，说明塌不了。

“吕头”换了住处，便给我腾出了地方，我和老朱老郝挤在一个炕上，虽然热些，总比在下面跟老曹他们闹别扭强。

“吕头”搬家不仅因为怕热，也不仅是像他自己说的，是为了学习马列著作方便，更重要的原因是跟我们闹别扭，因为我们三个居然采取“少数服从多数”的手段，不顾他的坚决反对，吸收傅鹏入灶了。

在我们看来，分灶以后傅鹏表现很好，认真改正错误——其实无论我们还是他自己，都还不太清楚他的具体错误究竟是“阶级立场不坚定”，还是懒惰疲沓不求上进。总之他认错态度积极，事事处处与我们“上灶”保持共同立场，终于经受住了长期“考验”，被我们宣布接纳。

犹如长征掉队的战士终于找到了“组织”，傅鹏高兴得很，总想有些“立功表现”。一次我们点灯的煤油没了，傅鹏正好被派晚上看场，我们“胁迫”他偷些公用的煤油，理由是队里借我们窑开会总消耗我们的灯油。虽然理由冠冕堂皇，但我们自己明白：偷就是偷！傅鹏胆小，偷完油溜回家的路上拿我的棉袄当掩护裹着煤油瓶，却慌张得忘了盖瓶塞，一路走一路洒，油没剩多少全灌溉棉袄了，结果刺鼻的煤油味儿永远也洗不净，成了一种无形的耻辱标签，以证明我们的“革命”其实不过是假招子。

▲《吕头正传》中的插图之一。有时候问题积攒多了，我们需要郑重其事地开会解决。“吕头”往往处于“少数派”的地位。

“吕头”自己单住，虽然自由，却也惹出一些事情。有一次外村的知青来川道拉沙子，就发生了尖锐的冲突。

那时公路部门为维修道路，需要很多沙子，作为公差派给有关公社，再落实到各个大队，因此经常有人来洛河滩上取沙，需要借住在我们村。那次来的人多是外村的知青，就住在“吕头”窑洞对面的厦子里。他们与“自组灶”的人很熟悉，我们却一个都不认识。

那天我们和社员一起在塬上锄草，下午上工以后很长时间都没看到“吕头”的影子。这情况有些反常，因为“吕头”为了挣工分，从来没有迟到过。直到快工间休息了，他才神色慌张地匆匆来了。一问缘由，我们都气坏了。原来歇晌的时候，总有人拿东西砸“吕头”窑洞的门和窗户，“吕头”知道是对面厦子里的人捣乱，但对方人多势众，他不敢露头，只是嚷了几声。不料对方变本加厉，连笑带骂，砸得更厉害了，其间还隐隐听见有“猴子”说话的声音。后来村里的钟声响了，“吕头”仍不敢出门，急得抓耳挠腮。直到那伙家伙也上工去了，他才急忙锁上窑门逃了出来。

下工后回去，看到窑洞外的地上散落着不少石头土块，门上砸得斑驳淋漓，窗户纸则全碎了，我们大怒。我二话没说，去灶房拿了一把切猪草的短刀，直奔“自组灶”而去。

杨三早已消失多日，他们灶只剩二金叔侄和“猴子”。我去的时候，他们正在做饭，见我来势凶狠，很是惊讶。听明缘由，“猴子”嬉皮笑脸地否认，“癞子”金晓峰见我真急眼了，连忙说：“这帮王八蛋敢在咱惠家河叫板，我跟你上去！”

“吕头”、老朱他们抄着镢头木叉之类家什候在厦子门外准备接应，我和金晓峰直接闯了进去。那十几个人有的在洗脸，有的在玩扑克，看见我们的架势，都惊呆了。我大声说：“下午是谁砸我们窗户来着，出来！”

没人吭声，但有人已经带着挑衅的神色从炕上站起来了。“癞子”赶紧给对方使眼色，一边说：“告诉你们，这是我们惠家河！别在这儿犯狂！谁他妈的跟咱们哥们儿过不去，有种站出来！”

有人装傻充愣地说：“谁呀？谁跟人家捣乱来着？赶紧说话！”接着又对我们说：“那小子回村了。没啥没啥，逗着玩儿呢！”

我还不依不饶：“都砸成那样了，还是逗着玩？！”

“癞子”也厉声呵斥：“欺负我们惠家河没人是不是！等那小子回来告诉他，少玩这套！”

对方也不失时机地打圆场：“哥们儿消消气，那小子也不是成心的。等他回来让他给你们赔不是！”

这事就如此不了了之。

后来想想，我可能也是欺软怕硬。因为那些天杨三不在村里，我才会如此大胆，而“自组灶”的人才会如此克制。当时我是真急了，幸亏外村那伙人识相没搭茬，否则后果不堪设想。年轻的时候火气太盛，想想也是后怕得很。

而这次冲突也产生了一个未曾预料的特殊效应。原先我们“上灶”与“自组灶”势同水火从不来往，这次“合作”了一把，似乎有了某种沟通，开始有些交流了。这也许应当算是一件好事。

五、我与“自组灶”

回想起来，自从那次因为向慰问团“汇报”的事情造成激烈冲突之后，我们与“自组灶”之间的关系始终比较紧张。但是，不久后杨三长期外出以致杳无音信，倒没有再发生大的矛盾。既然双方互相看不惯，便很少打交道。我们过我们的穷日子，他们过他们的富日子，“老死不相往来”。

我们灶的几个人，家里情况似乎都不富裕，从来没见谁家给寄过钱和粮票。别人的情况我不了解，我家里是完全没有力量关照我的：一家五口人，父亲被“揪”走了，我和弟弟插队，家里只剩下母亲和妹妹，她们俩一个月一共才五十多斤的粮食定量，如何能接济在外面的三个大男人呢。所以，我从来没有开口向家里求援。

老朱、老郝他们可能也存在和我同样的问题，因此，我们才一致坚决支持“吕头”的“节粮政策”。

根据我的日记记载，刚分灶十几天，我们的粮食就不够吃了，还因此与队里发生了矛盾。

> 1969 年 5 月 11 日，星期一。
>
> 队里在借粮问题上，又要捣乱。
>
> 本来早已商量好，没想到前天突然又要报公社批准，所以直拖到昨天才借到，而且还是在催了多次之后。
>
> 唉，从来就没想到，我还会为吃饭而奔命！

好在一个月以后就开始麦收了，我们终于享受到了无所顾忌大“喋”特“喋”的幸福。只是这幸福的日子太短暂，刚大吃了几天，“吕头”就提出警告：麦收还不知道能分多少粮食呢，必须恢复“计划经济”方针了！尽管“由奢入俭”是很痛苦的事情，但我们终于恢复了理智，重新开始勒紧裤腰带的日子。

然而，看着别人吃得过瘾，我们却只有咽口水的份儿，总是相当痛苦的，为此也闹过让人哭笑不得的笑话。我曾在一篇小说里写过一段：

> 有一天在地里干活时和仓洪打赌，赌吃面条。条件是五大碗面条，如果我吃得下，仓洪再贴我五碗白面；若是吃不下，我赔仓洪五碗白面。我们讲好，就用我的碗。我的碗你知道不？就是那种八毛二一个的大搪瓷碗，下乡前在王府井百货大楼买的。我觉得这赌打得合算，凭我的饭量白吃五碗面条根本没问题，还能倒赚五碗白面。因此，中午一下工，我就拿着碗去仓洪家了。……肚子多少天都是瘪的，这回可算有东西盛了，一碗面条出溜几下就全进去了，把仓洪和看热闹的人都震了！我把碗一撂，喊：“满上满上！”仓洪那小子亲自装碗，盛得冒尖。你知道我那碗能盛多少面条？后来我专门试过一次，能盛一斤干面擀的面条！我也太不自量力了，这碗面条一下了肚，我就知道麻烦了！我偷偷地把裤带松到头，一点作用也没有。我的肚皮像要爆裂一般，面条满到了嗓子眼，甭说再吃三碗，就是三口也吃不下去了。

把文中的“我”换成“吕头”，把“仓洪”换成金潮河和金晓峰，这段文字就是完全的写实。

“吕头”时常吹嘘自己胃口大，“自组灶”的哥们儿不服，所以才搞出那样一场闹剧。打赌的代价，是我们灶如约赔给“自组灶”五碗白面。“吕头”那次丢大脸了，多少天都灰溜溜的，抢着干灶上的活儿，图个“宽大处理”。

直到现在，一想到“吕头”当时的窘态，我仍会不由自主地笑出来。

这件事也从另一个角度说明，我们两个灶之间已经打破了“冷战”局面，开始比较正常的往来了。没有杨三在，与“自组灶”其他三个人比较容易交往一些，相互之间的了解也在逐渐加深。

我和“自组灶”的关系也大有缓和，有时会去他们那里串串门。他们不像我们灶的人只知道闷头干活，而是经常折腾，认识不少三教九流的人，总有一些不同常人的过客来来往往。

印象比较深的是，有一天晚上我去他们窑串门，正好来了一个新疆的知

▲这幅《吕头正传》中的插图，可以证实打赌吃面的故事基本属实。

青，那家伙凭着一副好嗓子四处流浪，偶然闯到了我们村，受到“自组灶”的热情接待。他吃饱了肚子之后有了兴致，放开嗓子一口气唱了许多“黄歌”，绝大多数是苏联歌曲，比如《莫斯科郊外的晚上》《山楂树》《喀秋莎》《三套车》《小路》，等等，都是我第一次听到。他唱得如醉如痴，我们也听得如醉如痴。尽管我心里一直在警惕自己不要被这些“封资修的东西”腐蚀了，但我不得不承认，所谓“黄歌”其实真好听呢！尤其是那首《小路》。守着一盏火苗如豆暗淡摇曳的煤油灯，听他那柔婉的男中音在黑洞洞的窑洞里回荡：“一条小路曲曲弯弯细又长，我的小路伸向远方。请你带领我吧我的小路啊，跟着爱人到遥远的边疆……”那感觉与当初听李宗强的二胡曲《江河水》有些相仿，我的心中引起无边的惆怅，连眼睛也不由得湿润了……

麦收接近尾声的时候，又发生了一些事情。

1969 年 7 月 6 日，星期五。

昨天是我们离家整五个月。今天下午收到家里来信，信中说，家里就要下放了。没想到这么快！

金晓峰他们原来要回北京，我也想回去。这下看来回不去了，以后再也回不去了。

1969 年 7 月 11 日，星期五。

今天到公社去开一个批判大会，实际等于没有开，因为我们刚到，会议就基本结束了。

但今天有一件大事：刘大雄终于把我的半导体收音机做好了！本以为不架天线听不到台，没想到晚上到惠家河后，一打开居然响了。

在惠家河第一次响起我的半导体的声音！

这是一件大事！下乡五个多月，除了外出，还从没听过广播，听到由收音机里传出的中央人民广播电台广播员清脆的嗓音，感到是多么亲切！

1969 年 7 月 12 日，星期六。

今天中午把天线架上了，晚上清晰地听到了广播。

下午上工时收到家里来信，说八月中旬第二批下放，可带妹妹。这回比较放心了。

我已经初步决定，分红后回北京一次。

关于家里下放去“五七干校”的事情，早有传闻。这是大势所趋，没有什么可考虑和犹豫的。对于我们家来说，甚至希望赶紧有个结果，因为我的妹妹作为六九届初中毕业生，也面临分配的问题，有消息说，六九届的主要去向是到云南农村插队。她是六岁提前上学的，这年才刚满十五岁，比同届学生至少要小了一岁，让她一个人去那么远的地方，是万万不行的！更何况，我们弟兄二人已经分别插队了，家里无论如何也需要留一个孩子。经过母亲多次申请，上级同意妹妹可以随父母一起去干校，如此我才“比较放心了”。另外，如果下放干校，我父亲则有希望回家团聚，这应算一件好事。所以，我急切地希望回北京一趟。

但是，如何回去，是个大问题。

从惠家河到北京，有四段路程。第一段从村里到黄陵县城二十公里，应算比较容易走的，即使搭不上汽车，步行也没啥；第二段从黄陵到铜川约一百公里，只有乘长途汽车；第三段从铜川到西安又是一百来公里，要乘火车；第四段最长，从西安到北京，超过一千二百公里，必须乘火车。简单算一下，全程至少需要将近三十来元钱的路费。而我身上除了离开北京时母亲给的二十元，只有几个月来从牙缝里省下的两元多钱。我本打算等夏收分红以后再走，那时也许能分到一些钱，但时间可能来不及了：去干校是说走就走的事情，全凭上级一句话，一旦错过时间，以后真的可能再也回不去北京了。

不知“自组灶”那三个人是否遇到了与我类似的问题，他们也在商量回北京的事，听到我的想法，很干脆地说：“咱一块走得了！”说到路费，他们很不以为然：“傻帽儿才买票呢！多少知青都是扒火车走的，没啥大不了的！”

容不得再犹豫，我当即决定，与他们一起走！

1969年7月下旬，我们踏上了返京的归途。

在上面的日记里，我提到刘大雄把我的收音机做好了。但是，还有一些事情我却没有记，因为我绝不敢向任何人说到，那收音机居然能收听“美国之音”的华语广播，声音比中央人民广播电台还清晰！

我在发现这个秘密之后，又害怕又好奇。好在大雄给我配了一个小巧的耳塞，总能找到一个避开其他所有人独自收听的机会。在临行前的一个晚上，我听到“美国之音”播放了一个消息，说是美国的宇航员居然登上月球了！我认为这一定是“美帝国主义”在吹牛皮，经过很长时间以后，才知道那居然是真的！

当美国宇航员阿姆斯特朗在月球上说“这是个人的一小步，也是人类的一大步”的时候，我们也刚刚决定迈出回北京的步伐。

我没有想到的是，回北京竟会经历那么多的波折、走了那么长的时间。我们屡遭磨难行进了七天六夜，才走完不到一千五百公里的路程。

第七章

荒诞的旅程

一、从黄陵到铜川

我们要回北京了。

刚上路时，同行共四人。为了省事起见，索性都叫外号算了：一个是“大鼻子”金潮河，一个是“癞子”金晓峰，还有一个是“猴子”刘秉棣，第四个自然是我“老猫”。

我们运气不好，居然拦不住一辆汽车。没办法，只好干靠两条腿往四十里外的黄陵县城溜达。

傍晚时，我们在城外不远的石山大队歇了下来。在这里，又有两个知青加入我们的队伍。一个瘦子叫小胜，不苟言笑；另一个是胖子，插队这么多日子了居然还留着一身膘。

如此庞大的队伍，行动起来多有不便。当晚我们郑重其事地开了一个会，讨论行动方案。大家把钱集中交给小胜，由他负责统一支出。然而，所有的钱加在一起不到八十元，平均每人才十来元，买火车票是绝对不够的，再说我们压根儿也没打算买票。别的知青能扒火车，我们干吗不能？！但火车得到铜川才有，大家决定，从黄陵到铜川这一段还是坐公共汽车算了，反正票价才几元钱，还能承受。

第二天一出村，碰上了老油子。

他上身是件破破烂烂四处漏风的老头衫，下头穿条脏兮兮的劳动布裤子，脚上趿拉的倒是一双半新的正宗黑色条绒面懒汉鞋；一个黄绿色旧帆布挎包在背上甩搭甩搭的。就凭这一个挎包两只鞋，便可以断定他准是北京知青。

听说我们要去买汽车票，他鄙夷地大笑：“傻帽儿，有钱烧的？”

“猴子”说：“昨天我们拦汽车来着，一辆都不停。”

老油子从牙缝间“哧”地滋了一口唾沫：“你们还当是刚来那会儿呐，给俩破纪念章就能搭上车！现在人家才不稀罕那个。——再说了，你知道汽车是去哪儿的？没准儿是去店头拉煤的，半道就拐弯了，你还不是白拦？要拦就得拦有铜川车牌的。只要上了车，一口气你就到底了。再往下都是坐火车，那更好办了。这条道我都打俩来回了，白玩儿……”

胖子听得入神：“您可真是老油子了。”

“让你说着了，人家还就是叫我老油子！”

“癞子”插嘴：“油不油的你也拦一辆叫咱开开眼。”

老油子打量了一下我们几个，命令胖子：“把你的衬衣脱下来咱俩换换。”

“干……干吗脱衣服？”

“怕什么，你这衬衣不是干净点嘛，完事了就还你。真小气！”

老油子穿上胖子的衬衣，又从挎包里掏出一条不知从哪里搞来的花头巾，皱皱巴巴地，往脑袋上一围，扭着屁股走了几步：“花姑娘的有！”

我们差点笑趴下：“就你这模样的花姑娘，还不把人吓死！再说也没有大夏天戴围巾的！”

老油子一本正经地说：“这是本人的绝招！你们躲到树后头去，只要车一停，马上爬上去！”

半个小时以后，我们已经坐在一辆敞棚大卡车的车斗里了。屁股底下是一摞摞捆扎得整整齐齐的麻袋垛子，软乎乎颤悠悠地和沙发一个滋味，加上小风一吹，要多舒服有多舒服。

胖子以无比崇敬的心情请教：“刚才那么多车你都不拦，干吗单拦这辆呢？”

“又不懂了吧？那成队的车你敢拦吗？一伙司机下来还不得把咱们揍瘪了！再说，人一多再花的姑娘也没用了。就得拦这号单帮一个司机的卡车。只要上了车，他捏着鼻子也只好拉。懂了吗几位傻帽儿？这就叫学问！等坐火车的时候，那学问就更大了。学着点吧您呐！”

“猴子”说：“听回去过的同学说，他们都是在西安买一张几毛钱的车票混上车……”

老油子噘唇滋出一口唾沫：“屁！能卖几毛钱短途车票的都是慢车，磨磨蹭蹭站站停不说，恨不能半个钟头就查一次票，走不了几站就把你轰下车了。要坐就得坐长途快车，一眨眼郑州了，一眨眼石家庄了，再一眨眼，您就到北京了！最晚后天这会儿，您正喝着豆浆啃油饼呢！”

胖子仍不明白：“那……怎么进站上车呢？”

“想进站容易，五分钱买张站台票就是了……”

“癞子”也忍不住了，问道：“那上车呢？听说列车员一个个厉害着呢，没票根本不让上。”

“那招儿就多了，全得看个人的本事……”老油子引而不发，成心卖关子。等把我们的胃口吊得差不多了，才说：“……一般而言，始发车难点儿，乘客只上不下，列车员看得严。我上次是坐乌鲁木齐来的过站车。车进站时我根本不急，等旅客下得差不多了，好多长途旅客在站台上活动活动买东西什么的，我脱下外衣塞到书包里，瞅准车上一个岁数大点模样可靠点的旅客，把东西递给他让他帮着占个座。然后在站台上买几个烧饼。等开车铃一响，您尽管放心大胆地和其他旅客一起上车，保险没人拦你！”

胖子反应就是慢：“那为什么呀？”

“癞子”早明白了：“真笨！列车员还以为你是下来买东西的长途旅客呢，拦你干吗？不过，难道长途车就不查票啦？”

“当然查！躲查票可更得有真功夫了。这点底儿我也不能全给你们抖落了，教会徒弟还不得饿死师傅！”

二、有惊无险走西安

老油子的确有能耐，带着我们三绕两绕就进了铜川的宜古村火车站，轻轻松松登上铜川至西安的慢车，连五分钱站台票都省了。车上不像想象的那样气氛紧张，如果不是每次列车进站时需要开车门，几乎连列车员的影子都见不到。

入夜时分，列车驶入咸阳车站，下车人很多，都是大包小包的，车厢里一下松宽了许多。

老油子说：“再有一站三桥，就到西安了。我总觉得今天有些不对劲儿，未免太顺利了。不行的话干脆在三桥站下车，宁可花几毛钱坐汽车去西安，也别冒那个险……”

他话音未落，原本灯光昏暗的车厢里突然一片光明，所有的车灯都打开了，一路都没响过的广播喇叭里传出一个嘹亮的女高音：“最高指示：‘凡是反动的东西，你不打，它就不倒。这也和扫地一样，扫帚不到，灰尘不会自己跑掉。’革命的旅客同志们，最近以来，农村资产阶级反动势力又有死灰复燃的迹象。这说明，大好革命形势下仍然要时刻保持清醒的头脑，对资本主义尾巴一定要彻底割掉，绝不手软！今天，铁路和地方的革命同志组织了一次联合行动，行动的对象第一是无票乘车分子，第二是投机倒把分子。希望革命群众积极配合。同时，我们也警告那些牛鬼蛇神，只许老老实实，不许乱说乱动！……”

喇叭里响起震耳欲聋的歌声：“无产阶级文化大革命，就噢——是好！就是好那么就是好那么就噢——是好！……”随着歌声，列车居然没有在三桥停车，风驰电掣般从站台旁一掠而过，直接向西安驶去。

车厢里立刻就炸了营，有的喊爹叫妈，有的来回乱窜。转眼之间，列车已经驶进西安车站。只见站台上灯火辉煌，每隔十几米就有一个戴红袖章的人，面朝列车而立，虎视眈眈，如临大敌。大喇叭在一个劲儿地叫唤：“……下车旅客一律从出站口检票出站！下车旅客一律从出站口检票出站！……”

我们没见过这场面，十分紧张，只有老油子很沉着，带着我们挤到车厢连接处。列车停稳后，车门一开，大批的旅客往下拥。老油子三弄两弄，居然把另一侧的车门打开了。我们忙不迭地跟着他跳出车外，借车厢阴影的掩护，接连越过几道钢轨。迎面遇到几个惊慌奔来的人影：“别跑了，东闸口有人把着！快走西头吧……”一边说，一边跑了过去。

老油子停住脚步，“哧”地滋出一道唾沫：“傻帽儿！西头是机务段，也出不去。咱们别瞎折腾了。”

我们跟着他溜到停放在岔线上的一节闷罐车旁，一头蹿了进去。

过了没多会儿，就有一批搜捕的人骂骂咧咧地走过，但这节敞着门的车厢没引起他们多大兴趣，只是站在门下面用手电照照，我们趴在地上连气也不敢喘。

直到这时，我们才深深感到老油子的英明伟大。如果跳下车后跟着其他人乱跑，恐怕早被抓住了，倒是这样以逸待劳避过风头更安全些。老油子真是天才！

车厢外面挺长时间毫无声息。最终还是老油子沉不住气，蹑手蹑脚地溜到车门口往外看。不料，他突然踩到了什么东西，发出一声闷响，惊得他一个跟头折到车厢外头去了。

接下来的事情才真叫我们吓破了胆。车厢底下突然发出一声尖利的嘶叫：“来人呀！……”远处立刻传来回应的人声，石碴被无数脚掌踩得哗哗直响，很快便由远至近。

尽管腿软得几乎连脚都提不起来，但逃跑的本能使我们在最后关头没有犯致命的错误，连滚带爬从另一边车门蹿了出去。也就是片刻之间，来人已冲到跟前。但他们也不敢贸然上车搜查，只是虚张声势地大声叫喊：“抓住他！不许跑！……”耽误的这几秒钟工夫，我们已经借助车厢阴影的掩护玩命逃走了。倒霉的只是老油子。这也怪他自己过于自信。刚才有个铁路工人在车底下撒尿，没想到这节闷罐车厢里居然会有人藏着，老油子一跟头正跌到他怀里。

夏夜苦短，不知不觉间天上的几颗星星开始有些暗淡了。车站里益加安静起来，站台上依然灯火通明，显得天桥底下这一小块地方格外黑暗。我们缩在角落里，蹲得两腿发麻，却始终不敢动弹，像被追捕的流窜犯似的，几乎到了上天无路入地无门的境地。

此刻我们的处境的确十分尴尬。西面是机务段无法通行，东闸口则肯定有人把守，北面有高墙阻隔，只有南边的出站口能出去却又绝对不敢在那里露面，除非有翅膀飞出去，否则只有束手就擒了。没了老油子，我们六个人真成了火炉盖上的耗子，不知该如何撂爪了。

突然传来一阵轻微的脚步声，一个瘦小的身影出现在站台一侧，东瞧西望躲躲藏藏专往灯光暗的地方出溜，眨眼之间，便上了天桥。我们不顾危险，好奇地探出脑袋看那家伙有什么举动。只见那人在天桥的拐弯处四下张望了一下，突然像壁虎似地爬上桥中央的隔离网。那道铁丝网编得很密，把整座天桥从中间一分为二，在拐弯处又伸出去五六米远。要想从隔离网上爬到尽

▲火车。

头到达天桥的另一面，没点儿杂技演员的身手恐怕是不行的。再说，就是到了天桥的另一面又有什么用呢？我们正在琢磨，那人一迈腿，居然轻易地跳过了隔离网，落到另一面桥面上，接着放肆地吹着口哨向桥下走去。我们简直不敢相信自己的眼睛：那家伙怎么可能直接从铁丝网中间穿过去呢？

“癞子”胆大，一推“猴子”：“走，上去看看！”他俩闷着头一口气跑上天桥，到了拐弯处，立刻就明白了，栏杆上方的铁丝网被扯开一个半掩着的大口子，不要说从远处根本瞧不见，就是站在近处也不太容易看得出来。同时他们又发现，天桥的另一面居然不属于车站，而是供站外行人通行的。有两个上早班的工人正推着自行车由一端上了桥面，从他们跟前走了过去。

那两个工人刚下天桥，“癞子”他俩便不顾一切地爬上了栏杆。

随后，我们其他人也跟着跳到外面。如此顺利出站。

三、义马示众

我们在西安买了六张短途车票混上车，刚过第一个小站，车票就失效了，我们难免有些心情紧张。所幸车上旅客非常多，过道上的人一个挨一个地挤着，在这种情况下，列车员想查票简直是不可能的，因此倒有一种安全感。这趟慢车几乎每隔十几分钟就停一次，上来下去的旅客不少，我们幸运地找到几个座位。车厢像摇篮，不一会儿就把我们几个晃得全睡着了。睡梦中感到有一只手在扒拉我的脑袋，弄得我很不舒服。我使劲打了一下那只手：“干吗？”

“干吗？查票！”

我一下吓醒了，扶住眼镜瞪眼一看，居然真是一个穿制服的列车员！

他们几个也醒了，谁也不敢说话，都看着“大鼻子”。“大鼻子”磨磨蹭蹭地把六张车票掏出来。列车员拉着长腔出了个怪声：“噫！五毛钱坐到这会儿，够合算了吧你们！”

我们一句话也说不出，乖乖让列车员押出车厢。等列车一停，立刻被轰了下去。

我们挺高兴，轰下车不算什么，没补票罚款就算胜利，不管怎么说，我们又离北京近了一大截。

“猴子”结结巴巴地念着站牌上的字：“绳……绳池？什么鬼名字？”

我略有些卖弄地说：“那叫‘渑池’，念‘避免’的‘免’！”

“猴子”不服气：“就你明白！”

我说：“语文有一课《廉颇与蔺相如》，说的就是‘渑池之会’，你忘了？”

“猴子”反唇相讥：“咱是初中的，没你有文化！”

这时，一列长长的货车由西面缓缓开进车站，在站台边停住了。我们不约而同跑过去，争先恐后地爬上一节敞篷车厢。没多会儿，车就开了！

我们马上就发现，坐货车比客车舒服。空荡荡的车厢里就我们六个人，撒欢打滚折跟头都行。虽说阳光有些毒，可车一开起来风很大，倒也不觉得热。只是这趟货车好像也是站站停，在下一个车站一停就是半个多钟头。“猴子”沉不住气，爬起来东张西望，突然大叫：“坏了，车头没了！”

我们纷纷爬到车帮上看，果然只见十几节车皮孤零零停在轨道上，前头的机车和后头的守车都不见了！

“大鼻子”比较冷静：“慌什么，大不了再换趟车！”

我们陆续爬出车厢。路基挺高，胖子跳下来的时候在石碴堆上滑了个大跟头，就在他爬起来的一刹那，响起一声断喝：“站住！不许跑！”

我们还没来得及反应，就被一群戴红袖箍的人逮住了。

我们被押到车站的站台上，一个汉子晃晃悠悠地来回踱着，不时用手里的洋镐把捅捅我们几个人的脊梁：“站好了站好了！”

明晃晃的太阳照着，人人身上都是一身油汗。那个汉子威风了一会儿，也受不了这份儿热，踱到旁边的树影里抽起烟来。

远处一列客车进站，车厢里的许多旅客好奇地往这边看。我们从没经过这种场面，加上旁边凑过来几个看热闹的，觉得脸上直发烧，不过时间长了也就习惯了。看热闹的人一多，那个汉子倒来了精神，冲着人们大声喊：“大家看看！这就是不买票扒车的下场！你们几个站整齐了，让革命群众看看你们是啥模样！”他这一喊，站台上看热闹的人居然围成了一小圈，好像是在看耍猴的。一个小个子使劲挤进人丛，傻呆呆地看看这个看看那个，先是死盯着“大鼻子”的鼻头，半天不转眼珠子，后来又对我的眼镜发生了兴趣，上下左右歪头侧脸看个没完。我被看得没办法，索性直着眼睛与他对视。小个子那张脸疙里疙瘩的，呲着长毛的鼻孔里不时垂下一绺鼻涕，他一吸，鼻涕又缩回去了。一只绿头苍蝇绕着他的鼻子飞来飞去，鼻涕一出现，它就赶紧凑上去，鼻涕一消失，它又飞了起来，很有点不屈不挠的劲头。我脑子里不由自主地冒出一句“敌进我退，敌疲我扰”，用在这里好像挺贴切。我不由得笑了一下。小个子倒被笑毛了，垂下目光朝地上吐了口痰，索然无趣地嘟囔了一句："没毬啥！"转头挤了出去。

有人嚷："让让，别看了！"人丛闪开一条道，几个人威风凛凛地走过来，打头一个年轻人的红袖箍明显比别人长出一大截，看来是个头头。

年轻头头喝令我们站整齐，照例进行"早请示"的仪式后，开始审问。

年轻头头首先发问："你们是干啥的？"

我们异口同声："我们是北京知青。"

"大鼻子"的长相特殊，显然是六个人里最容易让人怀疑的。年轻头头盯着他："你也是北京知青？"

"大鼻子"很镇定："我是回民。我们在陕北插队，回家探亲。"

"探亲应当回北京，跑这搭干啥来了？"

"大鼻子"脑子快，说话点水不漏："我有个亲戚在上一站工作，想去看看，结果没找着。"

"上一站？车票呢？我看看！"

"大鼻子"装模作样地问"癞子"："车票不是你拿着的吗？"

"癞子"配合得很默契，立刻掏口袋。他自然什么也掏不出来，只能故作镇定，假装若有所悟地说："对了，咱们在上一站不是让检票的收了吗？"

年轻头头突然问："上一站是什么站？"

"大鼻子"刚要回答，年轻头头厉声止住："你闭嘴。我问他！"

他指着胖子。

胖子结结巴巴地说："上一站是……是渑池。"

没到过渑池的人大概很少能正确地说出那个车站的名字，年轻头头有点扫兴："还行，让你蒙着了。那，渑池到这儿是咋来的？"

"扒货车呗。"

"货车就能白坐？这货车是你家开的？都说没钱，我就不信！检查检查这几个小子！"

我有点急了："我们是知青，不是盲流……"

"知青有啥了不起！现在不是串联那会儿。谁坐车也得买票！不买票就是盲流……"

年轻头头正说着，突然往后一跳，指着"癞子"："你你你……你想干什么！"

"癞子"正在掏书包，年轻头头大概以为他是在掏什么凶器呢。"癞子"慢条斯理地说："你不是要检查嘛，我自己掏给你看看。"

看来搜查这一关是逃不脱了，我真有些后悔。我的书包里本来没什么见不得人的东西，但不明智的是，上路的时候，习惯地把日记本装了进去。

年轻头头不知为何却改变了主意："算了，相信你们是知青，不检查了。不过，话得说清楚，摆在你们面前的是两条路：一、补从渑池到北京的票；二、老老实实回陕北，照顾你们，票就不补了。"

两条路我们都不想走，又不知该说什么，只有沉默。

小胜突然说："我还得去洛阳看我哥呢。"

年轻头头说："去哪儿也得买票！渑池到洛阳，一人两块四！"

看来他也只能是诈一点算一点。我们赶紧就坡下驴，老老实实掏钱补票。

补完票，年轻头头特地派了两个人看着我们："他们只能上去徐州那趟车。想蹭到郑州再顺便拐弯？没门！"

四、车过郑州

路程走了不到一半，连吃饭带买票，钱已经花了将近 2/5，算来算去没占多大便宜。那年轻头头实在够缺德的，非逼着我们坐这趟车。这样一来，就算我们能混过洛阳到郑州这段路程，也必须在郑州换车。据说郑州一直是戒备最严、盘查最紧的车站，到时候真不知如何才能熬得过去。

深夜，车至郑州西站暂停。突然，站台上响起一片喧闹声："抓住他，别让跑了！"从车厢两边的车门涌进来许多人，车上的旅客都不知发生了什么事，谁也不敢吱声。一个大汉喊道："都坐下！有一个北京学生拿刀砍了人，跑到车上来了！希望革命群众配合我们，把凶手抓住！"

我们听说是"一个北京学生"闯祸了，暗暗叫苦，只盼着火车赶紧开动，好躲过这一劫。

一个声音就在我耳边响起："是不是这小子？你给我站起来！"

大汉揪起来的是胖子。体重足有一百五十多斤的胖子拎在大汉手里像只小鸡，吓得几乎昏了过去。

一个年轻人挤过来，仔细端详着胖子："……不太像。这个好像胖了点儿。"

车下突然传来喊声："快来人，他在那边！"

大汉一撒手，胖子一屁股瘫在座位上。那些人呼隆呼隆向车下冲去，他们刚跳上站台，车就开了。

后来我们从别的旅客那里才弄清楚到底发生了什么事情。原来有一个卖杏的河南老汉，上车后正在点钱，被一个北京知青一把抢去后跳车逃走了。老汉趴在车窗上探头喊叫，不料另一个知青把窗扇往下一落，将老汉卡在窗户上，同时掏出菜刀照老汉屁股上就来了一刀。

我们有些纳闷："怎么知道肯定是北京知青干的呢？"

旅客说："就这黄书包、懒汉鞋，一看就是北京知青。都说你们书包里装的是菜刀呢！"

车到郑州车站。它不愧为全国最大的铁路枢纽，无数照明灯把站内照得亮如白昼，一列火车刚刚出站，另一列火车又缓缓开进来了，弄得我们简直分不清东南西北。

站台两端有不少戴红袖箍的人，我们一见红袖箍就胆战心惊，尽量躲着他们。我们不敢贸然出站，一时拿不定主意该怎么办好。正在犹豫，却听见一声喊话："你们几个是干什么的？"

原来我们鬼鬼祟祟的举止早已引起一个解放军战士的注意，他把手里的半自动步枪往肩上一挎，疾步走过来。

好在我们都有生产队开的探亲证明，他仔细看过之后，问："你们为什么不出站？"

我们吞吞吐吐地说："没票……"

他皱着眉头想了想，说："走吧！"

"癞子"胆怯地问："往……哪儿走？"

战士有些不耐烦了："你说往哪儿走？没票想在郑州出站不是找死啊！你们还是上车再坐一站。这是慢车，走回来一站也没多远！"

我们恍然而悟，感激涕零地连连道谢。他使劲挥挥手："快走吧，你们知青也不容易！"

就这样我们又上了刚下来的那趟开往徐州的慢车。

第一个小站叫"司赵"，我们下了车。这里距郑州三十多里，只有步行走回去。这真是一段漫长的路程！自昨天早上在西安吃了一顿羊肉泡馍之后，我们已经一天一夜水米未沾牙了。天亮的时候，大家实在走不动了，横七竖八地倒在路肩上。

远处传来一阵隐约的脚步声，是两个赶路的农民，他俩也发现了我们，迟疑着停住脚步。"癞子"喊了一声："喂！老乡……"

那两个农民"噌"地一下跳到了铁轨的另一边，隔着道床战战兢兢地问："你……你们想干什么？"

"癞子"有些莫名其妙："你们有吃的吗？我们买点！"

那两个人嘀咕了一下，其中一个从包袱里掏出两个馒头，远远扔过来。

"癞子"喊："这是钱。我们给钱！"

那两个人摆摆手，扭头就跑。

"癞子"犹豫了一会儿，走过去把馒头捡起来："这人是什么毛病，白给？"

"大鼻子"苦笑着说："他们大概把我们当成劫道的了。"

那馒头真香，可惜只有两个。我们连一粒馒头渣也没敢浪费。

郑州是"盲流"的天堂。站前广场上简直像是在召开全国盲流大会，讲各种方言、穿各种服装的盲流欢聚一堂。数量最多、最传统的自然是乞丐，有断腿断手长瘤长疮一副惨样的，有吞铁球滚钉板卖弄武艺的。我们还看见一种少见的买卖。几个老婆子把要来的干粮切成片晾干，然后论堆出售。一堆大约斤把，细粮卖一块钱，粗粮六毛钱，如果有粮票，每斤可以抵两毛钱。

我们在拥挤的候车室里找个地方安顿下来，急忙从"管账的"小胜手里领钱轮流去吃饭。

在小饭馆排队的时候，发生一件事情，让我一辈子都觉得后悔。

一个年轻妇女贴近我，小声说："大兄弟，能不能给点粮票？就要二两。孩子饿得直哭。"

我看她穿得挺干净，脸上却是一副可怜巴巴的表情。想起广场上那些乞丐骗人的把戏，我立刻粗声粗气地说："你这模样也要饭？没有！"

我声音挺大，招得周围的人都看。那女人的脸一下变得通红，低头一声不吭赶紧走了。我这才感觉她不像专职要饭的。那女人畏畏缩缩走近一张饭桌，看见一个碗里有点剩饭，偷偷端起来往墙角走去，那里真的有两个三四岁的孩子在眼巴巴地等着。我觉得很是惭愧。

五、偶遇盲流队伍

出郑州第一个小站，我们再次被赶下车。

小站叫"广武"。记得书上说过，刘邦项羽以鸿沟为界两分天下，似乎就在这个地方。如果不是这次“旅行”，恐怕难得有机会到这里来。

车站实在太小，快车根本不停，直到下午，才出现一趟慢车。由于站小人少，我们目标太大，所以尽管买了短途票混上了车，还是很快就被列车员逮住，又被轰了下来，为省钱再扒货车。上上下下，磨磨蹭蹭，黄昏时到达新乡。查查车站的里程表，一天下来才前进了不到百把公里。经过一整天的劳顿，大家都疲惫不堪，一致决定休整。所谓“休整”，不过是大吃一顿馒头烙饼而已。清点“财产”，我们惊恐地发现，尽管几天来省吃俭用，路费却只剩三十来元钱了！

我们决定，当晚就在新乡“驻扎”，养精蓄锐，恢复体力，明天争取一举“攻克”北京。

我们捡了几张废报纸，在站前广场找了个凉爽干燥的角落，拿报纸当铺盖席地而卧，自上路以来第一次睡了个安稳觉。

早上“起床”后“猴子”上厕所的时候，遇到一个在山西插队的北京知青。那小伙子神情惶然，一只手用绷带包着，血迹斑斑。我们一问情况，不禁义愤填膺。原来，前天他在铡草的时候不当心一下被铡断三根手指，幸亏刀不快，虽然骨头断了，皮肉还连着。不料，大队赤脚医生二话没说，一剪刀就把一截指头剪了下来。他连忙护住手，没让剪另外两个指头，简单包扎了一下，赶紧回北京。当时，断指再植已有成功的先例，他还抱有一丝希望。然而，同我们一样，他也是缺钱，在这里被困住了。

都是北京知青，没说的！再说我们也许还能沾他一点光，除了帮他买一张票，还可以顺便买站台票混进站。

然而，六张站台票毕竟太多了些，那个女售票员板着脸毫不通融，强调按规定一张车票只能买两张站台票。“癞子”急了，抓住那小伙子的残手直杵到小窗口里：“你有人味儿没有？他的手都残废了！”

那个女售票员显然有人味儿，听清缘由，也不再问为什么一个人

▲六个知青。

走竟然需要六个人送，飞快地递过六张站台票：“你们……小心点！”

然而，我们虽然进了站，还是没有上去车。列车员“缺德”，看得太紧。

送走那个小伙子，我们经讨论一致认为，乘客车又费钱又危险，不如乘货车踏实。于是几经辗转，顺利地找到并溜进了货场。当然，在搞清列车的去向以前不能贸然上车。几个人分头行动，终于还是由“猴子”发现在一列货车的好几节车皮上都用粉笔写着“广安门”。“广安门”，就是北京啊！那笔迹鲜亮，是刚写过不久的样子，看来不会有什么问题。

我们急急忙忙爬上车帮跳进一节车厢，定神一看，不禁目瞪口呆，车厢里居然乌压压的全是人！男男女女老老少少，足有几十口子。还有许多大大小小的麻包、口袋，全装得满满的，不知是什么东西。所有的人都一声不吭蹲在那里，无数双眼睛直瞪瞪地盯着我们几个，让人胆寒。

一个络腮胡子似乎是这些人的头领，半蹲起身子威严地低声问道：“你们是干啥的？”

我们为他们的声势所震慑，也低声回答：“我们是北京知青，扒车回家。”

“老实待着，不许乱说乱动！”

敞篷车无遮无挡，大太阳晒得人发昏。而车厢里始终保持绝对的肃静。不知过了多长时间，突然听见外面有人在轻轻地敲打车厢的板壁。络腮胡子低声喝道：“趴下！”

所有人都立刻低下脑袋，动作绝对整齐一致。不一会儿，列车突然震动了一下，接着就缓缓开动了。随着车速的加快，车厢里的严肃气氛也逐渐开始消失，响起一片说话的嗡嗡声。

“猴子”偷偷捏了捏身边一只麻袋，觉得里面是些片状的东西，掂掂倒也不沉。旁边一个老头面善些，主动搭话：“就是些白薯干，没啥。”

列车每过一个车站，不管是否停车，络腮胡子都及时大叫一声：“低头！”

所有的人立刻俯首噤声，保持绝对的沉默。也许他们是过于谨慎了，但谨慎自有收获，列车不久便到安阳，一路十分顺利。车在安阳车站停下来，全车的人一哄而起。车下似乎还有不少人接应，大包小包的东西被抛下车，人们也纷纷往车下跳去。

络腮胡子在下车前主动问：“你们不下车？”

“大鼻子”向前指指：“我们去北京。”

络腮胡子摇摇头：“再走就进河北了，那里查得更严。你们得小心哩！”

列车再开的时候，只剩下我们六个人了。望着干干净净空空荡荡的车厢，我们简直不相信刚刚这里还存在过一支纪律严明的盲流队伍。

六、“语录癖”

车进邯郸，在站台边停下来。我们只顾低头隐蔽，却没注意到上面正是天桥。一个人在天桥上大喊：“车上有人！”

我们还没弄清楚是怎么回事，车帮上便冒出一个脑袋：“你们几个，下来！”

这次审讯我们的是一个解放军小战士。比起红袖箍们，解放军要可爱多了，起码不会搜身骂人抡洋镐把。小战士很严肃，大热的天，风纪扣严严的，皮带紧紧的。验明我们的身份以后，第一句话就是：“语录本带了吗？打开第48页，让我们一起学习最高指示！”

那段最高指示挺长。我们从“资产阶级、小资产阶级，他们的思想意识是一定要反映出来的……”一直朗读到“……有错误就要批判，有毒草就得进行斗争。”

小战士收起语录本，背着双手开始训话：“知识青年就是不折不扣的小资产阶级，你们就是在用各种方法表现自己！伟大领袖让你们到农村去接受贫下中农的再教育，你们不好好改造自己，反而到处乱跑。这说明你们中了刘少奇资产阶级反动路线的流毒，而且中毒很深！你们游手好闲，白坐国家的车不说，还破坏了大好的革命形势……”

看到我们几个脸上流露出不以为然的神色，他很为恼怒：“你们还满不在乎？！你们这种行为，是阶级斗争的新动向！是对文化大革命不满的表现！是彻头彻尾的……”上纲到这种程度，基本已经到顶了。小战士一时想不出更有力的词句，顿了顿，喊道：“打开语录本第17页，念！”

看来他对语录本已经熟悉到可以倒背如流，那段“最高指示”是：“在我国，资产阶级和小资产阶级的思想，反马克思主义的思想，还会长期存在……”一直到那著名的一句：“凡是错误的思想。凡是毒草，凡是牛鬼蛇神，都应该进行批判，决不能让它们自由泛滥。”

“听见了吧？你们这种错误思想，决不能自由泛滥！你们自己应当在灵魂深处爆发革命，狠斗私字一闪念。私字是万恶之源，是资本主义的垃圾，不能容忍它存在！现在是资本主义还是社会主义？回答！”

面对这位“语录癖”，唯一的办法只有服从。我们同声回答：“社会主义。”

“那么，打开语录本第……”

照这样下去，大概要做好把一本“语录”全念完的思想准备了。

突然，小战士一个立正，倒把我们吓了一跳。一个上了年纪的军人出现在门口。小战士连忙报告：“报告首长，我正在审查几个扒车的可疑分子！”

老军人走过来看看摊在桌子上的证明信：“是北京知青啊。我说干吗在这儿进行背语录比赛呢，原来是革命小将们正在交流学习经验啊！”

他话里明显带有嘲讽的语气。小战士的脸涨红了：“报告首长，他们态度极不老实……”

老军人皱着眉：“不就是知青嘛。我看你是成天挨训，自己也想过过训人的瘾！小题大做无事生非！有时间去抓些真盲流，在这儿瞎抖什么精神儿！”

他对我们挥挥手：“你们可以走了！”

走出好远，我们回头看去，见小战士还立正站着，老老实实地听着那老军人的教训。

天黑以后，我们又顺利地扒上一列货车。到了邢台车站，我们再一次被逮住，对此，我们已经有充分的思想准备。

审讯是在站台旁边一间小屋里进行的。屋子的门在站台上，另一面的窗户朝着站前广场。天气热，窗户敞着，许多乘凉的人扒着窗户上的铁栏杆看热闹。

与我们一同被抓的还有两个二十多岁的年轻人。一个戴红袖箍的瘦子问：“你们一共八个人？”

“大鼻子”说：“不。我们六个是一起的，他俩我们不认识。”

那两个家伙很会见风使舵，异口同声说：“我们也是北京知青！”他们说的是挺标准的普通话。但普通话和地道的北京话毕竟有区别，我们听着总感觉有些不太对味儿。

瘦子颇有经验，眯着眼睛看了他俩一会儿，突然说：“这两个家伙有问题，带到那个屋去！”他出去时说了一句：“你们几个老实点，回头再处理你们！”

我们只能老老实实待着，因为门口还有一个胖女人在虎视眈眈地监视着我们。胖女人五十多岁，大扁脸上架副白框小眼镜，穿着一件短袖衫，胳膊上戴着一只皱巴巴的红袖箍，见“猴子”想往凳子上坐，立刻尖着嗓子一声大叫：“起来！”吓得“猴子”一个激灵赶紧站好。

窗外的许多人又拥到隔壁屋子的窗户看热闹，有人惊叫：“还真搜出东西来了！”

隔壁屋里猛地一声大吼：“老实交待，其他的藏哪儿了？”

静了一会儿，突然响起一阵皮带抽打的声音，伴随着尖锐的哭叫。

我们几个不寒而栗。

“猴子”头上全是汗珠，声音嘶哑地说：“大婶，我们出去喝点水行不？”

胖女人正在吃西瓜，脸上沾满了西瓜汤：“谁是你大婶！”

他强颜欢笑地说：“你看大婶，你吃西瓜，我们喝点凉水还不行吗？”

胖女人怒了，一字一字地嚷：“这是毛主席给我的幸福！懂不懂！你看着眼馋？馋死你！别以为你们是知青就蹬鼻子上脸！”她胳膊一划拉，西瓜皮飞了我们一身。

“癞子”愤怒之极：“你凭什么往我们身上扔！”

胖女人两只绿豆眼瞪得几乎要把眼镜弹出去：“老娘就是扔了。怎么着？”

瘦子和两个红袖箍走进屋子：“怎么了，吵啥！你能不能小点嗓门？”

胖女人委屈地叫：“老娘怎么了？你们干吗都冲老娘来了！”

瘦子一瞪眼，那目光十分凶狠：“你是谁的老娘？再叫唤把你的袖箍抹

▲邢台胖女人。本章的几幅插图是我当初在媒体发表时所绘，图中人物并非我们的真实形象。

了！出去！”

胖女人一下老实了。不甘心地朝外头走，临出门还回头狠狠朝我们瞪了一眼。

瘦子换了一副面孔，微微笑着对我们说：“这种女人，整个是混进革命队伍里的败类。你们不必和她较真儿。坐吧。”

我们还不太适应这种突然的态度变化，很不自然地坐下了。

瘦子说：“伟大领袖教导我们说：‘不同质的矛盾，只有用不同质的方法才能解决。敌我之间和人民内部这两类矛盾的性质不同，解决的方法也不同。’刚才你们也听到了，那两个家伙就是敌我性质的问题。这种人，只有死路一条！”

瘦子顿了顿，接着说：“带语录本了吧？翻开第 129 页，让我们共同学习……”

一天里连着遇到两个“语录癖”，也够邪门儿的了。不过，“语录癖”毕竟比那胖女人不知顺眼多少倍。我们宁可学上一夜语录，也不愿再跟那胖女人打交道。

等翻开第 129 页，那段语录更使我们热血沸腾心潮澎湃：“我们都是来自五湖四海，为了一个共同的革命目标，走到一起来了。……我们的干部要关心每一个战士，一切革命队伍的人，都要互相关心，互相爱护，互相帮助。”

瘦子说：“你们既然是北京知青，能不能把自己家里的地址写下来我看看哪？”

看来他对我们的身份还有些怀疑。我们赶紧老老实实地把地址写在一张纸上。瘦子接过去看看：“好，好。北京学生的字写得就是漂亮。”随手把那张纸揣进兜里。

他摆出一副循循善诱的架势，侃侃而谈：“知识青年上山下乡，是响应伟大领袖的号召。你们不怕艰苦，到农村去接受贫下中农的再教育，很值得我们学习呀！当然，农村生活条件差，你们刚离开大城市，一下子还不能适应。在劳动锻炼了一段时间后，回家去休息休息，也是可以体谅的。但是，这总不能成为不买票白乘车的理由吧？”

他语气十分和缓，态度非常诚恳，不由人不心服口服。我们鸡啄米似的连连点头：“是的，是的……”

瘦子说：“打开语录本第 229 页，让我们一起学习这一段：‘无数革命先烈为了人民的利益牺牲了他们的生命，使我们每个活着的人想起他们就心里难过，难道我们还有什么个人利益不能牺牲，还有什么错误不能抛弃吗？’”

我们心里的确难过，感到冥冥中有无数先烈在用谴责的目光注视着我们，使我们羞愧得抬不起头来。

七、狼狈的收尾

瘦子似乎为我们终于能够认识错误而感到欣慰："我知道你们不愧为革命小将，是能够充分正视自己的错误的。你们应当是从铜川上的车，那么，现在还是自觉补票吧。至于罚款，就免了。"

好像在刚刚看过一场精彩绝伦的表演之后还沉醉于剧情之中居然忘了鼓掌似的，我们一个个目瞪口呆。"癞子"使劲咽了一口唾沫："……我……我们的确是没钱！"

瘦子立刻变了嘴脸："伟大领袖说：'凡是反动的东西，你不打，他就不倒！'……"

我们一听这段"最高指示"就心惊胆战，赶紧说："我们掏钱！"

所有的钱都拿了出来，有纸币，有钢镚儿，在桌子上堆了可怜的一小堆。

瘦子扒拉了一下那些钱："才七八块钱？想蒙我？你们以为没钱我们就没办法啦？我们这里有盲流学习班，你们可以边学习边劳动，直到把你们的路费挣出来为止！"

我们知道他绝不是空口威胁，此刻我们才真是绝望了。

小胜情急生智，猛地大声说："我舅舅在这儿的银行工作，我们去找他借钱！……"

瘦子笑笑："银行好啊，银行有钱！行，你现在就去找你那个舅舅吧！"

小胜真的拔腿就走，瘦子也不拦他。我们眼睁睁看着小胜出了门。

不料，没过半分钟，他又进来了："我记错了，我舅舅是在石家庄工作。"

瘦子嘲弄地看着他："小谎儿编得不错！今天反正没什么事，就看你们怎么表演吧！"

小胜硬梗着脖子说："我就是有个舅舅在石家庄！"

"行，行！那你们就去石家庄。别忘了，得买票。这里到石家庄每人两块五，不买票别想离开邢台！这些钱你们先拿上，现在就可以走了！"

我们简直不敢相信自己的耳朵："我们……可以走了？"

瘦子一句话，像钉子似的又把我们定在那里：“我这儿有你们家里的地址。别耍小滑头！如果不买票，我会和北京的群众组织联系的！跑得了和尚跑不了庙，不怕你们飞到天上去！”

我们闷闷地坐在站前广场的马路牙子上。开始还有几个看热闹的人问：“怎么把你们放了？”见我们懒得搭话，也就走开了。

“猴子”惶然问：“你们写的地址是真的吗？”

我沮丧地说：“当然是真的。谁想到狗日的有这么损的招儿啊！”

“癞子”恨恨地说：“这混蛋，太阴了！”

一想到捏在瘦子手里那张写着自己家里地址的纸条，我们心里就一阵一阵地发寒。我们十分明白，问题绝不仅仅是钱，如果真的在若干天以后一封公函寄到自己家所在的街道革委会，受影响的不仅是本人，整个家庭都会受到牵连，那后果是难以想象的。

“癞子”突然一拍大腿：“我还真急糊涂了！咱家不是有个亲戚在石家庄嘛！”

“大鼻子”说：“没辙只好买票去石家庄再说了，可这点儿钱不够啊！咱们花得也忒狠了点……”

小胜从书包里掏出一个馒头，天气热，馒头都长绿毛了。他向四外看看，见没人注意，掰开馒头：“我留了一手，还藏了一点钱。”

胖子把所有的钱数了数：“一共是十二块五毛一分……”

瘦子说了，到石家庄的票价是一人两块五，钱还是不够，我们再次绝望了。

旁边突然有人说话：“你们是在哪儿插队的？”

那是个和我们年龄相仿的小伙子。我们都没心情搭腔。我无精打采地回答：“陕北……”

他说：“我也是北京学生……”

我强打精神和他应付：“你怎么在这里？”

“我是回老家插队来了。”

“大鼻子”苦笑着说：“你算幸运，离北京近，说回去就回去了………”

“你们回北京？”

“大鼻子”说：“现在是能去石家庄就行啊！”

那小伙子沉吟了一下，突然问：“你们差多少钱？”

小胜说：“就差两块五，走不了啦！”

小伙子从口袋里掏出几张钞票，数了数：“我这儿总共只有两块七八毛，给你们吧！”

我们全吃惊地跳了起来。“癞子”结结巴巴地说：“我们……我们该怎么谢你……”

“都是北京知青，谢什么！”小伙子把钱往“癞子”手里一塞，扭头就走。没等我们反应过来，他已经消失在夜色里了。遗憾的是，我们连他的模样都没看清。

见我们规规矩矩地拿着车票进站，瘦子颇有些吃惊：“我小瞧你们了。居然还真有货！”

“癞子”从牙缝里挤出一句：“世上还是好人多呀！”

瘦子一直盯着我们上了火车，还特地对列车员说：“这几个小子想回北京，你看住了，他们的车票可是到石家庄的！”

经过如此挫折，我们已经没有精神折腾了，老老实实在石家庄下了车。“癞子”的记忆力很好，没费多长时间就找到了那个亲戚的家。我们美美地吃了一顿油条豆浆，又洗了个澡，睡了一大觉。那亲戚一家十分热情，给我们买了晚上到北京的车票。

车是深夜的。遗憾的是，一路无人查票。直到过了良乡，才冒出一个列车员，我们迫不及待地把车票塞到他面前，大声说：“您看好了，票是到北京的！”弄得他莫名其妙。

凌晨，我们在永定门下车。“癞子”给每人发了两毛钱当汽车费，我们在站前广场上分手了。

我终于踏上了北京的公共汽车。售票员接过我递过去的钱，撕了一张车票给我。他的眼神有些怪，但我没有注意，因为我很兴奋。直到他扯着嗓子喊了一句：“革命的乘客同志们注意了，当心自己的钱包！”

我的心里一下凉了。

在到家之前，我做了一件后来始终感到遗憾的事情。为避免日后惹麻烦，我把旅途中写下的几页笔记从日记本上扯下来，撕得粉碎，乘没人注意，一股脑塞进了路边的一个垃圾箱里。

第八章

我不属于北京

一、无所事事的游荡

离开北京已经半年了，这城市似乎没有什么变化。但我却总感到有些说不出的陌生。

也许，陌生的是我自己。

回到家里，母亲和妹妹意外地惊喜。去干校已是大势所趋，大家早有思想准备。我休息了几天，原想帮着收拾一下东西。可家里本是“家徒四壁”：除了两张床，其他所有家具都是借用父亲单位的，自然不能带走；经过几次抄家，余下的只有锅碗瓢盆衣服被褥和一些劫后余“剩”的书籍。这些东西随时可以打包，也实在没什么可收拾的，唯有耐心等待消息。所以只能无所事事，四处游逛。

1969 年 8 月 9 日，星期六。

这几天没有什么事，星期四去了一次陈学勤他们厂。借了几本书。那天正是我们到惠家河半周年。

想到老吕头他们正在玩命地挣工分，而我却已经回到北京了，深有感触。

这是我回到北京后写的第一篇日记。由于心不在焉，把星期六错写成星期四了。

回想在惠家河度过的半年时间，似乎是发生在另一个世界的事情，但那个地方确切真实地存在着。

1969 年 8 月 12 日，星期二。

昨天收到朱建群的来信，报告我一个惊人的“喜讯”：队里分红了，我分了三百斤麦子，和一块多钱！真是可笑的奇迹，我苦干了半年，挣了一块钱！这岂不是天大笑话！

今天上午朱头来了，听到我挣了一块钱，也甚为好笑，并建议我把这一块钱用镜框装起来，留作纪念。看来只有这么办，否则一块钱可以干什么呢？连半年的盐钱都不够！朱头买了一个大西瓜，几个人没吃完，然后就走了。

下午到陈学勤他们厂里去。陈武汉在组里开会，他就要被调去开三轮摩托了。我和陈学勤在他宿舍里写了给华振浩的信，然后就回家了。

先说华振浩。他已经在几个月前去内蒙古生产建设兵团了，我们之间只有靠不断的往来通信获得坚持下去的力量。

“朱头”是朱建晨的外号，这样可以与村里的朱建群区分开来，免得总是弄混了。他和王洪崃在砖厂的境况没有什么变化，仍然糟糕得很；但他们每月有三四十元钱的工资，比我“阔气”多了，有资格嘲笑我那一块钱的夏收总收入。其实我当时还不知道，这年夏收我们惠家河是难得的大丰收，每十分工有三毛七分钱，是太贤公社首屈一指的富裕队呢！

陈武汉作为归侨，在厂里显然受到了一些特殊照顾，居然被安排去当有点儿“技术含量”的三轮摩托司机了。陈武汉来自一个华侨富商的家庭，也算是曾经养尊处优的公子呢。记得他刚到我们班时，与同学一起去工人体育场游泳，进了更衣室居然被吓坏了，说是从没和这么多赤身裸体的人在一起脱个光屁股。尽管大家都笑话他，他仍是拿了一块大浴巾围着，跑到角落里自己换游泳裤去了。想必以前在国外，他从来没进过这种大众化的游泳池。这样一个打小没吃过苦的人，如今却因为能开三轮摩托而欣喜。几十年以后，他自己也成为一名富商，经常在世界各地跑来跑去，不知是否还记得这段经历。

他们几个人从事的不仅是重体力劳动，还都是“三班倒”，相当辛苦。不过也有一个好处，就是时间比较宽裕，所以能够经常陪我这个“无业游民”游荡。想来很奇怪，我们很少说自己的事情，倒是对国家和世界相当关心，比如下面这篇日记：

今天早晨赴约前往颐和园。扫兴的是，王洪崃没来，二陈来了。朱头带了一大帮他们那儿的人，下午两点就回去了。

我们三个划了一会儿船，突然来了兴趣，在万寿山上乱跑，后来跑到佛香阁上喝茶，已是五点多钟了。

……今天讨论了一下第三次世界大战，共同的意见是：大战必然要爆发，为期不会很久；至于是谁先宣战，肯定不是我们。在会不会打核战争的问题上，发生了分歧。我认为要扔原子弹，必然在最后阶段、当反动派垂死挣扎的时候；而到了那时候，他们会不会还有能力控制住核武器发射场，那就不一定了；我觉得要做打核战争的准备，但也要努力争取不打核战争。

他们说我太幼稚。他们认为，只要到战争后期，必然会打原子弹的。说我把反动派看得太简单了。但也不一定会打大的核战争，扔了一两颗，就可能差不多了……

那时颐和园改名叫“人民公园”了，消费水平很低：门票仅要一毛钱；在昆明湖划船，每小时才三毛钱；在佛香阁上喝茶，一壶低档“高沫儿”只需一毛钱。再花六两粮票、六毛六分钱买一斤桃酥充饥，三个人便可以大侃到晚上公园关门。

▲ 1969 年 2 月，我即将赴陕西前与陈武汉（右）、王洪峡（左）在人民英雄纪念碑前合影。当时我的去向已定，而他们还不知道自己的命运将会如何呢。

现在看来很滑稽，几个才刚刚 20 岁的毛头小子居然大谈什么“第三次世界大战”，的确太“幼稚”。不过，那也许是我们排遣郁闷发泄情绪的最好方式了，可以借此表明自己仍然具备“指点江山激扬文字”的豪气，而没有甘于沉沦。

那时的日记基本也是这样一种情况。

1969年9月7日，星期日。

这次回京，实际上就是在政治上给自己“打气”或“加油”，如果没有这次回京，那真不能想象我将会变成什么样子。

这一个多月来最重要的工作，是学习了大量政治书籍。如：列宁的《帝国主义是资本主义的最高阶段》《国家与革命》以及列宁《马克思恩格斯和马克思主义》文集中的大部分文章;《共产党宣言》《反杜林论》《家庭、私有制和国家的起源》以及《联共（布）党史》等许多文章。至于《毛泽东选集》，更是读了不少。

当然，有许多东西还是看得稀里糊涂，许多哲学名词还是半通不通，许多文章的历史背景还是很不清楚，但总是吸收了一些东西。大大地从理论上充实了自己的头脑。尤其是一些重要的部分，对批判现代修正主义在对待国家、阶级和阶级斗争，以及对战争的态度，很有用处。现在准备把一些重要的段落抄下来，而且已经开始这样做了。以后还应利用业余时间学习大量政治书籍，来充实自己的头脑。

1969年9月27日，星期六。

今天是我二十岁的生日了。

二十年不短了。可是我这二十年干了什么呢？几乎庸庸碌碌地过去了。

许多革命家，在他二十岁的时候，已经为人类立下了功勋。马克思、恩格斯、列宁，哪一个不是这样呢？当然，我不是什么伟人，也不是天才，只不过是区区一百姓。可是，也不应该让自己的生命白白地耗费掉啊！起码也应做一些对人民有益的事啊！

一个人的一生中，能有几个二十年呢？万不可浪费光阴。

像这种自我反省自我激励的日记比比皆是。

二、我已经不属于北京

父亲一直没有消息，父母单位人员下放去干校的时间一推再推，总是一惊一乍地一会儿通知马上就走，一会儿又宣布“暂时推迟”，让人心情极为烦躁。每天那种无目的的游荡，使我更加不知道自己该干什么好。

而北京已经不容我如此“逍遥”下去了。因为国庆节快要到了。

尽管我有生产大队开的探亲证明，而且我家所在的单位大院几乎家家都面临即将下放的问题，可是从进入九月开始，居委会已经多次来我家盘问我的情况，并催促尽快离京。每次都要经过再三解释，那些一本正经戴着红袖箍的老大妈们才板着面孔嘟嘟囔囔地离去。其实她们完全了解情况，只因为我父亲是“走资派”，我们家自然也就是重点清理对象了。当时我弟弟也因为家里下放的事情特地赶了回来，目标陡然加大，老大妈们来得更勤了。

到了九月下旬，情形更加紧张。几乎每天半夜 12 点整，大门便被敲得山响，若是开门的动作稍慢一些，外面就要用脚踹门了。闯进来的往往是一支联合队伍，由居委会的大妈带头，还有几名戴着“纠察”袖箍而身份不明的男女，最后则是一位警察。他们明明前一天晚上已经来过，还要耷拉着脸再一次检查探亲证明和户口本。那几个男女最可恶，一直拿着手电在我们脸上照来照去。检查结束的时候，他们一定要朗读一遍“知识青年到农村去”的最高指示，严词警告我们必须尽快离京，然后才离开我家，又去敲另一家的门。对他们来说，这种深夜骚扰似乎充满乐趣。

如此一直折腾到“十一”将近，又来了新花样，要求所有返京知青每天上午必须到居委会集中学习，大有不把我们在国庆节前轰出北京决不罢休的架势。

实事求是地说，这种威逼所造成的耻辱远超过压力，而这种耻辱几乎每时每刻都可以感到。我这张被高原烈日晒得黢黑的脸膛，曾不止一次在乘坐公交车的时候受到售票员的“特殊关照”，她们往往会用警惕的目光盯着我，一边大声提醒“革命的乘客同志们注意了，当心……”之类，让我又气愤又无奈。

我终于彻底明白，我已经不属于北京了。

但我和弟弟仍在咬牙坚持，因为父亲没回来，母亲又一直在生病，我们如何走得了！

我们居然耗到了“十一”。

“十一”过后，日子已是越来越难熬了，实属“内外交困”的状态。且不说居委会和派出所的催促，家里的经济压力便已经有些扛不住了。四个人吃着两个人的粮食定量、花着母亲一个人的工资，实在太窘迫了。而下放的事情仍无消息，父亲也仍然没有音信，如此耗下去总不是办法，我决定返回陕北，为此去找金晓峰他们商量。

小胜和胖子大概没有顶住居委会的逼迫，早在九月下旬就已经回村了。金氏叔侄还没有拿定主意。最后商定，金潮河继续留京，金晓峰与我一起回去。由于他们家里还有一些事情，需要推迟几天，动身的日期定为 10 月 12 日。

我抓紧时间又到“吕头”他们三个人的家中去，告知我即将回村的消息，同时询问一下是否有什么事情。我从陕北回来以后，已经分别去过几次，对他们的家庭情况也有了一些深入的了解。

朱建群的父亲是位机关干部，母亲是家庭主妇，朱建群是家里唯一的男孩，下面还有三个未成年的妹妹。他的父母对我像对自己的孩子一样，让我很感动。因为怕我路上不方便，只让我带了一点酱油膏之类的小东西。

郝庆超则是一个工人家庭，我只记得他家里地方很小而人又很挤，以至于没留下什么深刻的印象。他们让我带了一个很大的行李卷，里面有一床被子和一条毯子。

我回北京之前，唯有“吕头”没有托我办什么事情。我不知道他是对我与“自组灶”的人一起回北京有反感，还是有其他的原因，因此一直在犹豫是否去他家。后来想想，毕竟是一起插队的，无论如何也应当去探望一下。于是我也去过两次，见到了他的母亲——不，应当是后母。这还是我第一次知道“吕头”的家庭情况，我似乎有些明白：“吕头”为什么不愿让我去他家。她让我带的东西很奇怪，是几个空瓶子，不知“吕头”要它们做什么用。

就在我已经决定离京之际，情况突然又有变化：父母的单位突然通知，10 月 20 日便要下放干校！这是 10 月 9 日的事情。我在日记里写道：

> 我回来了两个半月，老不下放。等我要走了，却突然宣布下放了，这真是够巧的……上午，妈妈又犯病了，送到医院。路费就花了二元八角。家里本来就没钱了，这一下更成问题了。
>
> 下午到金晓峰那里去了，告诉他改变动身日期的消息和原因。当然，又不免挨了一阵埋怨。
>
> 我怎么这么倒霉！

母亲是个老病号，由于几个月来精神一直处于紧张状态，所以一听到下放的消息，犹如绷紧的弦猛地断了，突然旧病复发，我只能雇了一辆三轮将她送到医院。

而事情很快又有变化，单位再次通知下放日期推迟，具体日期未定。我已经无法忍受这种没完没了的折腾，同时，朱建群和郝庆超不断从村里来信，告诉我一些情况，比如，兰州军区发布命令，要各级处于一级战备状态；我们灶被评为先进知青集体，郝庆超还参加了县里的先进知青代表会议；村里来了工作组，说是要整党……这些都促使我决心尽快返村。

1969 年 10 月 13 日，星期一。

今天上午 8 点半就去找金晓峰，到前门去买火车票，没想人很多，排了三个小时队。回到家，王洪崃就来了，谈了一阵。晚上，朱头又来了，又谈了一阵。

车票是 15 日下午三时五十五分的，二十二元一角钱。

买过这张车票，家里基本“弹尽粮绝”。家事本是由弟弟管的，临走时他把身上所有的毛票和钢镚儿都掏给了我，说等到母亲下月开工资，那时就又有钱了。

三、秋收

回到惠家河不久，秋收就开始了。每天忙于劳动，没有那么多的精力想其他事情，心态倒踏实了许多。

与夏收最大的不同，是秋收没有那么紧张。秋天收获的庄稼种类繁多，熟了一样收一样，收了一样分一样。有玉米、糜子、谷子、白薯、土豆，还有大枣、花生、白菜、萝卜……惠家河这地方真好啊！真没想到有这么多吃的东西呢！

我们也学着老乡的样子，开始加工贮藏这些形形色色丰富多彩的东西。冬天即将来临，在接下来长达半年以上的时间里，它们将是维持我们生命的全部食粮呢。

我们买了一口大缸，学老乡的样儿，从河滩上搬来几块大卵石，将萝卜用盐腌了再压上石头，过上十天半月，就是咸菜了。老乡还教我们如何将白菜用开水焯了之后挂在绳子上晾成菜干，以后下面条的时候撒上一些，那些枯干的菜叶居然会神奇地恢复翠绿的颜色，并舒展成原先的样子，虽然比鲜菜的口感要差不少，但却能让人补充宝贵的维生素。老乡还告诉我们应当将白薯生着切成片晾成干，以后既可以磨成面，也可以煮着吃。我们却自作主张地把所有的白薯先煮熟了之后，再切片晾干，这样虽然又费柴火又费事，但却是地道的白薯干，吃起来既甜又香还有咬头，在北京的商店里都当作好东西卖呢！可事实验证了那句话："不听老人言，吃亏在眼前。"那熟白薯片在窑背上晾晒的时候，招来了无数乌鸦喜鹊，轰也轰不走。它们足足享用了半个来月的白薯大餐，我们可惨了：这些家伙挑食得很，只吃瓤不吃皮，结果留下了一窑背的薯皮圈圈，把我们气得鼓鼓的。

这季节我们干的活路也很杂。比较辛苦的是掰玉米，深秋的太阳依然很毒，玉米地里密不透风，叶片像锯齿般锋利，拉得脸上手上胳膊上都是血道子，汗水一浸又疼又痒，难受得很。最累的是背谷子，有块地在一处陡坡上，头口走不了，只能人背。那是个苦差事，队长万有带着我去试工，以确定包工的工分标准。我们把两大捆谷子绑住一头形成个"人"字形扛在肩膀上，大约有一百来斤，虽然不算太重，可由于坡度太陡中途不能停歇，一路下坡小腿肚子似乎要绷断了似的，脖子上压着谷捆不能低头，只能垂眼看路。那一趟可把我累惨了，抵达场院后连谷捆带人翻倒在地，双腿抽筋两眼翻白，几乎要死过去了。万有的状态比我好不了多少，足足半个时辰才缓过气来，嗓音抽搐地说："外瞎怂地，明年不能种了！"

也有比较有趣的活儿，比如刨白薯，一镢头下去扯出大大小小一大嘟噜，让人很有成就感。最幸福的活儿是收花生，连挖带吃，等下工的时候基本就已经半饱了。那段时间老郝比我们幸福，花生白天收完来不及运回村，他被派夜里去地里看花生，可以合理合法地变着花样大吃特吃。生花生吃腻了就烤着吃烧着吃，他的饭量日益减小，最后几乎一天三顿都吃不下饭了，这可给我们灶上省了不少粮食，我们开玩笑说老郝现在不拉屎改拉花生油了！

我们村的玉米地大多在柳沟，那段时间经常需要过沟干活。柳沟给我留下的记忆，很有些特殊。

柳沟只是黄土高原上一条极普通的山沟，其中一段，属于惠家河的领地。我们村的八百多亩地，有几十亩在柳沟里，不少地在沟底对面的坡上，再上去就是后寨子村的地盘了——看来惠家河的先人很强悍，居然不嫌山高路远，把地占到了人家的眼皮子底下。

去柳沟干活挺麻烦，需要上坡、过塬、下坡、再上坡，往返十来里，中午不及回村，得带干粮。另外，还要带上水桶铁锅，可以烧点开水。

沟底有条长年不断的小河，水流清澈，可惜不能喝，喝了会得溜拐子病。村里有一些人得这个病，走路一拐一拐的很痛苦，基本丧失了劳动能力。

好在林丛中有不少暗泉，水量虽不多，但还算甘甜，我们烧那水喝。

歇晌的时间较长。顾家的男人们往往抓紧时间先去打柴，然后再接着歇。婆姨们一边干着针线活一边和那些精力旺盛的汉子斗嘴玩，荤的素的一起来。有时候撩拨急了，七八个婆姨会一哄而上，逮住那说话不知深浅的二毬七手八脚按在地上扒裤子，等他挣扎起来，婆姨们早已四散而逃，只剩那倒霉蛋在大伙的哄笑中涨红了脸子提着裤子满处寻腰带。

我们的“工间娱乐活动”往往是游泳。沟底的小河有四五米宽，在一处断裂的岩层上汇作小小的瀑布，经多年冲刷，形成一个直径十多米的浅潭。说浅，也有一米多深，足够来回扑腾了。

过沟干活不容易，收工往往较早。婆姨们要快些走，好赶回家做饭；我们知

▲ 1995 年秋天，我在柳沟的小潭边。这一池碧水，当年曾带给我们许多乐趣。（惠万义摄）

▲春天的柳沟别有风韵。树木刚开始返青，桃花梨花已经四处绽放了。（摄于 2014 年 4 月）

青自然也得派一个人先动身。剩下男人们，每人背上都是一大捆小山似的柴火，一个跟着一个喘着粗气往坡上爬，远远看去，像是塬坡上一溜移动的树丛。坡太陡，中途歇不得，只能一口气撑到塬顶；顺着崖壁放下柴捆的那一刻，人几乎要瘫了，心跳得像擂鼓，汗水糊住了眼睛，连抬手擦的力气都没了。

下坡也不容易。此时往往天色已经黑尽，只有脚下的小路微微泛着若有若无的白光，路旁是陡崖，跌下去可不得了，因此尽管已经嗅到远远飘来的炊烟气息，仍然需要控制步伐，万万急不得。

远处突然现出一豆灯光，那是有的家里人等急了，提着马灯在村口迎候呢。那温暖的灯光留下的印象，一辈子也忘不了！

▲下工背柴回家这种场景，是我们几乎每天都要经历的。

四、看玉米

秋天收庄稼是个大事，村里集中人力过沟掰玉米。由于山路崎岖使不了头口，全靠人往回背。三五天运不完，只能暂存在沟底一个临时的场上，晚上派专人守护。要是没人看着，上千斤玉米一夜就能让人偷个精光，这种事儿不是没发生过。

看玉米是个轻松活儿。只要过沟睡一夜，能记 13 分——是最强的劳力最重的活路一天的最高分！

问题是，除非迫不得已，没人愿干这活儿。整夜独自在野沟里待着，难免有狐狼蛇蝎侵扰，而更可惧的还是人。粮食就是命，荒地里的粮食招人哩！半夜闯来一伙壮汉，把看玉米的人按住、再把玉米统统运走的事儿也不是没发生过；要是对方脾气糙，闹不好挨顿臭揍，那可就更加倒霉了，给高工分又有啥用嘛！所以，既然有了知青，这活儿还得知青干。插队第一年的秋天，派上的就是我。现在想起来，那时候年轻，真是天不怕地不怕。傍晚时分，当别人已经下工回家吃饭的当口，我一手拿着干粮袋和手电筒，一手拎着根棍子就独自上路了。都说塬上有狼，但我一次都没遇见过，拎棍子是为了防蛇。原先没想到陕北高原居然也有蛇，而且还不少。夏天我们割麦的时候逮住一条大蛇，那家伙足有一米多长呢！大队会计东有把蛇皮剥了套在镢把上，说是凉快。走夜路要是不小心踩到一条出来散步的蛇，那后果相当严重！因此，我一路走一路抡着棍子不停地抽打两边的草丛：所谓“打草惊蛇”就是这个意思。

刚爬上塬天就黑透了。有月亮还好，没月亮完全是漆黑一片，全仗着手电筒照明。这一路顾不上害怕，最重要的是当心脚下，万一失足坠崖就麻烦了。

走到柳沟大约得一个来小时，进了破窑赶紧点上油灯，然后要做的第一件事情，是拿着个破脸盆当锣，站在坡头“当当”一通乱敲，再扯着嗓门吆喝一阵，意思是老子来了，谁也别招惹我！这一招很管用，满沟没啥敢吭声。

无声其实最吓人。躺在土炕上，只听见耳鸣的声音，简直像在坟墓里。好不容易快睡着了，窑底却渐渐发出窸窸窣窣的响动，好像有东西在蹑手蹑脚地爬。那窑壁上有许多宽窄不一的裂缝，端着油灯照不出深浅，用棍子也捅不到底。最瘆人的是，一起身，声音便没了，刚躺下一会儿，就又折腾上了。

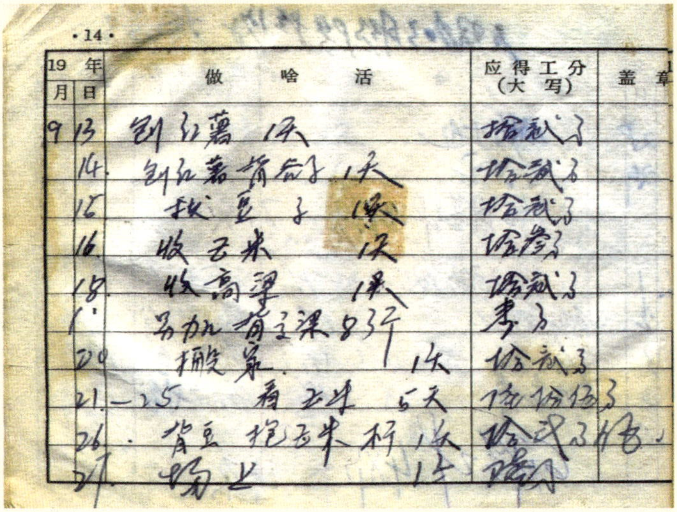

19 年 月	日	做啥活	应得工分（大写）	盖章
9	13	刨红薯 1天	拾贰分	
	14	刨红薯背谷子 1天	拾贰分	
	15	拔豆子 1天	拾贰分	
	16	收玉米 1天	拾叁分	
	18	收高粱 1天	拾贰分	
	1'	另加背高粱83斤	壹分	
	20	搬家 1天	拾贰分	
	21—25	看玉米 5天	陆拾伍分	
	26	背豆 抱玉米杆 1天	拾贰分	
	27	场上 1天	[illegible]	

▲工分本上的记录。那些天干的活儿很杂，有“刨红薯”“背谷子”“拔豆子”“收高粱”“背豆”“抱玉米秆”“场上”……还有“背高粱”是属于额外加的，背了83斤高粱只记1分。其中的9月21日至25日（农村习惯用农历），看玉米5天，记65分。

▲1988年10月，我与万红带上两个馍馍同去柳沟。我在写生，万红拾了些柴火烤馍，并给我拍了这张照片。

▲我所画的柳沟，虽然有损它的秀色，却也是一种特殊的纪念。（绘于 1988 年 10 月）

说实话，虽然我胆子挺大，第一夜也几乎没合眼。不过，第二天就适应了。那些奇怪声音多半是出于自我想象，不理它也就没有啥。柳沟的寂静开始让我喜欢。后来，我嫌回村麻烦，干脆带足干粮，在沟里一住就是几天。

白天，会有队长带着社员来掰玉米背玉米，沟里很热闹。早晨和傍晚则相当安静，只有我一个人，可以细细地看看这柳沟，安心地看点儿书，静静地想些事情。

清晨的柳沟真美啊！河水轻轻流过，两岸林木茂密。秋叶渐黄，浓淡相宜，每一处卯梁每一个凹坡每一片田地都有不同的景色，真像一幅幅色调丰富的水彩画。当时我就想，有机会一定要把它画下来。大约二十年后，我真的带着油画箱来了，可惜技艺拙劣，实在有损柳沟的秀色。

晚上的柳沟也美呢！碧空如洗，繁星点点，一道银河横亘苍穹，以难以觉察的速度缓缓旋转，犹如梦幻一般。不时会有一颗流星划过，不慌不忙的，悄无声息的，神秘莫测，让人着迷。有一夜我居然连着看到十几颗流星，像是老天爷在上头漫不经心地划着火柴解闷儿，一会儿一闪，过一会儿又是一闪；隔了很长时间没动静，本以为他睡着了，没想到突然出现一道横越天际辉煌无比的光流，长到让人难以置信，亮到让人难以置信，似乎要把蓝黑色的夜空点燃！那种壮观，以后我从来没有再见过。

五、年底分红

秋收分红，是一年到头的劳动总结。这时候最忙的应当是记工员和会计了，他俩紧着核实每一个社员的出工天数、工分记录以及各种收获物的分配数量。

会计是个很牛气的工作。小队会计保书是我原来的房东，经常能看到他耳朵上夹着根铅笔，拿着一摞厚厚的账本儿和算盘出出进进，一脸学术权威似的严肃。记工员则是个得罪人的活儿，每天晚上挨个儿核对记录，最终由队长或生产委员盖章认可，其间难免出现误差，也就必然会引起剧烈的争论甚至吵架。“老帽儿”吵架的气势很壮观：两个人或者几个人像斗鸡似的毛发耸立对面大骂，你进一步我退一步然后我进一步你退一步，嗓门大得几乎要掀翻房顶。有意思的是，这种对骂往往很“文明”，尽量避免直接使用脏话，一般都是采取含沙射影指桑骂槐借题隐喻的句式。更有意思的是，他们绝不会指名道姓直指对方，而是很含蓄地使用第三人称。一般常用的语句表述结构是“把他的先人”如何如何，而绝不会“把你的先人”如何如何——惠家河全村一个姓，若是骂对方先人就等于骂自己了。这种骂街方式很有特点，往往对仗工整词句文雅语义丰富，比如“把他个先人映红砖，下下个瞎怂没眉眼”。若翻译成北京话，只怕就没有这种效果了。当然，这是村里人对骂，比较掌握分寸，若是“对外作战”，那刺激性就强烈得多了。

“映红砖”是那种没烧好的夹心砖，中看不中用。“怂”在北方很多地区广为使用，可能唯有陕西话里用得最有意思，比如“瞎怂（念‘哈怂’）”是“坏蛋、笨蛋”的意思，“捣怂”是“调皮蛋、捣蛋鬼”的意思，“粘怂（读‘然怂’）”是形容性格磨叽黏黏糊糊的人，“鬼子怂”则是指心眼太多的机灵鬼了……我曾吹牛说，经过“老帽儿”的专业骂街训练，我也能连骂三天而且不打磕巴不说脏字不带重复的。

一说到骂街我就又跑题了，可见“食色，性也”！还是赶紧拉回正题吧。

经过严格审核计算，扣除粮款以及全年记账结算的菜钱、瓜钱，等等，我的分红所得是一个很好记的数字：七元七角七分钱。此外，还有玉米、糜子、花生、大枣、白薯、萝卜、白菜等形形色色的东西，大概有二三百斤。老乡都说，今年可是丰收了！

白菜萝卜之类当不得饭吃。若是仅算粮食，加上夏收时分的近三百斤麦子，我两季一共分了四百来斤毛粮，看来是一个很庞大的数字。但是，如果折合成纯粮，再扣除我们原先借队里的数目，若想靠余下的粮食支撑到第二年的夏收，平均每个月仅有三十多斤。如此一算，很有些让人寒心呢！

不过，“车到山前必有路”，将来的事将来再说吧，眼下毕竟有这么多粮食堆在眼前，看着就踏实。

“上面”比我们聪明，及时作出规定：全部粮食必须由生产队统一保管，按月领取。这样既可以避免因知青经验不足保管不当而造成粮食变质等意外损失，还可以帮助知青有计划地支配粮食，防止早期消耗过多、后期无粮可吃的现象发生。

于是，那些属于我们的粮食只是在场上分粮的时候和我们见过一面，很快就被运进保管室锁起来了。以后我们必须经队长批准才能领到自己的口粮。

应当说，这个规定看似刻薄，实际上还是很有必要的。那年秋天雨水特多，有一次竟连下了半个多月。我和老朱冒雨去井台打水，去时容易回来难。我们灶地势高而路太滑，一个人担着两桶水，另一个人在前面拿着镢头挖脚

▲担水是每天必不可少的事情。

窝、同时还帮着拉，进三步退两步，雨水井水泼了一身，就是爬不上去那个坡。幸亏“吕头”和老郝赶来接应，才勉强回到窑里，水已经洒得只剩小半桶了。没有新鲜水是个大问题，最后，缸里存的水都臭了，闻着就恶心，没办法只有接雨水喝。更倒霉的是瓮里的粮食全都发霉了，损失相当严重。想想幸亏我们的口粮存放在队里的保管室了，若是由我们自己保管，下场就惨了！

不过，秋天毕竟比较好过，秋高气爽的日子很快代替了阴雨连绵，蓝天白云衬映着满坡耀眼的黄叶，真是秋色辉煌。

那段时间，我很少写日记，查来只有一篇。

> 1969年12月5日，星期五。
>
> 转眼回到队里已经一个半月了。时间过得真快。
>
> 今天，是我们走入社会的第十一个月了。恰好昨天接到一封信，说家里今天就动身到河南去。

家里终于下放了，去向是地处河南省太康县的五七干校。母亲做了一件很决绝的事，把家里的房子退了，剩下三口人的户口全部迁出了北京。这次上级终于同意妹妹一起去干校，让全家人都松了一口气。但是母亲还不放心，生怕妹妹的学校在毕业分配问题上横生枝节，所以索性自我“斩草除根”，从此我们家与北京就没有任何关系了。

回想三年多以前，全家随父亲调进北京，曾经何等高兴，没想到很快就遇到“文革”爆发，以致如今全家五口东分西散无法相聚，实在让人伤心。但是，若从积极的方面想，父亲在下放的前几天终于被释放回家，一家至少有三口人能“小团圆”，这又是值得高兴的事情。只要人在，去哪里都是无所谓的。所以，听到家里终于下放的消息，我心里倒放下了一块石头。

父亲的回归也像是给我打了一针强心剂，那种“革命后代”的强烈情绪又重新燃起。

第九章

惠家河人事

一、洞中“密友”

随着一场纷纷扬扬的大雪，冬天正式到来。

惠家河的知青陆续回北京探亲了。先是老曹、“馅饼”、元清他们，接着是老郝、老朱、傅鹏。他们带了不少花生大枣之类的年货，那都是自己的劳动果实，应当让家里人分享一下；另外还要带的，应当有大队的探亲证明以及用自己的口粮到县里换的全国粮票，没有这两样东西，在北京的住和吃都是问题。

12 名知青如今只剩下了 3 个：“癞子”金晓峰、“吕头”和我。

“自组灶”的杨三一直不知下落，似乎彻底消失了。金潮河和“猴子”仍待在北京，没有返村的意思。金晓峰刚从北京回来，不可能在这么短的时间里重新折回去，只有留在村里。

我本来很想去河南的五七干校看看的，但据家里来信说，那里还在初建阶段，住的地方很紧张，一间十几平方米的土坯房用布帘隔开，要住两户人家的六七口人；干校纪律很严，一时还不能让我们去探亲。所以，我也只能在村里过冬了。“吕头”丝毫没有要回北京探亲的意思，他又加入了基建队。有人表扬他是踏踏实实和贫下中农相结合的先进典型，也有人调侃他是不折不扣的工分迷，为了挣工分连家都不回了。只有我了解“吕头”的苦衷，他是不愿意回到那个对他来说缺乏温暖的家里。因此，我倒很有些同情他。

我们三个留守知青之间的相处关系趋于正常。我与金晓峰经历过一次难忘的旅程，相互之间少了许多隔阂。金晓峰还特地送来几斤从北京带来的大米以“联络感情”，在陕北这是挺珍贵的东西，“吃人嘴短”，“吕头”的态度也大有改变。

农闲时节，活路不多，不需要从早到黑整日辛苦，我们的生活也很平淡，无非就是上工、做饭、打柴、担水，晚上回“洞”里看书、睡觉而已。至于其他娱乐，便是与“密友”嬉戏了。

所谓的“洞”，自然是我们所住的窑洞，那一天到晚始终相伴的“密友”，则是虱子和跳蚤。

别看我们“上灶”的窑洞破烂，却是生产队队委会的“常设会议室”。主要是因为我曾被推选当过几天队委会的委员，在我们这里开会比较方便，我们与村里人没什么过多的瓜葛，队委会讨论些隐秘事情不至于泄漏出去造成不良影响。后来虽然由于我回北京而自行“卸任”，但在这里开会却成了习惯，尤其是天冷的时候。我们不太吝惜柴火，那破炕总比一般社员家里烧得热。

我们也很欢迎他们来开会。队长经常一高兴，命令保管员从粮仓里撮上一簸箕留种的花生炒了，大伙儿吃着花生讨论，精神头儿比较足，而我们作为“房东”，当然有资格分享一把特权。

队委会开得很随意，四五个领导加上我们，围在炕中间的花生笸箩周边，就着昏暗的煤油灯一通猛嗑，窑洞里不闻言语只听一阵狂风暴雨般的噼啪声。

大家肚里都缺油水，几斤花生顷刻就见了底，接着就是挨个去缸边喝水。吃够了喝足了，这才正式开会。热炕一烘凉水一焖，自然得放屁，你一个他一个此起彼伏好不热闹。好在乡亲们都抽烟，窑里早让几只大烟锅熏得雾气腾腾，烟味屁味相互抵消，倒也没什么感觉了。

开会得说话，一个个手也不闲着，这时的重点项目便是捉虱子。文雅的掏背挠肩轻捏慢捻，豪爽的则干脆脱下破袄光着脊梁全面搜捕。当地老乡一般都是光身套件破棉袄，操作起来很便当；我们知青复杂些，又是衬衣又是背心，工作的难度要相对大一些。

撩开衣襟，布缝间层层叠叠蠕动不已的，全是白白胖胖晶莹透明的虱子，犹如缩小了一万倍的羊群，在衣褶形成的山峦间悠闲漫步，只需顺序捋去，顷刻间便可扫荡一大片。不过这种扫荡缺乏乐趣，通常的消遣方式是不慌不忙地逐个消灭——那些虱子只会老老实实地趴着，决不逃跑，耐心地等待着自己在两只指甲的挤压下随着一声脆响化为一滴血肉模糊的浆水。

我们刚插队时，对虱子还畏如虎狼，看到老乡在田间歇工时乐此不疲地捉虱子，总感到毛发直竖不寒而栗，简直无法忍受。随着与贫下中农的感情日益加深，经过长时间的“零距离接触”，我们很快便发现自己终于精神升华开始“革命”了，最显著的标志，就是我们也能够不管地点场合只要一有闲暇便毫无顾忌地宽衣解带大逮群虱了。

捉虱的乐趣不仅在消灭其本身，还有那密密麻麻的虱卵，即“虮子”。它们隐藏在所有的角落里，数量远超过虱子，需细细搜寻逐个歼灭。虱子的繁殖力极强，即使把衣服反复漂洗用开水浸烫，不出三天，便又有一大批新生力量出现，足以让人欣喜若狂——冬夜漫长，闲极无聊，所幸有虱子为伴，方才得以排遣寂寞。

但是，即使再“革命”，我们也难以像贫下中农们那样勇敢。他们有时嫌用指甲一个个挤太麻烦，索性捋一把便塞进嘴里，“咯吧咯吧”嚼得十分香甜。从理论上说，生吞虱子是英明之举，可以补充十分宝贵的蛋白质。不过一想到那些被油汗浸润的虱子在自己胃中蠕动的情景，难免有些恶心，所以始终未敢模仿。

我们也会充分发挥自己的聪明才智，创造一些与众不同的方式以增加灭虱情趣。比如预备一只大号土碗，半盛清水，每逮到几只虱子便随手投入水中，不需一个时辰，水面便是密密一层。碗壁光滑，胖虱腿短，攀爬难上，

▲这孔已经废弃的老窑洞，就是当年我们捕蚤扪虱苦中取乐的地方。（摄于1988年）

只有老老实实地回到水中游泳。看那些小精灵挤挤挨挨地浮在水面活泼地做出各种花样动作，真是十分可爱。

等到第二天早上，大批溺毙的虱子沉尸碗底，尚有少数精力旺盛的家伙仍在水面奋力浮游。再用针尖一个个挑出，送到余焰未尽的油灯上焚化——如此虱中精英，应当有资格享受这般高规格的特殊待遇！

除了虱子，跳蚤也是我们的“亲密战友”。

老郝当羊倌，下工时带回三五个跳蚤是常事。本来，跳蚤的优点是不缠人，老郝进院之前总要浑身上下拍打胡噜一番，绝大多数跳蚤会不堪骚扰自行离去，但也会有个把机灵鬼，找个衣缝隐藏起来随人进入窑洞。想逮住这些小家伙可真不容易：明明看见白色的被头上有个小黑点，未及下手，便“嗖”地一下不见了，让你怀疑自己的眼神是否有问题。可它始终在用行动证明自己的存在：人身上会不时莫名其妙地凭空冒出几个痒极了的小红包，让你恨得咬牙切齿却无从发泄。

跳蚤的生命力极强，简直到了让人恐惧的地步。我们曾经把被捕的跳蚤扔进一包除虫用的六六六药粉里，只见它精神抖擞地在那毒剂里面蹦了半个时辰，不仅没有丧命，最后居然当着我们几个刽子手的面突然消失了！幸亏它纤若草芥，若是体壮如牛，这世界还有人的活路吗？！

据说跳蚤是地球上所有生物当中首屈一指的跳高冠军，奋力一跳，竟可超过自身长度的数百倍！与这样的精英相搏，确实很难取胜。更何况即使偶然得手逮住一只，砸不烂、碾不死，稍不留神仍会越狱逃跑。

然而，人类毕竟是万物之灵，一群头顶“知青”桂冠的高智商大活人，岂能斗不过小小的跳蚤！更何况逮跳蚤对锻炼人的眼神机敏手脚迅捷很有益处，是一项情趣盎然的全身运动，因此搜捕跳蚤便成为我们坚持不懈的晚间娱乐项目。

不谈过程，单说结果：经过长时间的实践，我们都练就了一身逮跳蚤的绝顶功夫。像“吕头”的“捉蚤之技”便达到了出神入化的地步。有时正吃着饭，他会突然停止咀嚼，屏气凝神，一只手端着碗，另一只手悄悄向裆中摸去，突然发力……大家自然纷纷发问：“抓住了吗？”“吕头”并不答话，掏出手来，双指一捻，然后哈哈大笑：那指间俨然已是一只被碾得粉身碎骨的跳蚤尸体！

时间已过去数十载，回想当年挑灯捉蚤、扪虱夜谈的场景，别有一番滋味在心头。希望今后的人们，永远不会再经历那种体验。

二、村中人物

自从与喂马老汉一起去县里开过会，我也经常去他的马圈窑里串门。有时傅鹏不在，我和老朱也会给老汉念书；待傅鹏老朱他们回家探亲后，我就成了专职的“读者”了。

老汉那几本《说岳全传》之类的旧书已经残缺不全，软塌塌的书页上满是油烟子黏染的指印，不知经过多少人的手了；那本浩然写的《艳阳天》，则是当年四清工作组送给他的礼物，还算新些。有时读到半截，偏偏少了一页，老汉就会懊恼地大声叹气，急得不行。更扫兴的时候是灯油干了，一片漆黑中只有他的烟锅在一明一亮地闪着荧光。我倒正好借机歇歇，听老汉“说古”，他有一肚子故事，常听得我如醉如痴。那是怎样一些难忘的夜晚啊！鼻子里满是旱烟的呛人气味，细雪打在窗纸上窸窣作响，窗外圈里的马儿在料槽里耐心地翻动着麦秸，时不时轻轻打一声响鼻……

马圈的这孔烂窑似乎是村里的“俱乐部”，经常会聚集三五个老农圪蹴在破炕上听书。还有一些精力旺盛的年轻人，晚上没处去，也到老汉这里凑热闹。如此，让我有机会近距离地接触了不少挺有趣的人。

陕北有句老话，叫“米脂的婆姨绥德的汉”，说的是漂亮媳妇儿出在米脂，英俊汉子首推绥德。我们黄陵与真正的“陕北”还差着一截，但无论男女，相貌大都还算不错，许多人似乎还有西域胡人的遗传因子。像生产委员红仓，深眼窝鹰钩鼻，身材魁梧体格健壮，如果脱去那一身破衣烂衫换上西服革履，简直像是让人瞩目的硬汉式影视明星。他有两个女儿，大的十四五岁，叫个“白儿”，皮肤白皙唇色红润，一双大眼遮掩在浓密的睫毛里面，那就是陕北民歌中唱到的“毛眼眼”呢！她的妹妹红果也是个小俊丫头，一笑就露出两排整齐细密的小白牙——在从不刷牙的“老帽儿”中间，难得见到这么精致洁白的牙齿。下灶的元清最喜欢去红仓家串门，还托人替红仓买来一顶北京的栽绒帽子，那可是全村“老帽儿”的头一份，所以有人调侃元清是有心当“驸马”、孝敬“老丈人”呢！这话有些过于尖酸，元清是我们村知青中年龄最小的一个，不过是希望寻求一些家庭的温暖而已。实事求是地说，我们 12 个知青，大概没有一个想当“驸马”的。

读过《艳阳天》以后，我们也会“对号入座”地把书中人物与村里人联系在一起。比如喂马老汉，自然是惠家河的“马老四”；而那最重要的“萧长春”呢，则非大队革委会副主任三红莫属。三红是个三十来岁的精壮汉子，浓眉大眼相貌英俊，我们进村时，他经常抱着个孩子来串门，教我们如何烧炕，他的职务加上他的形象包括抱着的那个孩子，各方面都和萧长春极为相像。不过三红的副主任只是个不脱产的虚职，平时也要下地劳动的；另外，萧长春是个鳏夫，三红可是有媳子的。他怀里抱着的那个娃，若干年后到北京上大学读研究生并留在北京工作，很有出息。

▲红仓是村里最棒的劳动力，身材魁梧相貌堂堂，深眼窝鹰钩鼻，长得像西北的少数民族。

《艳阳天》里有个大队会计马立本，我们村里也有个大队会计东有，论长相活脱脱是马立本的翻版。不知他是咋长的，完全没有陕北汉子的彪悍劲头，一张长圆脸上两只眯眯眼，小到看不见眼珠子。后来《艳阳天》拍成电影了，我常感到惋惜，剧组咋没发现惠家河的东有呢，根本不用化妆就能直接上镜嘛！

如此调侃东有，他看见肯定会很不高兴的，他也很不喜欢这外号。《艳阳天》里的马立本是反派形象，现实中的东有可是个喜剧角色。他脾气极好，性格极活泼，家里有媳子有娃，还一天爱往外跑，和我们这些知青打得火热。他看见我有个口琴，羡慕煞了，央求我一定帮他买一个，我从北京回来的时候便给他带了个重音口琴，从此一天到晚都能听到他那不成调调的口琴声从村南响到村北。夏天时候，他本来不会游泳，也要缠着跟我们一起下河，不过只敢在浅处涮涮而已。我们有时候搞恶作剧，趁他自己撩水撒欢没留意，卷裹着他的衣服就跑。东有在后面紧追，却忘了自己还光着腚呢，跑到公路边上正遇到去延安的客车开过来，一车人都望着他大笑，他这才反应过来，

▲ 1977 年，我和三红（右二）、万红的二弟万泉（右三）以及东有在东有家的院子里。东有后面墙上挂着的，就是量地用的大尺。

▲ 2007 年我回村，惊奇地看到东有家的院子和老窑还在。只是院子最里面又箍了一排砖窑。不过东有早已住到县城去了。

赶紧想找个草丛蹲下，可河滩上的杂草又稀又矮，顾了毬顾不了腚，正忙活着呢车已经开过去了。他本来挺生气，捂着羞处叫骂着跑回来讨还裤子忙不迭地穿上，但看到我们一个个笑得几乎岔过气去，他也会忍不住大笑起来。东有很注重仪表，平时穿一件板正的黑色对襟小褂，小分头还要抹上些菜油梳得亮亮的。东有也有很严肃的时候，他是兼职而不脱产的赤脚医生，家里有一只公社发的小药箱，他常会拧着两道细长的眉毛，带着个听诊器煞有介事地为社员看病。他也经常很认真地研读《赤脚医生手册》，有些小病还真能手到病除呢！

我在村里接触最多的人，还是万红、万义兄弟。

万红有个大家庭，兄弟姊妹共九个。他大是个不言不语的老实庄稼汉，他妈则是很能干的婆姨。万红妈对我很好，常说这伙娃恓惶，咋过这搭受罪来哩！即使在青黄不接最困难的时候，也会常给我些吃食填填肚子。惠家河乡亲最让我感动的地方，就在于他们的善良。他们也会时常为一些小事斤斤计较极力算计，显得十分狡狯自私，但他们却毫无保留地同情弱者：若有过路的乞丐，不愁在村里讨不到吃食；县里公社被“打倒”的老领导来村里劳动改造，他们照样“县长”“书记”地叫，恭敬如同以往。他们常用的一个词就是谁谁真“恓惶”哩，却时常忘了他们自己其实更恓惶。万红妈就是这样一个心善的老人，她比她的老汉长寿，后来这些年我每次回村，都一定要去看她的。

万红在家里是老大。他原是黄陵中学初中六六届学生，与我同岁，如果没有遇上“文革”，应当上高中、上大学的；结果“上山下乡”运动一来，只能回家务农。他属于“回乡知青”，享受不到我们北京知青的待遇。不过他与农民还是有非常明显的差别：衣服虽然有补丁，却总是洗得很干净；虽然不能天天坚持，但还是经常刷牙。我们年龄相当，很有一些共同语言，他经常往我们灶跑，我也经常去他家串门。他有一个小书架，放着一些教科书和中外小说，我参加工作离开惠家河的时候，他把自己那本缺了封面的苏联小说《钢铁是怎样炼成的》送给我了，还很伤感地说，反正以后也不看了。

我走以后，他曾当过大队团支部书记，接着调到县上工作。有一位我的好朋友曾经与他共事，后来对我说，万红当年有一些不堪一提的算计。我认为那位朋友说的情况是真实的，万红的确有一些致命的弱点。但是，必须承认，他曾是我在惠家河村里最好的伙伴。如今万红已去世多年，我希望那位朋友还是原谅他吧。

万义是万红的大弟弟，我们进村那年才只有十五六岁，是个挺壮实挺憨厚的小伙子。我一直撺掇他，一定要走出农村到外面去闯闯，后来他真的参军去了新疆，当兵二十年，官至中校。而万红作为大哥很有些家长作风，一定要万义转业回乡。万义不得不顺从哥哥的意愿回黄陵工作，后来任县政府办公室副主任，他曾跟我抱怨，很不适应地方上的那一套官场作风。再后来退休了，打算编修惠家河的村史呢！这是一件很有意义的事情，我很支持他。

三、乡村婚俗

陕北农村结婚早，有些女子才十三四岁就出嫁了，有些小伙刚十六七岁就抱上娃了，这种婚姻，都属于父母包办，当事者本人是没有自主权的。像万红这样受过教育的人，也不能免俗。他的媳子名叫巧儿，就是家里给说下的，只是在相亲的时候见过一次，可双方都腼腆，连个啥眉眼都没看清楚，也就结婚哩！好在他们婚后的生活应算美满，有儿有女，可见“先结婚后恋爱”的事情还是会有的。万红去世早，是巧儿把一个家撑起来的。2007 年我与妻子去黄帝陵，门口的一位工作人员突然说：“你是陈叔吧？”原来那是万红的女子呢，已经长成个俊俏的大姑娘了，眉眼很像万红。她家有我的照片，所以一下子就认出我来了。

陕北农村的婚礼很有些特色，我也曾见识过一回，那是有水娶媳子。

无论谁家办婚事，都是村里的一件大事，所有人倾巢出动，到村头看热闹。

村外的山路上，迎亲的队伍已经来了，有几个人呜哩哇啦吹着唢呐开道。最引人注目的自然是新娘了，她骑在一匹头顶红布的黄马背上，比其他人高出一截。按风俗，新娘可以骑马骑驴，唯独不能骑骡子。这大概是由于骡子不能生育，骑它太不吉利的缘故吧。新娘一身红衣，还算齐整体面，只是衣襟下一层一层地露出里面套穿着的各色衣服，有罩衣、毛衣、绒衣、内衣……好像腰间围了一条彩带。那么多衣服不知是娘家的嫁妆还是婆家的聘礼，总之这穿法的目的显然是一种炫耀。至于新娘的头上，却没有旧时的红盖头，而是扣着一顶眼下时兴的绿军帽，外面还围着一条花围巾，看不出长得啥模样。

新郎的打扮也有些古怪。他穿着一件肥大的土布棉袍，和新娘一样当胸斜挎着一条红布，上面是一朵纸扎的大红花，头上戴着一顶不知属于什么年代的旧礼帽。此刻他正跟在黄马后面慢慢地走着。后面还随着一些抬东西的人，那大概是嫁妆了。

在一大群兴奋得吱哇乱叫的碎娃们簇拥下，这支队伍抵达有水家的破窑前。这几天，他大和他妈带着全家人已经卖力地收拾了一下，至少干净了许多。他家窑前的空地上，摆了一些从小学校借来的桌子，很多亲戚依照辈分而坐；窑前的土墙上，则是一幅领袖像。

结婚的仪式非常简单，在“万寿无疆”“身体健康”“满面红光”之后，男女双方当着众人对鞠三躬便算行过大礼。但是新郎给长辈磕头这一仪程却是绝对不可免的。有水在家里是长子，他家为这次婚礼费了极大的力气，破费了不少钱财，前来贺喜的亲戚也不少。有水由他舅舅带着，挨个儿给长辈磕头；那长辈也不能白白受礼，完了总要送个红包。我曾经见识过喂马老汉在黄帝陵时的示范动作，但这次才知道婚礼上的磕头会是一件怎样既庄严又可怕的事情。磕头的人须面对端坐的长辈立正站好，然后双膝跪下，双手拄地，脑门“咚”的一声碰在地上，这便算磕完第一个响头；然后起立，立正，再来第二个、第三个。我看着有水那撅得老高一上一下的屁股，听着他的脑袋在地上“咚咚”地碰着，很感同情。每个长辈面前都要磕三个，磕完最后一个响头，有水已是昏头昏脑、站立不稳了。由他舅舅扶着回窑里去更衣，待会儿还要陪席呢。

这当口，帮忙的人们一起往各个窑里倒腾桌椅准备开席了。我和“吕头”应邀出席婚礼，还送了两册“红宝书”和两枚纪念章当贺礼。

进窑之后，炕上摆着一桌，地下摆着四五桌。我怕上炕盘腿太难受，本想坐到地下的桌子旁，可有水他大非请我们上炕，看来他把我们知青当作贵宾了。炕前正有五六个“老帽儿”客气地推让着，谁也不肯先上去，我俩以为他们也是怕坐到里面不方便呢，便学了一把雷锋，主动脱鞋上炕。“老帽儿”们一时惊呆了，大眼瞪小眼地迟疑了一会儿，不再客气，一个个很尴尬地爬上炕来各自就位。后来我俩才知道自己犯了一个严重的错误：炕上这桌的客人都是辈分最大、地位最尊贵的，最靠里面的位置则是上席中的上座；我们两个二杆子一屁股把上座占了，也难怪他们就没啥可推让的了。

桌子上有个小酒壶和七八个小碟，是些花生大枣之类的下酒菜，每人面前有一个小酒盅和一双筷子。有水换过了衣服回来，到炕上这桌陪席。那酒壶是公用的，从上座开始依次轮流自己倒酒，有水举盅致意后大家开喝，也没啥废话。那酒壶不大酒盅更小，还没喝出啥滋味来，已经转过三圈壶底朝天了——这时我才明白什么叫“酒过三巡”。只听得一声“撤”，便有人来端走酒具菜碟，张罗着上饭上菜。先端上来的是一大笸箩热腾腾的大白馒头，接着是几大海碗炒土豆炖萝卜之类的各色菜肴，有一碗最引人注目，是白花花香喷喷的炖猪肉。满桌人一迭连声地“喋！”“喋！”同时一丛筷子如乱箭齐射般伸向盛肉的大海碗。我在筷林缝隙中夹得一块二指宽两寸长颤巍巍的大肉塞进嘴里，真肥真香真滋润真解馋啊！看来有水家很舍得花钱，这大碗的肥肉得让人多过瘾啊！七八张嘴一边努力地吧唧着，七八双筷子又一起出动了，我的动作还是慢了一点点，但也搛到了一块更大的。不料，这次却蛮不是肉的滋味，我有些纳闷，再嚼了几下，才发现原来是水煮萝卜片子。这一大海碗，只有上面的几块肉在撑门面，下面全是萝卜垫底呢！

“老帽儿”们见怪不怪，已经把进攻方向转向馒头了。这倒是货真价实的细面馒头，而且可以放开了喋。我们村的“老帽儿”就连过年都舍不得蒸白面馒头，磨面时那些头三箩的细白面基本都是留着擀面条吃的。只有遇到这种红白喜事，才咬牙蒸上一次白馍，让乡亲们过把瘾！

这顿席喋得确实痛快，只是对我和“吕头”来说，结局有些狼狈。因为不习惯盘腿，两条腿麻得酥软，只好手脚并用慢慢磨蹭才勉强下炕；由于吃得太饱，还要调匀气息咬紧牙关闭紧嘴巴，免得一不当心让已经满到嗓子眼儿的白馍和大肉溢了出来，那该有多可惜呀！

▲ 2014 年，我和万红妈在她家的院子里。老太太已经 90 岁了，身子骨还硬朗得很呢！

四、“性启蒙教育”

晚上闹房，我和“吕头”、金晓峰都去了。闹房是新婚典礼的组成部分。除相亲时见过一面外，新娘新郎这还是第一次正式会面。原本陌生的一男一女今夜就要同房，那感情上的隔阂全靠闹房来打破，因此，新婚闹房也有很实际的意义。但是，我没想到陕北的闹房竟会如此疯狂。

闹房是由几个老油子起头的。看来他们自己结婚时没少吃苦头，因此决心拿今天的新郎新娘作为发泄对象。在正式闹房之前，首先要“清理阶级队伍”，按规矩，女人不得进来自不必说，男人也是有条件限制的。比新郎辈分大的人，无论岁数大小，绝对不允许迈进洞房一步。这一查，查出了一个躲在人背后的东有。他虽然比有水大不了几岁，有水却得叫他“伯”。他也实在太爱凑热闹了，居然妄想趁着人多混进新房，真是胆大包天！最终他在一片笑骂起哄声中赤头涨脸地逃出了窑洞，只能傻笑着和一帮婆姨女子碎娃在窗外旁听。有几个自封的“主持人”张罗着闹房正式开始。起初还算规矩，让新娘给大家唱个歌。

借着昏暗的油灯光亮，可以勉强看见新娘子的脸庞。虽然不是美女，模样还算周正秀气。她表现得很沉稳，不管别人如何撩拨，就是低头坐在炕角，始终一言不发。有水倒先沉不住气了，说：“她真不会唱哩！”

他这下真是惹火烧身，大家一哇声地叫：“你咋知道她不会唱！要不你唱！唱那个啥啥啥！”

那个“啥啥啥”实在唱不得，除了赤裸裸的性器官就是形象逼真的性交动作，有水也只好哑声装傻了。

人们的主攻对象不是有水而是新娘子，见一招不成就另换一招，于是又有人让新娘猜谜。那谜面听起来很普通，可实际上有很深的含义。新娘看起来下定决心不上当，仍不开腔。闹房的人又改了个新花样：“新媳子也不能老不吭声嘛。这样吧，我说一句话，你跟我说，咋样？”

新娘也不便僵持过度，得罪了闹房的乡亲弄个不欢而散，今后自己的日子也不会好过。便试探地说：“那得看是说啥哩。”

“我说完你再说，吃不了亏，你跟我说：门背后一外铧。说嘛！”

铧就是犁的铁头，新娘琢磨了一下，觉得似乎没有什么危险，便小声地说："门背后一外铧……"

立刻，满窑哄然。一大帮小伙子连声大叫："有水，说，快说！"这句话大概是我们惠家河特产的闹房秘诀，新娘是外村人，自然不会知道，只有上当。有水被逼着说出下句："我在你身上爬……"

顿时闹房的人笑着叫着："爬呀爬呀！"扯着有水往新娘身上"爬"。好几个小伙子也"爬"了上去，新娘被压在人堆里，吱哇乱叫。等人堆散开，新娘反而叫得更厉害了，手在身上乱挠。有人笑道："仙人脱衣。仙人脱衣黏上了！"

"仙人脱衣"是当地一种草本植物的种子，带倒刺，不小心弄到衣服里，浑身刺痒，非脱衣清扫不可。那新娘中了暗算，此时已是瘙痒难忍，但她自然不会当着众多男子的面脱下衣服，难受得眼泪都下来了。闹房的人更放肆了："新娘掉珠了，快舔快舔！"有人真的动手把有水的脑袋按到新娘脸上。又有人拿来一瓶酒，要新郎新娘当场表演"山羊喂奶"，那是要新郎含着酒嘴对嘴地喂给新娘喝呢……

闹房持续了很长时间，花样也越来越多，什么"按电铃"啦，"摸电门"啦……都是直接朝新娘隐私部位下手的招数。新娘稍有不从，就会有人假装不高兴地叫嚷："人家娇贵呢！没意思！走，走哩！"对于主家来说，闹房是件大事，如果搞得客人扫兴而去，将是非常丢面子的。所以，每逢有人威胁要走，有水还得苦苦央求："别急嘛，再坐坐！"如此，一直持续到深夜。

那一对新婚夫妇下半夜也不得安生：窗根底下埋伏着一群半大小子呢，像东有之类的"积极分子"也不辞劳苦地隐身其中。如此"敬业"的目的，为的是第二天在地头广为传播听窗所得，还要绘声绘色地描绘许多细节，引来一片兴奋的哄笑和"啧啧啧啧"的感叹声。

我曾经对"老帽儿"们以"性"为乐的行为抱有极大的反感，认为这是他们愚昧落后的典型表现。但是，从我上面那些详细的叙述，不难发现，这种"淫荡的娱乐方式"曾经对我造成了相当强烈的精神刺激，否则不会有如此深刻的记忆。我们当时毕竟都是正处于荷尔蒙旺盛期的青年，"假道学"并不能抑制自己的真实本性。后来认真想想，在封建思想依然严重的陕北农村，这种"娱乐方式"实际具有一定的合理性。

有件实事不妨当个笑话听听。村里的启言那年 17 岁，长得实在难看，长脸细眼大厚嘴唇，笑起来龇出满嘴大牙，像个傻呵呵的大猩猩。这丑小子很有艳福，娶了个媳子虽然才 16 岁，身段却苗条标致极了——尽管很多人都说她是村里最俊的婆姨，其实我们一直没有真正看见过她那始终用围巾裹得严严实实的脸庞，只有隐藏在长长的睫毛后面的一双"毛眼眼"，偶尔闪眸一瞥，又大又黑又亮，似能勾魂。可启言这二毬不解风情之事，憋得他居然去找“自组灶”请教，还邀请那几个小子夜半去他家，在窗外现场监听以便“实际指导”。别看那些小子平时热衷于谈“荤”论性，其实没一点实践经验，不过就是嘴头子上逞能而已，现场监听了几夜，出了一堆不靠谱的主意。后来我听他们拿这事儿调笑启言，很有些鄙夷，觉得他们真“流氓”，现在想来，其实倒是我故作矫情。

▲启言媳子是村里最俊的婆姨，可是人们只见过她的一双“毛眼眼”。

这笑话后来变成了悲剧。那媳子就成了泄愤的对象，结果逼得那女子跳了井。那是两年后的事情，当时“吕头”已经结束了在郑家河水库的民工差事回到村里劳动，听到有人嚷嚷着叫救人，立马奔去，奋不顾身下井营救，当了一把名副其实的英雄。

写到这里的时候，我特地打电话找“吕头”核实情况。他说，她跳的是村外川道旁新打的那口机井，水挺深呢。幸亏他水性不错。把人捞上来以后，“吕头”和喂马老汉赶紧把她抬到马背上趴着控水，企图抢救过来，但她最后还是死了。

“吕头”叹道：可惜了，是个俊婆姨呢。

那可能是村里许多人第一次看见她的面容。

五、漫长的冬日

1969 年底到 1970 年初的那个冬天，雪下得格外多。雪下得多，就经常不能出工，整天在家里猫着。这样也好，少消耗体力也就少消耗粮食——其实这想法只是一厢情愿，闲待着食欲反倒更旺盛，一天到晚光惦记着吃了。

另外，雪下得多了，担水打柴都成问题。我和“吕头”都不算懒汉，受不得缸里没水灶前缺柴的拮据日子，所以还是经常要出去干些活的。那时候如果有人在山路上碰到我们，绝对不会认出我俩是北京知青。

“吕头”的日常装束很典型：上身是一件“皮开肉绽”的破棉袄，四处开花满是补丁；下面的棉裤更可怜，基本全是连成片的补丁，完全看不出原先的布料和颜色了。至于头上，则是一顶老式的带护耳的棉布帽子，像是解放战争期间国民党俘虏留下的遗物——在知青当中，他这帽子可能是独一份了，绝大多数知青差不多都有顶栽绒帽子戴着。

我在外观上比“吕头”稍强一些的地方，大概就是头上的帽子了。若论身上的穿着，基本是半斤八两。我们还学着老乡的样子在腰里紧紧系上一根绳子，这扮相虽然难看却很管用，腰部扎紧不漏风，会暖和许多。否则，“老帽儿”们如何仅穿一件空心棉袄就能熬过漫长的严冬呢！

我们这副模样已经与“老帽儿”别无二致了。

我曾在一篇日记里狠狠地自我表扬了一番：

> 今天我推面，下午补我那件破棉袄。
>
> 几个人都对我说：“还不快扔了！破棉袄，扔到街上都没人捡。”
>
> 棉袄已经十分破了。补丁摞补丁，起码也得有五六十个。
>
> 这件棉袄是1958年买的，爸爸穿了十年。1968年轮到我穿了，又穿了二年。不过打柴损失太大，每次打柴都要破几处。可是我还准备穿它八年，穿到1978年。艰苦朴素的作风是应当永远保持的。在这一点上我对自己还是比较满意。一条毛巾已用了五年，现在是第六年了。前几天因为太破了，我从中间裁开，把两头缝上，看来又可以用一个时期。一双鞋穿了三年，已经确实是扔到街上也没人要了。这些都还比较值得自豪。不过自豪并不是等于自满，优秀的品质必须保持，永远不能丢掉。

所谓“推面”就是磨面。补衣服本是常事，但如此郑重其事地记下来，一看便知，这样的日记基本是准备写给别人看的。大概是梦想有朝一日当上了什么“积极分子”“先进个人”的时候，能够作为“革命经验”广为宣扬。如今拿出来公之于众，绝非为了继续炫耀。很显然，那年头讲究“艰苦朴素”，所以我的“破衣烂衫”并非完全是“艰苦朴素的作风”，在某种程度上是一种“时装表演”。而老乡们的破衣烂衫，才是他们无奈的真面目。就这一点而言，我的所谓“与‘老帽儿’别无二致”仅是表层的东西而已。

那个冬天异常寒冷，尤其是“数九”以后，真是滴水成冰。这时担水成了大问题。井台四周冻成了个巨大的冰坨子，摇辘轳的时候得站稳脚跟格外小心，别出溜到井眼里去了。村中小道上的积雪被踩实了，滑得要命，空手走都不稳，别说还要挑着一担水了。所以每次担水都得我和“吕头”一起出动，而且顶多只敢挑个半桶。

相比之下，打柴更为困难。大雪封山道路崎岖，柴火又大都长在地势险峻的山坡上，想划拉一捆通常规模的柴火，不仅要付出比平日里多三倍的力气和时间，还要冒着坠崖的危险——那可是性命交关的事情，听说其他地方就有北京知青打柴的时候摔死的！我也干过险事。那次在一处陡壁上发现一株粗大的枯根，这可是最好的硬柴呢！我欢欣若狂，小心地攀上崖壁并找好立足的地方，便开始用镢头猛凿起来。费了好大的力气，才将足有小腿粗的树根砍得只剩下寸把宽的余量，再有三四镢头，就可以大功告成了。不料，我突然感觉脚下有些晃动，还有土块簌簌地往下落，低头一看，立时吓出一身冷汗。原来这棵老树是呈“L”型向下长的，我落脚的地方实际是埋在土里露出半截的一段残枝，如果我将上面的主根砍断，马上就会随着断枝跌到十几米深的悬崖下面！幸亏我无意中发现险情，及时中止了这种“自杀”行为，否则今天就没机会写这些文字了。

由于冬天打柴不易，我和“吕头”只能省着用。即便这样，院子门口的柴堆体积也在不断减小。所以尽管又费力又危险，我俩还是得经常上山，以保持柴堆的稳定持平。此外，还得设法“节流”。

我本来是独自住在有信家窑里的，图的是借做饭的余火热炕，能省不少柴火。可那孔石窑的窑背太薄，不够保暖，到了下半夜窑里像冰窖一样，躺在炕上裹紧被子还冷得直打战。如果夜里上厕所就更麻烦了，往返一趟不过五分钟时间，回来就几乎冻僵了，哆嗦到天明都缓不过来。所以，老朱他们回北京探亲以后，我就挤到“吕头”那孔破土窑去了。这时才发现，土窑可比石窑舒服得多，炕里烧上几把柴火就能暖和一夜。而且俩人住在一起，还可以少点一盏油灯，能省不少煤油。

冬夜漫长，那段时间，我俩最大的消遣就是努力学习马列主义毛主席著作。“吕头”比我认真，抱着一本砖头似的《资本论》经常读到深夜。当然，更常见的场面是看不多时就捧着书打起鼾来，等我睡醒一觉吹灭那用钢笔水瓶做的小油灯，他会突然惊醒，埋怨我不该影响他的刻苦学习，接着重新点灯继续看书。第二天清晨起来，也不顾两个鼻孔被油烟熏得乌黑就匆匆上早工去了，在地里大侃什么“生产关系和生产力”“剩余价值和剩余价值率”，等等，唬得“老帽儿”们一愣一愣的。

▲说到打柴，还有一段故事。有一次我们几个在柳沟打柴的时候发现了这个地方，远看像是一个废弃的土窑，其实是一个很深的山洞。由于好奇，我们冒险钻了进去，惊喜地看到，里面原来是一个面积极大绝无人迹的山沟，三面都是陡峭的崖壁，余下一侧被一道很高的土墙截断，形成一个天然的城池，那山洞就像城门一般，是唯一的入口。山沟里林木茂密，柴火实在太多了，大概我们在惠家河“扎根一辈子”也用不完！狂喜之下，我们很快就打好了几大捆柴火，这时才发现，那“城门”太小，容不得硕大的柴捆通过。我们不甘心，想把柴捆横着拖出去，不想由于柴梢剐蹭洞壁，头顶呼啦啦地落下很多土来，抬眼一看，上面颤巍巍地悬着许多巨大的土块，似乎立刻就要劈头盖脸地砸下来，那情态好不骇人！我们吓坏了，顾不上柴火，一个挨着一个小心翼翼地顺着洞底的斜坡慢慢往外蹭，连咳嗽一声都没敢。直到出了洞口，才把悬着的心放了下来。至于那些辛辛苦苦打下并捆好的柴火，只好丢在里面了。1988年我和惠万红重返柳沟，很想再看看这个山洞。几经苦寻，居然在乱树丛中找到了，看到洞口里面已经被塌落的土块堵塞。我费尽力气才勉强爬到近处，站在泥泞中拍了这张照片，只是拍得不好，没有显现出它的险峻地势。我想，若干年后如果有人得以进入，看到当初我们遗弃的那几捆柴火，一定会感到十分惊诧：这亘古无人的山沟中，为何会有人类劳作的痕迹？

第十章 饥饿岁月

一、第二个春节

我们住的破土窑应算惠家河村里地势最高的一家了。住得高望得远，站在院门前可以一眼看遍整个洛河川。只是这里地势太险，出院门两步，便是直上直下的陡崖，白天看着都眼晕，晚上走路更要小心，必须一手摸着墙壁，否则失足掉下去就惨了。我们曾经逮过一只野兔，关在院里养了一个多月，眼看快能吃肉了，不料有一天没关好院门，让它寻机逃了出去。傻小子刚获得自由过度兴奋，一出门蹿得太远，直接跳崖自杀了。便宜了住在下面院子里的“老帽儿”，白吃了一顿天上掉下来的兔子肉。

从破土窑到灶房所在的石窑，大约有百来米远，我们每天都要往返走几遭，顺便就把天下的风景看了。望着那满川满坡满塬的积雪，真不知道什么时候这雪才能不下了，什么时候雪才能都化了。这个冬天太漫长太寒冷，而比寒冷更难受的，是饥饿。

我和“吕头”有一点十分相像，都是过日子十分抠门的人，尤其在粮食消耗的问题上，一直坚持“计划经济”。也许别人会认为我们这是自讨苦吃，但两个抠门的人思路总会有些与众不同。在毫无“外援”可以指望的情况下，我们只有完全依靠自己的口粮坚持到麦收。我们也基本没有考虑向队里借粮。上一年我们曾经借过粮，当时队里说必须要经过公社批准，我们还以为是故意刁难，后来才发现是自己误会了。粮食属于统购统销物资，上面决不允许基层私自囤粮；队里保管室存放的粮食，主要是根据生产队田地面积核准的种子粮，原则上一粒都不许擅自动用。我们知青下乡是特殊情况，第一年初来乍到可以通融，以后绝无照顾的可能，否则，春荒时期家家缺粮，要是都向队里伸手，那还了得！

我们只能勒紧腰带过日子，我们实在盼着春天快些来啊！只要雪化了，草绿了，就会有许多东西可以吃了！

可是，日子过得实在太慢太慢。熬了那么多天，才刚到春节！

说来实在太巧，1970 年的大年三十是 2 月 5 日，正是一年前我们离开北京的日子。奇怪的是，不知出于什么原因，我的日记本里撕去了好几页，恰是春节前后那段时间的。也许是因为记了一些不宜被人看到的内容，自己做贼心虚而偷偷销毁的吧？至于具体写了什么，则实在想不起来了。

所以，我无法详细叙述我和“吕头”是如何度过了那个只有我们两个人的春节。我只记得，我们也买了一些猪肉，多磨了些白面，包了饺子；但不会买太多肉，因为我俩都没多少钱。这次队里没张罗给我们送什么年货，倒是有几家老乡送来些黄黄粘馍，让我俩很有些感动。大年三十晚上吃过饺子，我俩比往常躺下得早些，虽然吹了灯，但各自想着自己的心事，很久没有睡着。

至于金晓峰是如何一个人过的春节，我更是没一点印象了。

正月开始那些天照例不上工，我俩热衷于去老乡家串门。这日子口，各家各户都有不少好吃的，东家一嘴西家一口，一圈下来能混个半饱，自己可以省些粮食。当然老是厚着脸皮串门总有些不妥，我俩也会到塬上其他村子串串，指望能蹭几顿饭吃，但经常扫兴而归，因为许多知青都回家探亲了。后来想想这样也好，世上没有免费的午餐，今天你吃了人家的，来日人家也会来吃你的，所谓“背着抱着一般沉”，还是自己吃自己的踏实。

虽然日记没了，但有件事却留下了相当深的印象。

大概是“破五”那天，“吕头”上塬串队未归，喂马老汉突然来找，让我中午去他家吃饭。我正在百无聊赖地看书打发时光呢，听到邀请很有些受宠若惊。我不知老汉请“坐席”有啥缘由，但总得有点礼物送送才像样子。翻了翻箱子，找出一包从家里带来的茶叶，是北京特产的茉莉花茶，虽然只有二两，也算是可以拿得出手的东西了。

中午我如约到了老汉家，没想到他请的客人只有我一个。老汉看到茶叶很高兴，但刚一闻就说“可惜了”！原来由于我没经验，把它和箱子里的衣服放到了一起，结果熏得都是卫生球味儿。按理说这种茶叶绝对没办法喝了，可老汉舍不得扔，上屉蒸了半个时辰，结果还让人满意，基本没多少邪味儿了。

人都说老汉是村里最有钱的，因为他们饲养员一年 365 天每天都是 13 分的最高工分，老汉又是孤身一人，所以他这个年过得可比我和“吕头”阔气多了。他一下子买了二三十斤猪肉，蒸了好多白馍。那一顿我扎扎实实地喋美了！

吃过饭，老汉沏上茶，我俩对坐谝闲传。我仍有些纳闷，不知道老汉如此隆重的请客究竟为啥。老汉说：“不为啥。你们恓惶哩！一天吃不下个什喝

▲ 2014 年我再次回村，看到喂马老汉的窑洞早已经坍塌得不像样子了。想到当年和老汉在他家里吃肉喋馍喝茶的情形，恍若隔世。

不下个什，受冻挨饿吃苦来哩！不过话说回来，你们不能常在这搭呢，早晚得走。”

我说：“这可由不得我们呢。”

老汉说：“你们不像咱烂贱农民，死活熬煎没个盼头，咱草民百姓才是真恓惶呢！你们早晚得走哩。有句话你记下，将来出息了，别忘了这搭的乡党。”

我不知该说什么，老汉的话让我产生一种异样的感动。尽管后来我没像老汉期望的那样有什么出息，但老汉的话我的确记住了。惭愧的是，我也没为那里的乡党做出什么有价值的事情。

二、春天的灾难

春节过后那段日子，我和“吕头”过得十分艰苦。尽管我们自己后来很少去串队，可挡不住别人到我们这里来，不管认识不认识，来了总得管人家饭。如此下来，粮食是无法挽回地严重超支了。

我在一篇小说里写过这样一段：

> 我也不是不知道节约，我也不是没想办法。你说糜子面是什么颜色的？是黄的吧？可我蒸的糜子馍全是黑的。为什么？我舍不得浪费那点糜子皮，磨面时全磨进去了！喝玉米粥的时候，我抓一把玉米面，得掺一把玉米皮。那玩意儿虽说吃下去就原样拉出来，可多少能顶一会儿事。就这么着也没用。那个春天可把我饿惨了。我脑子里整天只有一个字："吃"！
>
> 有一次，也不知谁家死了一头小猪，你知道，陕北老帽儿不吃死东西，我就占了便宜。那头小猪大约有七八斤重，满身又是屎又是泥。我烧了一锅开水，把小猪扔进去烫掉了毛，拿刀开了膛，剁巴剁巴炖了一小锅肉，美美吃了好几天。那时正赶上月初，我从队里领了当月的玉米，匆匆忙忙上碾子压碎了，熬了一大锅浆粥。我一边吃着炖得半生不熟的小猪肉，一边喝着热得烫嘴的玉米粥，幸福得我眼泪都要下来了。我当时就想，我这辈子绝对不能忘了这一天！我把那天的日期记在一张纸上就着热粥吞了。听人说这样就永远不会忘记。其实纯属扯淡，因为我现在怎么也想不起来那个日子是哪天了。人这东西，最不是东西，日子一好就忘本！

上面所说的"我"，应当是我和"吕头"。

炖小死猪的事，是我俩干的，实际过程比小说写的还复杂。那天我们在村外见到那只小死猪，十分兴奋。经过分析研究，认为这倒霉蛋应当是刚刚冻死的，所以大胆地弄回来了。

"吕头"说按规矩猪得先吹气才能煺毛，可他也不知道具体应当如何操作，琢磨着用菜刀在猪后腿上划了个口子，我俩轮流玩儿命吹，累得腮帮子都酸了，居然毫无效果。我们失去了耐心，决定直接刮毛算了。这时又记得似乎煺毛得先用水烫，便烧了一大锅开水，也顾不上把小死猪收拾干净，就提着后腿扔了进去。结果猪皮被烫得半生不熟，不仅毛没法煺，连皮也剥不净了，最后闹得一边吃一边"呸呸"地吐毛。

我还记得，那天异常寒冷，虽然灶膛烧着火，窑里仍然冰冷刺骨。当时我确实吞了一张写着日子的纸条。因为我觉得这天实在太幸福了，应当永远记

▲《吕头正传》中的插图："吕头"煺猪毛。

住。虽然最终还是把具体的日子忘记了，但我和"老吕头"坐在锅台上一边打着寒战一边幸福地吐着猪毛吃肉喝粥的场面，似乎就在眼前。

羊倌看我们死猪都敢吃，说前些天还冻死了一只羊呢，给扔沟里了。我把消息告诉了金晓峰。等我们找到死羊，天已经黑了。那是只绵羊，个头挺大，至少能出二三十斤肉，但不知死了多少天，万一腐败变质了，把人吃死可不得了，所以我们犹豫很久还是决定放弃。想想又舍不得，看着肥大的绵羊尾巴实在诱人，便打着手电筒把那大尾巴用刀割了下来，金晓峰拿它熬出了三四斤油呢。只是那些天我很有些担心，生怕他食物中毒。几天过去，他依然红光满面，我也就放心了。

春节后不久，老朱他们也陆续回村了。

再过不久，春天也悄悄来了。

这个春天远非我们希望的那样温暖美好。冬雪刚刚开始消融，立即又是漫长的倒春寒，接着，突发的一场疾病给惠家河造成了极大的灾难。我已经不记得是水痘、麻疹还是猩红热，总之村里有好多碎娃被传上了。赤脚医生东有急得抓耳挠腮却无药可治。这病只有老天爷管得了！

我还记得，生产委员林儿的独生子也病了，他似乎不太着急，还苦笑着说："哎呀那疹子起的，满身都是，美的太太！"我很纳闷，孩子都病成那样了，咋还"美的太太"呢？其实这说明我对当地话还是了解得不够，这次所说的"美的太太"并不是"好极了"，而是"厉害得很"的意思。

林儿是一个干活很实在的农民。我们曾给起过一个外号叫"半匹牛"，形容他劳动卖力的架势。那些天，他干起活来更是发疯似的，说明他并非不着急，而是急得很，只能靠拼命干活来发泄。

半个多月后，瘟疫似乎终于过去，那些被家长禁锢多日以免被传染的孩子可以去小学校上学了，一些熬过疾病的孩子也可以拖着病弱的身子勉强到院外墙根下仰着苍白的小脸晒晒太阳了。但也有一些孩子永远不见了，其中有林儿的娃。

当地有个陋习，死了孩子不埋，就往荒沟里一丢。有一次我在离村子不远的一条沟里打柴，居然在草丛里看到一只穿着小花鞋的断脚，应当是狼吃剩下的。我心里一阵哆嗦，好久缓不过劲儿来。那孩子我认识，是个很好看很听话的小丫头，只有三四岁的样子。她哥哥叫书勤，大约有十来岁了，经常到我们灶上玩。这次书勤和妹妹同时染上了病，书勤熬过来了，女娃死了。我连她的名字都不知道，但永远记得那只残脚。

这个故事还有一个尾巴。1977 年全国大学和中专恢复考试招生，我有幸作为招生工作人员重返陕北。书勤参加了中专的招生考试并顺利通过分数线，如愿考上了电力学校。后来，他到离惠家河不远的交口河炼油厂工作，并当了车间主任，我回村的时候曾经见过他。可惜他的妹妹没有他幸运。我常想，她若能逃过那场劫难，现在该有四十多岁了，没准儿也会很有出息呢！

▲ 1977 年 12 月，我与惠家河几位青年的合影。左起：万红的二弟万泉，大队会计东有，书勤。

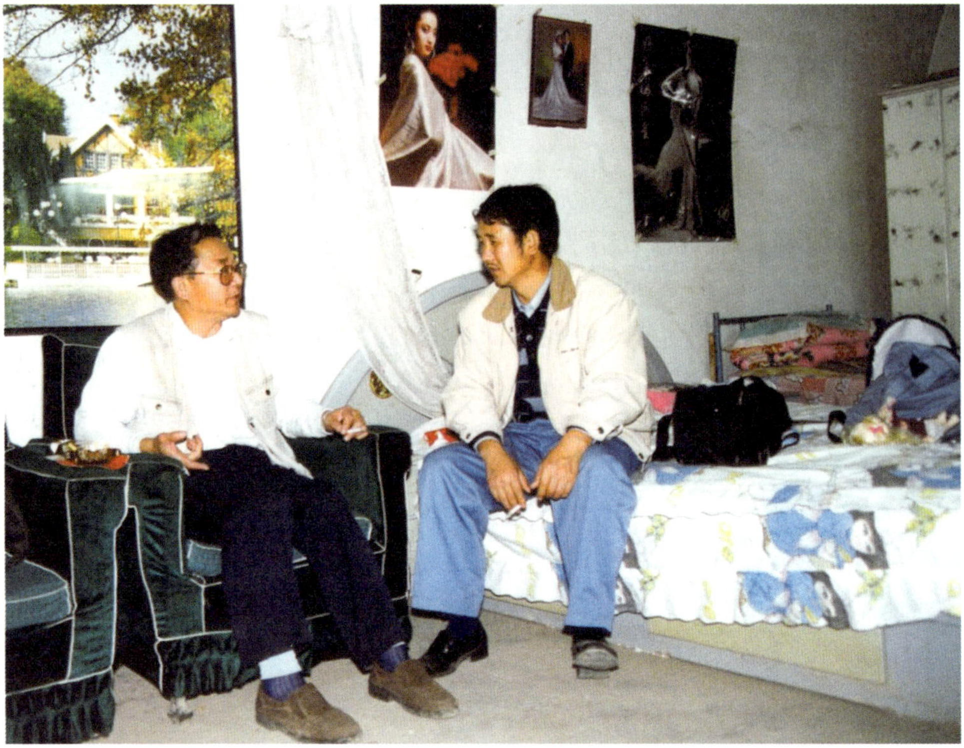

▲ 1999 年，我与惠书勤（右）再次见面，他已经是车间主任了。

三、饥饿难熬

如果有人问我，在插队期间最深刻的感受是什么？我会毫不犹豫地回答：饿！刻骨铭心的饥饿！

我所说的饿，与几天水米不沾牙以致前心贴后心眼冒金星走路打晃出气儿都嫌累的极度的饿有所不同，而是一种由于长期只能吃个三分饱所以总是觉得肚子里空落落的心神不定眼冒贼光看见什么东西都馋得想塞进嘴里嚼巴嚼巴的慢性的饿。

奇怪的是，我曾与许多知青聊天，有挨饿感受的居然不多，不少人留下的是偷鸡摸狗的记忆。我的朋友吴逊当年在宜川插队，本是出身书香门第举止文质彬彬的人，竟也干过这种事情。他还记得曾经偷过一只羊，对于失窃的农民来说，那可是极大的经济损失呢！所以，吴逊至今仍认为应对自己的出轨行为进行认真反思忏悔。不料，在一次知青聚会时，一位来自宜川的当地干部却说，俺们农村的娃谁没偷过东西，这点事儿不值一提；你们是从大城市来的娃，没受过苦，恓惶得很，偷点吃点算啥嘛，谈不上忏悔，也没那个必要。这种宽容真让人感动。

即使同在一个村插队，“自组灶”的那四位也许就没挨过什么饿。前面说过，在我们分灶以后，他们的住处换到我们原先伙房所在的窑洞，恰与生产队的保管室一个院。这犹如将老鼠和大米搁一块儿，不想偷也得偷了。出人意料的是，队里居然从未发现过他们盗窃的痕迹。有一次倒是把保管员逮住了：他经常偷库里的花生，容器就是身上那裤腿肥大的缅裆裤，塞上三五斤花生根本看不出来；不料那次扎裤腿的带子松了，他自己没察觉，一路走一路漏，让人逮个正着，用“露馅”一词形容正是恰如其分。而“自组灶”那几位哥们儿似乎从没干过这种技术含量过低的下三烂勾当。

其实，他们“自组灶”吃得比我们猛多了，隔三岔五要凭条子领粮；他们那种吃法难免超支，时常也要提前借粮。蹊跷的是，到会计结账的时候，

▲ 1988 年我回村时，原先的老窑还在。窑洞中间是我们原先的灶房，后来是“自组灶”的住处；右面便是生产队的保管室。看那窑墙上部用四块砖头堵住的小窟窿，如何能钻进一个人去呢？或许是后来有意砌小了以示“亡羊补牢”？

发现他们累计超支的数量也不过几十斤，与记忆的数量完全不符。但条子是白纸黑字的凭据，会计绞尽脑汁也想不出问题出在哪里。

多年后听“自组灶”的哥们儿自己吹嘘，才知道他们真是盗窃的高手。

向队里领粮或借粮的手续并不复杂。只要写了条子，经队长盖章同意，就可以去保管室称粮。保管室不光有粮食，还有许多农具之类的物品，社员借东西或领东西都凭条子，保管员习惯把纸条插到钉在窑壁的一根铁丝弯钩上，月底集中交给会计。“自组灶”的哥们儿总是在月底之前下手，办法很简单：选一个月黑风高之夜，一个人望风，两个人托底，由身材瘦小的“猴子”担任“主攻手”，从窑门上方的出气孔钻进保管室，把自己灶上的条子偷出来——最关键的是，为防止露馅，得象征性地留下几张，绝不能全偷光。

这办法实在是高！

1988 年我回村的时候，专门去保管室实地考察，看到那出气孔已经被砖头堵上了，不知是否因为发现了漏洞而采取的“亡羊补牢”措施。但是，堵孔才用了四块砖——那么小的孔洞，即使身手矫健的专业杂技演员也未必能钻进去。所以我总怀疑“自组灶”哥们儿的吹嘘有夸大甚至虚构的成分，只是我猜不出其中的秘密。然而，当年他们的红光满面与我们的一脸菜色形成强烈的对比，应是不争的事实。

还有“馅饼”他们那个灶，连柴火也偷，甚至把村里公共厕所的牌牌儿都摘了烧火，气得队长骂：“狗怂也不嫌臭哩！”

老实交代，我们灶的几个人，并非没偷过东西。比如，我和老朱偷过邻家农民的玉米，理由是他们耕自留地的时候总要向我们这方侵入一点；等他家的玉米熟了，我们自然要掰几个以示报复。

我们偷东西的次数似乎不算多，主要原因不是因为要维护“革命本色”，而是实在受不得那份儿惊吓。

没本事没胆量偷，挨饿就是活该。

我们的主要办法，只有自己“节流开源”。

所谓“节流”，就是继续实行严格的粮食控制，月初从队里领回的当月口粮，一定要精打细算保证能吃到月底。经过准确计算，我们每天每人可供消耗的纯粮仅有将近一斤而已。伟大领袖早就教导说：“节约粮食问题。要十分抓紧，按人定量，忙时多吃，闲时少吃，忙时吃干，闲时半干半稀，杂以番薯、青菜、萝卜、瓜豆、芋头之类。”我们已经把“最高指示”落实到了极致，一天三顿基本是“两头吃稀、中间吃干”。由此，我们才明白“老帽儿”们为什么把晚饭叫作“喝汤”了。

我们无比怀念去年刚来的时候。那时每人每月有国家供应的40多斤成品粮，比现在至少多了一半呢。

至于“开源”，则是绞尽脑汁想办法，发挥“神农尝百草”的大无畏精神，寻找和发掘一切可以入口果腹的东西。

我在我的小说中还写过这样一段：

> 冬末春初那段青黄不接的日子总算熬过去了。随着天气一天比一天暖和，能吃的东西渐渐多起来了。什么灰灰菜、扫帚菜、马齿苋……还有许多叫不上名字或者忘了名字的野菜，那时候我全认识、全吃过。现在我也忘了，不认识了。我觉得最好吃的是槐树花。把洗净的槐树花趁湿掺上玉米面，撒上点盐上屉一蒸，那味道，又香又甜又嫩！只是吃多了要放屁。

这并非“我”，而是“我们”的切身体会。

说来还是槐树花好吃。村旁咸榆公路两侧种的都是高大的槐树，初夏时分槐花盛开，实可谓“一路芬芳”，吃也吃不完。那种掺了玉米面上屉蒸的吃法似乎也有一个特定的名称，可惜已经忘了。若搁现在的高档饭店里，没准儿和什么“洋芋擦擦”、“浆水鱼鱼”之类一样，也能算一道“当地著名特色小吃”呢！

四、关于饥饿的比较

槐花的缺点是不顶饥。若论抗饿，首推糜子馍。实际上我从来没见过纯黄本色的糜子馍。为了增加分量，我们与农民一样，是连皮一起磨成面的。后来我每次回陕北，当地朋友问我“想吃啥”，我总是说“糜子馍”，他们也总是大笑着说：“噫！外驴粪蛋蛋一样的东西，咋还想吃哩。糜子早没人种了！”

这形容非常形象，若就形态而言，糜子馍的确与消化不良的老驴屙下的粪蛋蛋极其相似，黑黢黢硬邦邦看着咋也不像能入口的东西。我第一次见到糜子馍，还是插队初期，一日和村里的有泉一起去砍柴，回程在半坡歇下的时候，他从敞着怀的破棉袄里掏出一个拳头大的黑蛋蛋大嚼，见我看得直咽口水，便掰了半个给我。我也顾不得黑蛋蛋还带着有泉的汗腥气，上来就是一大口，结果噎得几乎喘不上气来。有泉说：“糜子馍得吃慢些哩！”

后来我们也会蒸糜子馍了，但总没有老乡的好吃。主要是没掌握好初期发酵的技术，不是发酵过头太酸了，就是火候未到导致硬得像石头。直到现在我还能想起有泉给我吃的第一个糜子馍的味道：慢慢咀嚼，那糜子面在嘴里是沙沙的，有一股淡淡的酸酸的甜甜的清香；吃到胃里沉甸甸的，感到很踏实。

让我们很不理解的是，陕北农民居然不吃死物。比如雨季洛河发大水，泥沙浑浊，会有许多鱼被呛死后冲到岸边。如此美味，他们竟仍然不吃，便宜了我们这些荤素不吝的馋鬼。有一次我们在河边拾到一条极大的死蛇，剥了皮剁成段足有一大海碗。听说在粤菜里蛇是档次很高的佳肴，我们都跃跃欲试。不料，煮熟后锅里却冒出一股奇怪的肥皂味儿，很有些吓人，我们毫不迟疑，赶紧倒掉，还把大锅彻底刷了好几遍。没准儿那是一条毒蛇，幸亏我们没吃。

当时我们最羡慕的人，应当是那两个窑匠。队里需要烧些砖，请了两个烧窑的外地匠人。他们是河南来的，一老一少，就住在离小学校不远的一孔土窑里。队里给他们的待遇不低，除了工钱，每人每天还有三斤白面的口粮。那可是三斤白面啊！他们可以天天烙饼吃呢！每当看到他们晚饭后慵懒地坐在窑前喝茶抽烟谝闲传，我就忌妒得肠子发疼。那时我最向往的幸福生活，就是天天能有烙饼吃！

插队期间，我养成了一个很特殊的习惯，吃饭速度极快，总好像下一口不赶紧吃到嘴里就马上要没了似的。

这习惯“打遍天下无敌手”，几十年没遇到一个超过我的。

直到前年，在作协组织的一次活动中，居然有个人比我吃得还快。菜还没上齐呢，我正琢磨是否再等等，他已经放下了筷子。我惊讶极了，凑过去搭讪，他说：“都是当年饿的！”

我贸然问：“你插过队吧？”

他说：“是啊。”

原来，他也是曾在延安地区插队的北京知青。

终于遇到一个知音，我好高兴啊！

多年后我看到苏联作家索尔仁尼琴所写的《伊凡·杰尼索维奇的一天》，非常理解那里面为什么使用了那样多的篇幅说到“吃”。只有一个真正挨过饿的人，才会如此重视这个“吃”。尤其当我看到那一句的时候，真有感同身受的体会：“几口热汤进肚，他全身都抽搐起来，太好了！犯人们就是为这短短的一刹那活着！”想当年我和“老吕头”喝着烫嘴的热粥吃小死猪肉的时候，就是这种感觉呢——那“短短的一刹那”，似乎就是人生的唯一追求啊！

我曾很有兴趣地计算了一下，那位在饥饿中煎熬的主人公伊凡·杰尼索维奇·舒霍夫，作为服刑的劳改犯，在劳动营里一天到底可以享用多少食物，结果让我非常吃惊。需要说明的是，原文使用的计量单位是“公分”，也就是“克”，我在计算的时候需要换算成“两”——中国的一两应当等于50公分。

他的早饭是一碗煮有土豆小鱼的热黑菜汤、一碗300公分（约六两）的小米粥，还发了一勺白糖和550公分（一斤一两）面包作为口粮。中午，他只喝了两碗燕麦粥，其中一碗是因为运气好而多喝的。晚饭则是有土豆小鱼的热白菜汤，还有按照劳动轻重配给的口粮，舒霍夫作为壮劳力拿到了最高档的400公分（八两）面包。

那天，由于他帮助一位名叫采扎尔的劳改犯藏好了食品包裹，得到的回报不仅有那人大方地放弃不吃了的200公分（四两）配给面包，还有送给他作为回报的两块饼干、两块方糖和一段“圆滚滚的香肠”。

除去其他杂七杂八的东西，在正常的情况下，舒霍夫一天的正式口粮是一斤九两；加上额外得到的四两，他这天仅面包就有两斤三两（1150公分）之多！

这样的定量，实在“美的太太”，让我羡慕死了！

至于那位采扎尔家里寄来的包裹，更是不得了。舒霍夫仅用鼻子闻了闻，就知道里面有些什么：“香肠、炼乳、很肥的熏鱼、腌板油、喷香的面包干、带另外一种香味的饼干、两公斤左右方糖，还有一包好像是黄油，然后就是香烟、板烟丝，这还不是全部。”

即使在写这些文字的此刻，我也难以遏止汹涌的唾液；如果在1970年，做梦也想象不出内容这么丰富的包裹！那年月，至少我们灶的人从来就没收到过什么包裹，家里若能寄十斤全国粮票过来，已经很让人兴奋了；至于什么“香肠、炼乳、很肥的熏鱼”，等等，就连北京城里具有中等生活水平的居民也无法在梦里见到呢！

若是在1970年看到索尔仁尼琴的这本书，只怕难免要有一句“反动透顶”的话脱口而出：狗日的苏修，咋连劳改犯的日子都比咱好呢！

当然，从理论上说，我们知青与苏联劳动营的犯人们是有本质区别的，我们有人身自由。

▲高原印象。

舒霍夫的判期是十年。那本书的最后一段话是："这样的日子他从头到尾应该过三千六百五十三天。因为有三个闰年，所以还得另外加上三天……"

在这一点上我们与他们也有本质区别。当年给知青定位的口号是"扎根农村一辈子"，因此，我们没有期限。

至少，在 1970 年春天的时候，我们还不知道自己"大有作为"的时间是多少年。

五、柳沟的隐居者

在我的工分本上，凡是记着"过沟"的，就是指去柳沟干活。春天里有个活路很奇怪，叫"打鸟"。

种下的玉米出苗的时候，常招来鸟儿祸害。扎草人不顶用，要派专人轰赶。不过，塬上的庄稼好像从来不需要这种关照，只有柳沟得派人过沟“打鸟”。而且自从来了知青，往往由我们担当这一重任。由此我猜“打鸟”的主要目的实际是防人：防止外村的人出于报复心理祸害春苗。我们村的先人占了人家的地，人家总得设法捣捣乱出出气。有时候难免正面遭遇，若是派去的人太怂，未必镇得住人家。知青厉害，人不敢惹，所以得派知青去。

说是“打鸟”，其实是“轰鸟”、“吓鸟”，只是东跑西颠地大声吆喝而已。村里人看我跑来嚷去忙活得很，都笑我：“老猫”这生坯子，把个美差变成苦工咧！“打鸟”这活儿其实不必那么卖力，只要时不时呐喊几声，让人知道这搭有人看着就行哩！

但我仍然认为这是个美差。呐喊权当练嗓子，忙活也就是早晚两头，比其他活路轻省多了。有空的时候我还“养鸟”哩。一棵大柳树上有个喜鹊窝，我经常爬上去探视，眼看着两只喜鹊下了几个蛋，眼看着孵出了小喜鹊，眼看着小喜鹊从没毛的肉球球慢慢变成了羽翅丰满的俊娃娃。我总是趁大喜鹊不在家的时候上去，逮些树上爬来爬去的大蚂蚁喂这帮小家伙。只要我在窝边一冒头，它们就会叽叽喳喳地嚷着欢迎，几张大得惊人的嘴巴撑满了整个窝，争先恐后没命地叫唤，比见了自己的爹妈还亲呢。后来它们学会飞了，倒与我生分了。一只一只飞出巢自谋生路之后，便再没了来往。

高原温差大，晌午日头热，百鸟归林歇凉去了，沟里万籁俱寂，这是我最清闲的时候。把带来的糜子馍拿火烤烤吃了，跳进水流清冽的小潭里裸泳几圈，赤条条地躺在青石板上晒太阳。仰望蓝天白云，心中空无一物，天地之间，似乎只有我一个人，那滋味，难以言传。

虽说秋天看玉米的时候在柳沟住过一些日子，但那主要是晚上。而打鸟的时候村里人很少过沟干活，白天一个人安静，才有心思细细地琢磨它。

柳沟以前肯定住

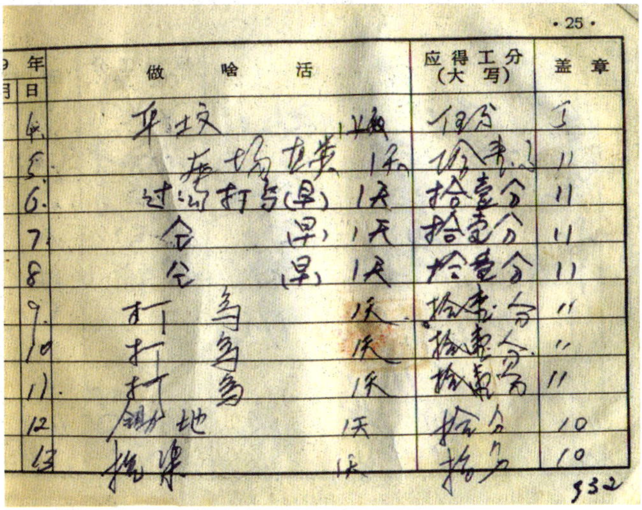

▲工分本上的记录：1969 年，从农历的四月六日到十一日，连续 6 天过沟“打鸟”，每天 11 分。

过人的。沟底崖下散落着十几孔土窑，至少能安顿七八户人家。不过，眼下绝大多数已经废弃，只留下一孔，地势稍高些，好歹装了门窗，有一盘土炕和灶台，可供看玉米的人栖身。还有一个敞口大窑，垒了一道院墙，是临时的羊圈。塬上坡下有好几处这样的破窑，可以让羊群暂避风雨。

我曾怀着一种“寻宝”的心理，不时到那些年代久远的破窑里探究一番。我惊讶地发现，在柳沟住过的人里面，肯定有读过书而且文化水平挺高的。比如，在一孔小窑的门框上用墨笔写着的一副对子便是证据：“山间清流为吾饮，川中野菜是我食。”词句文雅得很哩。

这窑极小，门极窄，连窗户都没有。刚进去时眼前一片漆黑，得好半天才能适应窑里的昏暗，里面空荡荡的，只有一盘塌了大半的土炕。我惊讶地看到，那被油烟熏得黑黝黝的窑壁上，居然留有很多字迹。比较醒目的，是一首诗：

人生一世自嚼礳，莫向人前说奈何。
富者易赠金千两，穷人难借米半合。
雪中送炭君子少，锦上添花小人多。
今君慷慨能有几，今此蒙助多多多。

▲无名隐居者在窑壁上的题诗。（摄于 1988 年 10 月）

那诗是用粉笔书写的，字迹工整清秀，而且是标准的繁体字，像那个石字旁加个“磨”的“礳”字，我就不认得。不过，诗中流露的情绪，我还是能够明白的：作者显然饱尝过饥饿与贫寒的煎熬，经历过“穷人难借米半合”的窘况，在困苦中接受过他人的一些帮助，由此引发感慨，那心态很有些压抑。

是什么人在这偏僻的柳沟留下这些文字呢？想来颇有些神秘。

后来听羊倌老汉说，早先柳沟住过一个孤独的流浪汉，据说还是大学生呢。他姓侯，因为家庭出身不好，离开家乡四处流亡。三年饥荒时期，他随着当木匠的舅舅和表弟来到这里——在我们插队期间，还经常有这样闯荡江湖的匠人来来去去，多是木匠、窑匠、种瓜的把式、油坊的师傅之类；当地人对这些手艺人很敬重也很优待。

那位姓侯的流亡者运道不错。惠家河的百姓同情弱者，容留他住在荒僻的柳沟。他很少与人交往，像一个飘忽的幽灵；直到“四清”运动以后，他居然悄悄消失，不知到哪里去了。后来我还听到一种传说：实际上他并未逃脱噩运，柳沟虽然偏僻，并非世外桃源，“文化大革命”开始不久，他就被造反派逮住并遣送原籍了。具体下落如何，无人知晓。

如此看来，这位“隐士”没准儿是属于“阶级敌人”之列的，难怪会写出如此对现实不满的“歪诗”。

实事求是地说，在柳沟期间，多有空暇，我仍在坚持学习马列著作，突然看到这样一首“格调低下”的诗，自然会嗤之以鼻。一时兴起，我也在墙上用石片写了几句，一个无知青年狂妄自负的情态溢于言表：

> 人生一世几春秋，不可虚度到白头。
> 俯首为民是我志，功名爵禄非所求！

不知为何，离开惠家河多年，柳沟始终是我时常思念的地方。是因为它诱人的美景，还是难忘的静寂，或是那些遗留在破窑残壁上的诗句？我也说不清楚。但是，每当因繁复的工作而感到厌倦，每当因扭曲的人际关系而感到烦躁，每当因嘈杂的城市环境而感到憋闷……我总会想到柳沟那远离尘世让人留恋的宁静。柳沟像是我的情绪镇静剂，哪怕只是想想，也能使心境渐趋平和。所以，只要有机会，我总要去柳沟看看。

1988 年我重返黄陵，见到在县里工作的万红，第一个愿望，就是要他陪我去柳沟。

▲ 1988 年 10 月，我在柳沟那个留有题诗的破窑前。（惠万红摄）

那破窑居然还在，那些诗也居然还在。经历过世事沧桑，我似乎已经能够体会到当年那位隐居者的一腔辛酸。重读旧诗，万般感慨涌上心头，于是又在壁上缓缓写了四句：

昔日年少出狂言，而今重读唯汗颜。
廿载坎坷游故地，今朝方知人生艰。

1995 年，我再次回黄陵。当时万红病重，是万义陪我回村的。万义已经转业回乡在县上工作，他与我再下柳沟。

这些年柳沟大概有人来过，墙上那些诗的字迹被人划得乱七八糟。这时的我，对人生已有更深的感悟，几经徘徊，最后只是在另一面墙上刻下一行字："1995 年 10 月，北京知青陈光中。"

此后我又几次回村，都没有下成柳沟：由于封山育林，原先的小路多年没人走，已经被茂密的灌木覆盖，无法通行了。

不能下沟，实在遗憾，以后也许再没有机会去了。不过，即使下去，我也不打算再写什么。面对他人和自己的短暂人生，唯有无言。

万红早已作古，葬在塬坡西侧。站在他的墓前，恰好能俯瞰柳沟。远远望去，只见田地荒芜，草木凌乱，了无人迹，柳沟复归荒蛮苍凉。

风沙茫茫，白云悠悠，似乎什么都没改变……

▲ 1988 年在塬上眺望柳沟。

▲ 1988 年 10 月，我与惠万红（右）在柳沟。

▲ 2014 年 4 月，我与万义在万红坟前远眺柳沟。山川已有所变，我们也都老了。

第十一章

杂碎活儿

一、拉架子车

无论天灾还是人祸，真正的春天还是不可阻挡地到来了。

洛河再次开冻，麦苗按时返青，满山的杏花桃花李花相继怒放，塬上川下一片生气勃勃。

在漫长寒冬压抑下的村子又活跃起来了，各种活路依次展开。

从工分本上的记载看，那些日子我干的活儿很杂，大多是从事一些比较专一的工作，经常与架子车和头口打交道。可见我们知青已经有了独当一面的技术能力，队里敢于把我们当作正式的劳力使用了。

陕北的架子车是个相当重要的生产工具。它的辕把很长，既可以由人拉，也可以驾头口；平板车厢两侧有矮短的护栏，空车的时候可以当作人的座位；最重要的部件有两项，一项是车轴连着的两个轱辘，还有一项是车厢尾部两侧延伸出去的长木头。

与北方许多地方使用的小车不同，架子车的轱辘是活动的，并没有固定在车体上，有一次我拉车时辕把抬得过高，车轱辘居然脱离了车体，从后面一下子撞在我的小腿上，差点跌倒——如果跌倒就麻烦了，车子在惯性作用下会直接拍下来，砸不死也得闹个残废。

至于车后那两块像尾巴似的木头，实际上就是“刹车片”。下坡的时候如果车速太快，你一抬车把，它就蹭到地上，刹车效果相当好。

高原坡路多，拉架子车很有技巧性。拉车高手们最爱玩的是“飞车”：下坡的时候只要把重心掌握好，让它正落在车轴上，驾车的人稳住车把，两脚一悬空，整辆车便可以靠自己的重量滑下坡去，那速度快极了！要停车也容易。驾车的人只要双脚一落地，用力一提车把，车后头的“刹车片”便可立时将车停住。我曾跟万有一起去洛川赶集，那四十里山路相当陡峭，都是连续的“之”字形急转弯。去的时候是上坡，没便宜可占，只有老老实实爬坡；

▲拉架子车是个技术活儿。

回来的时候万有露了一手。他让我们几个人都上车坐好，一声呼啸，拉起车向坡下闯去。他的平衡掌握得极好，坐在车上像腾云驾雾一般，有时速度比汽车还快。这时最关键的是拐弯处必须手疾眼快及时伸脚点地转过弯去，稍有迟疑，不是冲下悬崖便是一头撞到崖壁上，实在太惊险了！

万有那次单人驾车闯坡是逞能，平时拉架子车下坡，必须有两个人相互配合：一个人在前头驾辕，一个人在后头压住车尾协助刹车。一次我和红仓到塬上运秫秸秆，他在前我在后，因为配合失误差点闯祸。

由于秫秸秆太轻，我没当回事儿，站在车后等于是搭车兜风，思想不够集中，下坡的时候听见红仓在前面喊了一声，我以为是嫌我在车后压得太重影响车速，赶紧跳了下来。哪想到红仓的意思完全相反！他看见前面是个陡坡，提醒我一定要“压住”，我突然跳车，他完全控制不住，车子一头向崖壁撞去，眼看车身向前直冲，非把红仓压成烙饼不可！红仓不愧是个好把式，千钧一发之际没有惊慌失措撒开辕把，而在最关键的那一刹那抬腿在崖壁上狠踹了一脚，当时他左手的车把已经杵进土里，就是因为踹了那一脚，车子突然转变方向沿坡而下。坡道险陡，红仓根本收不住脚步，只能顺势把握住方向，脚不点地的一气冲回村里。

待我惊恐万状跌跌撞撞地跑到场上，红仓正等着我呢，迎头就是惊天动地的一声大吼：“狗日的‘老猫’我把他个先人的……”

见他安然无恙却大发雷霆，我的火倒突然冒上来了，恼羞成怒地也是一声大吼：“我 × 你个奶奶！”

我的气势显然比红仓大，他一下就哑火了。

后来好几天，我俩见面都不说话。还是人家肚量大，主动跟我搭讪。我还要嘴硬强辩：“那天你吼个啥我又没听清，也不能光赖我呀！”

红仓不跟我计较，只是苦笑着说：“你个‘老猫’啊，差点要我命哩！”

本来跟车是个轻省活儿，却让我弄成了危险活儿。也许是看我反应慢容易出事情，后来队里不再派我跟车上塬了，改去川里拉沙子——那是公路养护部门分派给各公社的“公差”，塬上的各村也经常要派人来川道里为道班拉沙子呢。这活儿好干。所谓“一马平川”，在平坦坦的公路上拉车，只需要卖力气，出不了事情。那还是个定量包工活儿，两人一车每天 18 趟。

那次我是和双伍搭伙。双伍家弟兄几个的名字都和“伍”有关系，大哥是伍儿，老二双伍，老三三伍，老四更伍。就这双伍的模样长得怪些，是惠家河唯一的一个“地包天”，就是下齿在上齿前，下巴总是翘翘的。双伍是个捣怂，闲着没事总要搞些新花样寻开心。那天上午我们拉了六趟之后歇息一会儿，这小子非要教我抽烟。我最看不得“老帽儿”卷烟抽了，他们随便撕张纸捏上一撮烟丝，然后用指甲从嘴里刮些牙垢当黏合剂卷成卷。那烟别说让我抽了，看着就恶心。不过，有些人抽的是烟锅，那就不同了。他们的烟袋很讲究呢，有些是皮的，显得档次高些；较多的是布的，往往绣着漂亮的图案，显示出家里婆姨的手工水平。至于烟杆本身，往往是上好的竹烟管配着一个紫铜烟锅；最重要的是烟嘴，即便差些的也得是纯铜的，好些的则是玉石的。“老帽儿”们没啥名牌手表钻石戒指高档打火机之类的时髦饰品可夸耀，只能拿烟杆嘴儿显摆显摆。

双伍那烟嘴儿就相当漂亮，白中透绿晶莹滑润，他说那是玛瑙的，比烂怂玉石的金贵多了，抽烟的滋味都不一样呢。我不信，他说不信你抽一锅。我有些好奇，接过来试一下，第一口似乎没啥感觉，只是差点儿呛着；双伍说抽烟得吸进去哩，光在嘴里转一圈能有啥效果！我真的猛抽了几口，没想到那土烟的威力实在太厉害了，不过几秒钟的工夫，只觉得天旋地转，犹如饮酒过量酩酊大醉一般，很快就人事不省。等我醒来，发现自己正在饲养室的炕上躺着呢，时间已经是下午了。直到双伍大汗淋淋地收工回来，我还恶心腿软地无法起来。这一天里余下的12趟沙子全是他一个人拉的，可把他累煞了气煞了！本来想看我抽烟出洋相的，却闹了个损人害己。

二、赶头口

双伍为了维护自己的面子，制造舆论说“老猫”拉车技术不行，两人配合不好。队里就让我去赶头口运肥。以前我从来没跟牲口打过交道，第一次去赶驴的场面就很尴尬。开始时比较麻烦的是给驴上驮子，那玩意儿零碎挺多，我摆弄半天也弄不好，余下一块布头似乎没处可放，只好把它挂在驴脖子上。饲养员见了大笑，说“老猫”这驴大热天还戴围脖哩！后来他告诉我那东西叫个啥“碎溜子”，是垫在驮子下面的。

好不容易把驴打扮好了，接下来的事情就很容易很轻松了，不过是赶着驴上塬运肥，一趟一趟地走路而已。装肥的另外有人，不需要我动手；卸完粪下坡回程的时候还可以骑一段路，很是悠闲。那驴也挺听话，完全是“不需扬鞭自奋蹄”。如此跑了一上午，始终很顺利，可到了最后一趟往坡下走的时候，没人招没人惹的，那驴突然疯了，撒开四蹄玩命狂奔，转眼就没影儿了。驴丢了还了得！我吓坏了，赶紧回村。等我气急败坏地跑回饲养室报丧，几个饲养员听了，笑得上气不接下气地说：“这驴也知道该开饭了呢！”我往窑里一看，那倒霉驴早回来了，正在槽头大口吃草呢！真让人哭笑不得。

还有一次分给我的是头公骡子，头一天就出了几档子事情。先是驮粪上山的时候，我发现骡子肚皮上往下滴答血珠子，漓漓拉拉好不吓人。我俯身探头一看，原来是一只特大号的马蝇叮在那里，已经吃得胀鼓鼓的还贪婪地不肯停嘴，边嘬边往外屙血。我气坏了，上手狠狠就是一巴掌，把马蝇拍成了血饼。没想到那骡子让这一巴掌惊着了，突然抬起后蹄甩了一下，正踹在我脸上，当时半边脸颊就肿了。正所谓“祸不单行”，回村时看见喂马老汉把那匹油光水滑的大黑马拴在路边的树上正在刷毛呢，他远远地就冲我又喊又招手，我搞不清什么意思又走了几步，那骡子突然发疯似的朝母马冲了过去。幸亏我没撒缰绳，但也拽不住这畜生，眼看着骡子和马搅到了一起，那马又叫又咬，骡子则死命往上扑，我被夹在中间，只听见老汉喊撒手。我哪敢撒手！我知道那黑马早已怀孕快要生产了，万一出了意外，我的罪过就大了！说话间我被骡子带得趔趄着撞到了一棵树上，这次我反应很快，借劲迅速把缰绳在树干上绕了一圈，又绕了一圈，骡子终于够不着马了，老汉见机赶紧把马牵走。这时我才发现手被缰绳勒成了黑紫色，两腿哆嗦得站都站不直了。

说来可气，公骡子本来没有生育能力，被“老帽儿”戏称为“毬不顶”，没想到这“毬不顶”见了母马居然表现得像个色情狂，差点闯下大祸。老汉后来表扬我：“老陈行呢，把个‘毬不顶’治住了！

这次我倒为自己搞出点名气，“老帽儿”认为我能管住头口，所以后来三伍去店头煤矿拉煤，特地叫上了我。

说到拉煤，要岔开说几句话了。当初万有当选队长的时候，我们曾撺掇他大胆引进“新技术新设备”，提出买拖拉机的建议。不料几乎所有的生产委员都坚决反对：一台最便宜的手扶拖拉机也得 2700 元呢，加上个拖斗还要 700 元，平摊到全村，每户至少得承担八九十元，远的不说，当年的夏收分红便会直接受到影响。我们煞费口舌地论证拖拉机的多种用途以及对“建设社会主义新农村”的重要意义，还同意把我们的“建房费”借给队里以示支持，这才说服了他们，使惠家河成为太贤公社第一个拥有拖拉机的村子。

没想到的是，拖拉机买回来后，连一天都没有用于生产。“老帽儿”们接受“新技术新设备”的能力远远超过我们的预计，他们很快就发现这玩意儿是个好东西！无论载重能力还是运行速度，都远远超过架子车。于是，它立即被用于“搞副业”——从店头煤矿给黄陵、洛川县城的机关单位拉煤，经济效益立刻显现。我们不知道这种“副业”该算“社会主义”的还是“资本主义”的，在听到“老帽儿”们的交口赞扬时难免有些尴尬。尤其是看到仓海作为惠家河的第一代拖拉机手，时常神气活现地开着满载煤块的拖拉机“突突突”地从咸榆公路上驶过，难免忌妒得肠子疼。

拖拉机忙于“搞副业”，村里自己在烧砖窑或榨油需要用煤的时候，却只有采用老办法，派人自己去拉煤了。两个人、一头驴、一辆架子车，能拉几百斤煤；到店头煤矿往返将近二百里地，两天打个来回。这差事工分不低，每天 13 分，还有伙食补助。

去的时候还好，有驴拉着车，人可以坐上，倒也悠闲自在；由于路途较远，当天不可能赶回村，需要在路上歇一宿。三伍和我天没亮就早早出发，过晌才赶到店头，匆匆交钱过秤装车。装车是个技术活儿，如果装法不得当，不仅死沉死沉地拉不动，上下坡的时候还容易出问题。三伍是个好手，把煤装得前后重量均匀，这样，除了起动的时候要使一点劲儿，行进中几乎不用出多大力。

我们回来的时候下坡路较多，一路顺当。时间紧张没工夫歇息，只能一边啃着干馍一边往回赶，到黄陵县城边上天已经黑尽了。三伍熟悉情况，找到一家大车店住下。那店里有牲口槽，我们借了个马灯照亮儿，赶紧打水整料把辛苦一天的驴先伺候好了，然后再张罗自己的吃食。由于来得太晚，店里也没啥吃的，只有几个凉馍，烧了一壶开水，胡乱填饱了肚子。

两天的路程我们已经走了大半，三伍说，明天不必起得太早，晚上给驴喂料的事他自己管了，让我尽管睡去。睡觉的地方在一间厦子里，是一个极长的大炕，足可容纳二三十人，这天只住了十几个来自各地的车把式，地方很宽敞。只是大家都或躺或卧地抽烟谝闲传，弄得厦子里烟雾腾腾，呛得人们不停地咳嗽吐痰擤鼻涕。

从小到大，我还基本没在外面住过旅店，没想到第一次住的地方，就是这种最低档的大车店。这一天跑了太多的路，真想赶紧睡觉，可是累过劲了反而睡不着。我只觉得浑身瘙痒四处起包，两只手都不够抓挠的。车把式们常年与头口打交道，有些跳蚤是常事；这人来人往的大车店，油渍渍的破炕席下面聚集些臭虫也不稀奇。那些车把式们走南闯北见过世面，很快都睡下了，只有我听着一片磨牙打嗝放屁和此起彼伏的呼噜声熬过了一个不眠之夜。

我未曾想到的是，下一次再来黄陵县城住店，竟会是另一番经历了。

三、拾麦穗

第二年的春夏两季，我们干了许多比较特殊的活路。比如队里终于接受我们的建议，决定养猪了。我们村的猪像放羊一样，是散养的，当猪倌比较辛苦，既要看好那七八头克郎猪，还要顺便打猪草。而我们的猪倌善于把累活儿变成轻省活儿，很有组织能力，招揽了一帮半大不小的碎娃，一方面不定期地发些领袖像章作为物质奖励，另一方面给他们说笑话讲故事，然后让那些碎娃分工负责看猪打猪草，他自己则找个阴凉地方舒坦去了。

这年的麦收过程，基本是上一年的翻版。开始的时候仍然是全体社员“大呼隆”，一起下地割麦；仅仅干了几天，效率依然很低，队里只好再次实行“包工”。只是这次吸取了去年的经验教训，事先把我们这些知青安抚到位，免得无端闹事找麻烦。所以，从工分本上可以看到，自开镰以后我只割了两天半的麦子，接着干的都是“驮粪”“拉粪”“拉驴”“担麦衣”“看场”“碾场”等杂活。其中有一项比较特殊，是“拾麦”，就是带着村里的娃们拾麦穗。

自从我们到惠家河落户，接触最多的也许就是村里那些大大小小的娃们。尤其在开始那个阶段，无论是上工下工的路上，还是磨面担水的时候，身后总有一群破衣烂衫挂着鼻涕的“跟屁虫”叽叽喳喳地紧紧尾随，像是在观赏怪异的动物。时间长了，发现我们也是长着两只眼睛一个鼻子的同类，他们也就不那么稀奇了。不过，这些“北京学生”不时有些新物什新花样，会重新勾起他们的好奇心。比如，我那个“会说话能唱歌”的收音机，就让很多孩子钦羡万分，每当晚上“喝汤”以后，我的窑洞门前经常聚拢一大帮忠实的“粉丝”，央求着“老陈放一个嘛”！我执拗不过他们，反正自己也要听新闻，便允许他们进窑旁听一会儿，条件是不许出声喧哗。我还采取了严格的“准入措施”，凡是不守规矩的，一律赏他一个又响又脆的大“脑奔儿”，然后毫不留情地逐出窑门。

后来我的“指功”练得相当了得，弹指之间，那违规者的小脑瓜上便会立时凸起一个硕大的肿包——有些地方把“弹脑奔儿”称作“爆毛栗子”，真是十分形象呢！有时候看着娃们顶着一脑门大红包还要苦苦哀求“再听一下下”，我也难免有恻隐之心，但孩子总是孩子，一时兴奋忘情难免尖叫嬉笑甚至推搡打闹，只有经过持续不断的无情镇压，才能勉强维持正常的秩序。若干年后我回村的时候，那些娃们都已经长大成人了，说起往事，只是大笑：“老陈外怂的指头硬得很哩！”看来我那严酷的“法西斯行为”还不致在他们心中留下阴影，倒是我自己，想来很觉惭然。

当年也有几个孩子享有难得的“豁免权”。比如猫娃，那时只有六七岁，一双黑白分明的大眼睛配着脸颊上的两团“高原红”，笑起来十分灿烂。他是个非常乖巧的孩子，总是十分认真地遵守我的“规矩”，偶尔也有被“弹脑奔儿”的时候，往往一脸惶恐忍泪赔笑，倒让我不忍心再惩罚他。他年纪虽小做事却很牢靠，安排他办点跑腿传话送东西的事情，总是屁颠颠地跑得飞快。他也很会“拍马屁”，有时会带几粒红枣甚至小半块糜子馍给我“上贡”——其他娃们也会这一手，但我一般不接受“贿赂”，再馋再饿，也不能贪娃们的吃食，这是一个基本原则。

还有帮劳，因为是房东，自然也应享有特殊优待。不过这娃忙得很，很少有空来我窑里。说是“房东”，其实帮劳才是个十来岁的半大小子，但由于父亲早已过世，他便成了家里的顶梁柱。从院子门外那可怜巴巴的小柴堆就能看出，他家也许是惠家河最贫穷的一户了。老娘体弱多病，还有个姐姐十六七岁，因为长得丑家里穷找不下婆家，属于“待字闺中”——当然她没有“待”在家里白吃饭的福分，还得天天下地干活挣工分糊口呢。女子工分低，帮劳也只能算半个劳力，姐弟俩干一天的工分加起来才刚和我持平，家里咋能不穷呢！帮劳和他姐的长相都随他妈，小眼睛深眼窝，两片厚嘴唇包着个阔度惊人的大嘴巴，我常说帮劳你可笑不得，一笑起来那漏勺嘴巴能咧到耳朵根子后头去了！

在我的印象里帮劳永远是衣衫褴褛，所幸有母亲和姐姐在，补缀得还算齐整，只是穿的不能算衣服，而是一身五颜六色的补丁。倒是头上那顶棉帽子还有六成新，两个帽耳呼扇呼扇的，我给他起了个外号叫“洋猪”。这外号有两个含义：其一，土猪的耳朵总耷拉着，洋猪的耳朵才是竖着的；其二，洋猪比土猪的智商高得多，帮劳是个很聪明的孩子，若不是被家里的沉重负担压得喘不过气来而是有机会读书，说不定能有大出息，所以这外号其实也算是一种“爱称”。帮劳本人自然很不喜欢，一听“洋猪”就会气愤地把大嘴噘得高高的。

几十年后我回村，四下转悠的时候偶然遇到了帮劳，他已经在离村不远的炼油厂当工人了，借工休的时候回家干活，穿了一身挺新的工作服在自家院子门口抡着镢头剁柴火——这丑小子也娶妻成家还箍了新砖窑呢！看模样他倒没有太大变化，见到我很高兴，大嘴咧着几乎要把脑袋劈成两半，但面容憨憨的已经几乎没有了少年时的那股灵气，头顶的短发也已略显灰白，让人看了竟会产生一丝莫名的酸楚。

▲我们的房东帮劳是家里的顶梁柱。他穿的不能算衣服，而是一身五颜六色的补丁。

——说到村里的娃，一下

子把话题扯远了，还是回头说拾麦穗吧。

应当说惠家河村在周边地区还是有些地位的，村里居然设了一个小学校，一二十个大大小小的孩子，只有一位女老师，实行复式教学。麦收开始以后，学校照例停课，所有的小学生都要参加劳动，主要就是下地拾麦穗。那老师是村里青禄的嫂子，已经怀孕待产，挺着个大肚子下不了大田，这领孩子拾麦穗的差事就派到我头上了。

我本来就有“领袖欲”，接了这活儿很兴奋，可没想到事情不像我想的那么简单容易。这群孩子年龄相差太大，小的像猫娃，才六七岁，大的如青禄，已经十三四了。更没治的是，还有八九岁的孩子背着个一两岁的、牵着个三四岁的，一堆碎娃吵吵嚷嚷，这个哭那个闹，搅得人脑袋发胀。青禄等几个大孩子则自己玩自己的，旁若无人。

说来奇怪，青禄只比帮劳大两三岁，还在上着学呢，可据说家里已经张罗着要给他说媳子了，而帮劳却要与普通社员一样天天下地劳动。其实原因很简单：帮劳家太穷，不仅上不起学，还得挣工分养活老娘呢！

青禄不同，他哥哥在外工作，嫂子挣着教师的工资，老爹则是个善于经营的机灵人，家里的日子过得殷实。青禄继承他大的能耐，也是个处事精明的家伙。有个笑话很说明问题。青禄家有株很大的沙果树，每年都结百来斤果子，能赚来不少收入呢。一次青禄被他大派去隆坊赶集卖沙果，半路不巧遇见了舅舅。那舅舅看见青禄挎着一篮子沙果很眼馋，搭讪着说拿几个回去给自家娃尝尝，青禄很殷勤地说，舅你拣大的拿，卖别人一毛钱九个，你拿就算一毛钱十个！此话一出，差点儿把他舅的鼻子气歪了，说了句“怂娃能的”，扭头就走了。

这笑话也许是村里人出于妒忌成心编造的，不过从青禄的日常表现看，也未必不是真的。所以我想，要管好这群烂怂娃，先得把青禄治住。但是，对付这个小鬼子怂，不能使用弹脑奔儿的暴力方式，只有哄着才行。于是我郑重指派青禄为“大队长”，把孩子们按年龄搭配分成几个小队，又委任了一些平日听收音机的“粉丝”为“小队长”，声明对调皮捣蛋的一律惩以脑奔儿，而积极劳动的将予以物质奖励。“小队长”们对于有机会实践弹脑奔儿的技艺都很兴奋地跃跃欲试，只有青禄情绪不高，他听说“物质奖励”不过是领袖像章，嘟囔着说：“像章算啥哩嘛，又不能当饭吃！”我赶紧补充：“队长以上奖励一袋染料！”青禄这才有了积极性。

当地农民都是自己织布染色，黑色和蓝色的染料最为常用，一小袋大约能染三四件衣服。那玩意儿虽然才一毛钱一袋，却属于紧俏物资，在当地很难买到，所以我们回京探亲的时候有不少“老帽儿”委托代购。我们自己也囤积了一些，以备不时之需。

有青禄等几个大孩子协助，加上那些“粉丝”配合，一群碎娃勉强组织成了一个松散的队伍。我折了根荆条当指挥棒，吆喝着队伍上路。“老帽儿”们见了笑说：“‘老猫’这是撵羊哩！”

这群“羊”上塬后一进麦田，立马就轰然四散。前日割麦的人显然只求速度不顾质量，收割过后的麦田里遗留的麦穗多得惊人。娃们个个兴奋异常，倒把我累得不亦乐乎，既须前后看护着碎娃们不要过度兴奋四处乱跑失足跌下崖畔，还得不时调解他们为争抢麦穗而爆发的冲突，更要严厉制止个别家伙乘人不备从垛好的麦捆中偷拿麦穗……包括我在内的所有人，有一个动作是基本一致的：一边拾麦穗一边搓麦粒，个个嘴里塞得鼓鼓地嚼个不停。那饱满的黄绿色麦粒有股青涩的甜香，是既能顶饥又可消遣的理想“零嘴儿”。

拾麦穗本是没有固定任务量的。这活儿应该相当于“暑期夏令营”，把农忙时没人看管的碎娃们集中起来，免得闯祸。但是很快我就发现自己想错了，既然是“活儿”，就有实际利益。许多娃一边忙着吃“零嘴儿”，一边紧着把搓下来的麦粒往裤裆里塞，那办法和保管员偷花生属于同一个路数。

发现这个情况还是由于“小妖怪”打架。他是个八九岁的碎娃，属于常来听收音机的“粉丝”之一。这娃性格挺温顺，平时最喜欢陪着我上山打柴，扛着个大镢头一路小跑气喘吁吁地跟着，嘴里还叽里咕噜地说这说那，只是口齿不清往往听不明白说些什么。他家也很穷，一头纠结粘连的黄毛从未梳理过，总是随风飘扬像《西游记》里牛魔王帐下的小喽啰，我始终不知道他叫什么名字，就起了个外号叫“小妖怪”。这天他不知咋的了，好好地拾着麦穗，却突然和一个高他一头的大孩子打了起来，俩人搂在一起连滚带爬打得昏天黑地，撞翻了好几个麦垛，旁边还有一群孩子在呐喊助威。我赶紧冲过去弹压，好不容易才把他们拉开，“小妖怪”显然不服气，还在挣扎着一个劲儿地叫骂。我大声呵斥：“骂谁呢？！”他回了一句：“骂你嗨！”

我当时就怒了：“兔崽子你敢骂我！”顺手狠狠地抽了他一荆条。

“小妖怪”疼得捂着屁股一蹦三尺高，眼泪四溅地大声地叫唤：“骂你嗨！我骂你嗨！”

我更愤怒了，抡起荆条更狠地抽去：“叫你骂！”

这一鞭更重了。几个孩子赶紧拦住我：“他说‘骂你嗨’，不是骂你哩！”

我依然在气头上：“这还不是骂我啊？”

青禄在一边慢条斯理地说：“他的意思不是骂你，是骂外贼娃子呢！”

后来我才搞明白事情的原委，“小妖怪”的裤子破得像筛子盛不了东西，搓下来的麦粒没处放，只好收在草帽里搁在田埂上，却被那“贼娃子”偷了。他那句“骂你嗨”其实是个反问句，意思是“我难道骂你了吗？”或“我又没骂你！”是我一时糊涂误解了。

听明情况，我有些难堪，只有借题发挥给自己找台阶下：“你说他是偷你的，你还不是偷队里的！还有谁偷了，都给我从裤裆里倒出来！青禄，你一个个检查！”

青禄没动，依然是慢条斯理地说：“这咋算偷嘛！是俺们的劳动果实哩。要不咋不给俺们记工分呢？”

看到青禄那肥实的裤腿，我如同醍醐灌顶恍然大悟，这才明白，为啥地里会遗下这么多麦穗，割麦的“老帽儿”们是有意给娃们留下“创收”的基础呢；为啥这伙碎娃对这没有报酬的劳动充满热情趋之若鹜，其中含有效果显著的个人利益呢。正所谓“无利不起早”，若是手脚勤快些，一天下来至少也能攒上一两斤麦粒，能供几口之家吃上一顿面条呢！这本是一项传统的“隐性福利”，我要是硬充铁面无私收缴“赃物”，不仅会把这伙碎娃惹毛了，只怕全村的大人也会咬牙切齿地恨不得把我下锅炖了呢！

我没胆量干这损人不利己得罪众人的事儿，只能睁一只眼闭一只眼，图个天下太平皆大欢喜吧。其实娃们也实在不易，大热的天，裤裆里麦粒磨腿麦芒扎肉加上汗水浸泡，那滋味得多难受哩！

对于“小妖怪”，我心中难免有些愧疚，但是，尽管我假装公平地勒令那个“贼娃子”如数返还赃物，还在收工的时候谄媚地将“小妖怪”评为“先进人物”并意欲给以“物质奖励”，可这小子昂着黄毛飞舞的小脑袋像只高傲的天鹅两眼望天，连瞥都不瞥一下。

在惠家河被我彻底得罪过的人，大概就是这位“小妖怪”了。从此以后，他再没跟我说过一句话。其实我倒很想有机会对他说一声“对不起”呢！

四、菜园瓜地俩老汉

在我的记忆中，知青所干过的最“美的太僚的太”的活路，是元清的差事，他居然被派去给菜园子老汉当下手。

我们惠家河实在是个难得的好地方，在洛河边上有一块很大的菜地。社员称菜一律记账，年底分红的时候结算，一斤才一分钱，真是不吃白不吃！

管菜园子的老汉应当有六十多岁，由于一直叫他“菜园子老汉”，居然忘了名字了。老汉侍弄蔬菜很有一套，一垄一畦格局分明，黄瓜像黄瓜，韭菜像韭菜，柿子像柿子，红红绿绿鲜翠欲滴，看着就让人馋。全村人从春到夏的蔬菜，都指着老汉忙活。别的不说，前一年秋上我们分了那么多的白菜萝卜，全是菜园子老汉的功劳呢。

老汉是个好脾气，对元清好着呢。有的“老帽儿”说笑：“老汉没儿女，把元清这娃认下算哩！”老汉笑笑说：“人家是北京学生，咱可不敢高攀呢！”元清跟着老汉可享了大福了，想摘啥摘啥，想吃啥吃啥，干的活儿也不累，也就是帮老汉打水浇菜施肥捉虫子外带记记账，把我们羡慕煞了。

我们村还有瓜地，西瓜甜瓜香瓜都有，以西瓜为主。也是随吃随记账，一斤似乎是二分钱。为了充饥，我们拿瓜当饭吃，有一次刘大雄和孟洪等人来，我请他们吃瓜，创下了一天记账 43 斤西瓜的记录！不过，社员们可没我们这么奢侈。瓜再便宜也是钱，二分钱能买一盒火柴哩！他们舍不得吃。

种瓜是个技术活，遗憾的是，惠家河的“老帽儿”们多年也没培养出个专业人才来。种瓜老汉是个河南人，属于外来的“临时工”，春天来种瓜，夏末瓜拉秧了就走，挣的是工钱而不是工分，吃的是派饭而不是口粮，倒也优哉游哉。

两位老汉都是自己行当里的高手，很有“惺惺相惜”的意思，互相敬重，经常到对方的领地去转转。不过，往往是菜园子老汉去瓜地的时候居多，因为瓜地里只有种瓜老汉一个人守着，得时刻提防村里馋嘴的娃们偷瓜。队里早想给他也配一个下手，可种瓜老汉不要，大概是不想“教了徒弟饿死师傅”吧。其实种瓜老汉挺大方，路人要是馋了渴了问他要个西瓜甜瓜的，一般没麻哒；记账也是稀松得很，往往随手写个数，十斤瓜顶多记个七八斤。他最恨偷瓜的贼娃子了，偷不了几个却祸害一片，把尚未成熟的生瓜都给糟蹋了，气得老汉骂街：“狗日的想吃瓜你吭个气儿中不中？！毁恁些好瓜图啥哩！”

我们最喜欢的地方自然是菜园子和瓜地了，总盼着被派去帮着收菜或是收瓜，到时候既可以蹭点瓜果吃吃，还能听两位老汉谝闲传。他俩一个陕西话一个河南话，南腔北调热闹有趣得很，时不时还调戏一下来称菜摘瓜的婆姨们，让人忍俊不禁。不过，菜园子老汉在村里辈分比较高，受规矩的约束，不敢放肆；而种瓜老汉是外来户，说话无所顾忌，所以村里的女子婆姨对来瓜地既怵头又喜欢，只要脸皮厚些，忍得住那些荤素搭配的说笑，总能占点吃瓜的便宜，倒也不算什么大不了的事情。

其实老汉们毕竟是德高望重的长辈，即使开玩笑也要分清对象。对于那些脸皮薄、家里老人管得严的，一般不撩拨，免得把对方弄燥了惹是非。即使是对那些大大咧咧不太计较的婆姨，也会注意掌握分寸。忠仁的媳子是他们的“重点调戏对象”，每次她来，种瓜老汉都会板着脸大声说：“这是谁家的媳妇，咋明着偷俺的瓜哩！”这话大概每年都会说个一二十次，忠仁媳子早都见怪不惊了。可瓜地窝棚前面经常聚集着一帮闲人歇凉，她总得很配合地帮老汉把戏演完，所以装着很严肃地回答：“老汉你咋瞎说哩。我咋偷你的瓜了？”老汉说：“你让大伙儿瞧瞧，那胸口上不是掖着俩大甜瓜嘛！”忠仁媳子似嗔似怒地啐老汉一口：“这老汉咋这骚情哩！”望着她扭动腰肢走远的背影，大伙儿一阵哄笑，老汉还要感叹一番：“啧啧啧！这婆娘可是了不得，她家汉子咋承受哩！”

其实忠仁媳子并不是个轻狂女子，相貌也不算格外出众，只不过个子高挑身材丰满、胸部发达皮肤白皙，在村里的婆姨中间比较显眼。主要还是她脾气好，说她些啥都不计较。加上她的丈夫忠仁是个名副其实的“外前人”，经常不在家，所以她自然成了众人的“调戏对象”。忠仁在县里银行上班，每

▲ 1970 年夏，我在洛河边的河滩上。

逢周末才骑自行车回家住一夜，往返八十里路，也是挺辛苦的。在我的记忆中，忠仁是个瘦高个子，脸膛黑黑的，不似坐办公室的干部，倒像个农民。他与我们知青很少打交道，见面总是很客气地打招呼。他为人拘谨寡言少语，和性格开朗的媳子杨秀花形成强烈的反差。

这年的瓜熟季节，忠仁出事了。他星期六晚上一反常态地没回来，第二天上午有人在秦家川过来的坡上看见他，把自行车支在公路边，自己坐在路桩上抽烟；下午再有人路过，只见自行车还在，忠仁却不见了。众人去寻，发现他死在下游不远处的河滩上。

后来才知道，那一阵县上搞啥清查运动，忠仁有一点“贪污嫌疑”，他是个胆小的人，一时害怕想不开，竟然跳河自尽了。事后才知道，不过就是一二百元的问题，居然搭上了一条命！

有件事情很奇怪，忠仁自杀后，村里人很少再跟他的媳子开玩笑了。尤其是菜园瓜地的两个老汉，见了她都是挺客气，有时拿把韭菜摘个瓜，连账也不给记了。我想，那倒不是因为害怕“寡妇门前是非多”，而是出于同情和

▲1988年我回村的时候给菜园子老汉和他老伴儿照相，他很高兴，赶紧和老伴换位置，说是“男左女右”，不能坐错了。

怜悯吧。

1988 年我回村的时候，还遇见菜园子老汉。他正晃晃悠悠地担着水往家走，看见我，老远就打招呼："光中回来哩！"——在惠家河，他是有数的几个既不喊"老猫"也不喊"老陈"，而是直接叫我名字的人。我见他桶里只有半截水，奇怪他为啥不挑满，老汉笑着说："两口人喝不多少哩！"陪我回村的万红说："老汉没后人照看，啥事都得自己干。他是不好意思说自己没力气挑不动了。"据说老汉有个侄子应当负责照料他，可很不上心，老汉只好自食其力了。

我和万红帮他把水挑回家，在院子里和他老两口谝了一会儿。我说想给他俩照张相，老汉很高兴，赶紧和老伴换位置，说是"男左女右"，不能坐错了。

几年后我又回村，老汉该有八十多岁，干不动活路，连脑子都有些糊涂了，但还能叫出我的名字。好在他那侄子"浪子回头"，开始承担照料老汉的责任了，还从箱子里拿出一条皱巴巴的呢子大衣给老汉换上，说是特地买的寿衣，让我照相。

又过了几年，待我再次回村的时候，老汉已经殁了。

▲饲养员忠信老汉听说我回来了，也来菜园子老汉家探望。我那头能自己回家吃午饭的驴就是忠信老汉养的。（摄于 1988 年）

▲菜园子老汉（左二）出门送我。（摄于 1988 年）

▲ 1995 年我再次为菜园子老汉和他的老伴儿拍照，那位侄儿特地从箱子里找出新衣裳为他们换上。老汉家的旧窑已经拆了，盖了新房。他的脑子虽然已经有些糊涂了，却还能叫出我的名字。

五、洛川卖瓜

我们村的西瓜特棒，除了种瓜老汉手艺好的因素外，还有河滩沙地提供了必要的环境条件，这种沙地最适合种西瓜。另外，老汉选的西瓜品种也好，个头不大、薄皮沙瓤，好吃极了。尤其是头茬西瓜要比其他村的早熟七八天，时间就是金钱，刚下来的瓜一斤能卖两毛钱呢！这茬瓜是不许社员自己吃的，队里还指望靠它挣钱哩！

卖瓜是个大事情，得搭配精干的人选，一般是南头、北头各一人配成一组。这里需要解释一下了。惠家河全村一个姓，都是不出五服的同族，却分为南头、北头，有很严重的宗派分歧。大家都在生产队这口大锅里搅和着吃饭，总得维护表面和气，但暗地里斗争还是挺激烈的。有矛盾有斗争，未必是坏事情。像卖瓜这种差事，一头派上一个人，可以实现互相监督互相制约，避免合伙贪污的事情发生。

这年卖瓜照例指派六人，分为三组，分头去黄陵、洛川县城和隆坊赶集。这三个地方距我们村都是四十里路，公平得很。临出发那天，其中一个人拉肚子去不了，把我顶上，和三红一组。

派我们组去洛川，是经过慎重考虑的。我在黄陵隆坊的知青熟人多，队里不能给我拿西瓜送人情的机会。不过，对于去洛川，我有些怵头。我去洛川赶集时体验过那四十里路，基本都是大上坡，空手走都累得慌，休说拉着满载的架子车了。那可绝对是个苦力活。

事实证明这想法完全是杞人忧天，“老帽儿”早有好办法了——社员们摘完瓜堆在路边，随便一招手，就会有过路的卡车停下来。司机见有拉瓜的活儿，殷勤得很，不但满口应承，还主动帮忙装车呢。不多一会儿，连架子车带上千斤西瓜就全上了车。我和三红坐在瓜堆上，小风一吹，凉快惬意。汽车风驰电掣，转眼上了塬，我们还没舒服够呢，已经到了洛川县城。

三红在洛川县城有亲戚，他让司机直接开到人家门口，把西瓜卸进院子。司机拉着我们送他的几个瓜，心满意足地走了。我们挑了几个上好的西瓜献给亲戚，然后只装了一车拉去卖。这是个很妥当的办法：瓜可以随卖随补充，免得一股脑摊开，不仅会让日头晒蔫了，晚上卖不完还得费劲巴拉地往回拉。

三红是老手了，很有经验。他选择的卖瓜地点是长途汽车站门前。这里离集上不远，人员流动性大，东西更好卖。

果然，我们刚拉到地方，就遇到从延安下来的客车，旅客都要下来休息抽烟解手。看到当年的第一茬西瓜，稀罕得很，两毛钱一斤也有人买，我们一会儿就卖了四五个瓜。

不料，生意一好，就招来事儿了。从汽车站里出来一个汉子，皱着眉头吆喝："谁让在这搭卖瓜了！快走！"

三红连忙赔着笑脸搭讪："乡党，借你块地方——老陈，给这同志挑个好瓜……"

那汉子毫不领情，只管吆喝："不废话！快走！走！"

三红在队里大小也是个干部，当着我受呵斥，脸上有些挂不住了，嘟囔了一句："这货，越拨拉越硬了！"

那汉子急了："你说啥？！"

三红立即改口："我说越攀越拧了嘛！这位同志啊，不就是卖个瓜嘛！"

陕北话奥妙无穷，话里有话，用词发音稍加变化，含义完全不同。三红的第一句纯属骂人哩，第二句就成了委屈地发牢骚。那汉子不是傻子，大声喝道："你别骚情！快走！不走把你车掀了！"

我搭了一句："你横什么横，掀一个试试！"

那汉子听出我是北京知青，态度和缓了许多："你也不能挡着门口嘛！"

我说："这马路上你也管得着？！"

三红眼看真要吵起来了，以大局为重，赶紧说："叫咱走咱就走，阿搭还不是一样卖！"

我们把瓜摊往远处挪了几十米，也算给那汉子一个台阶下，大家保持和平共处。

我们挪的距离不算远，差别可就大了。在汽车站有屋檐遮阴，凉快得很；挪过后的地方在一堵矮墙下，干晒脑袋，幸亏我俩没忘戴草帽，还算可以忍受。难熬的是过午以后，太阳迎面暴晒，只剩下一个角落有些阴凉，得留着放瓜，我俩只有在日头下硬撑。卖瓜的不能贪凉，自己热别人也热，热了才有心买瓜吃哩！所以宁可热些。

三红的经营方式很灵活，西瓜既整着论斤卖也切成块零着卖，大块五分钱，小块二分，最小的一分钱也卖，积少成多，算下来零卖比整卖更赚钱。我脖子上挂个挎包收零钱，攒够整数就由三红收起来。中午我俩轮着去小饭馆吃饭——按队里规定每天有几毛钱的饭费补贴，具体多少我已经忘了，只记得可以买两个杠子馍一盘炒鸡蛋，虽说不太够吃，但比平时的粗糙饭食强得太多了。饭费自然由卖瓜钱里出。我俩都很守规矩，不敢多花。

人们都以为卖瓜是美差，起码能放开了肚皮吃瓜，其实事到临头心态会有极大的变化。切开一个好瓜才舍不得自己吃呢，总想能多卖几个钱。我和三红只吃生瓜和裂瓜，一天吃下来，见瓜就腻了。

三红脑子活，随时能有新主意。我俩站了一晌午，累得不行，他看见一个碎娃家住不远，赏了一块瓜当诱饵："好娃，回家给叔拿个床床来。白给你瓜吃哩！"那娃屁颠屁颠地跑走了，过了一会儿却领了个大人回来。汉子板着脸问三红："让娃拿床床做啥？"

三红说："借床床用个两天，这西瓜皮归你，看行不？"

瓜皮能喂猪。汉子觉得这交易合算，回去拿了个长条板凳，另外还带了个破筐盛瓜皮。我们也很合算，弄了个板凳坐，还省了打扫瓜皮的麻烦。

这里要说段题外话了。多年以后，在电视里听到著名收藏家马未都说，李白的名句"床前明月光，疑是地上霜"里的"床"，并非通常理解的用来睡觉的"卧榻"，而是马扎板凳之类的坐具。我深以为然。陕西方言里的"床床"，实际就是条凳、小板凳等等。说来陕西话又可分为三种：陕北话鼻音很

▲ 2007 年，我与惠三红再次见面。数十年过去，我俩都是老汉了。

重，陕南话接近四川方言，关中话独成一系；而黄陵虽然在行政隶属关系上属于延安地区，语言腔调乃至生活习俗却极为接近关中一带。陕西话最大的特点是古奥文雅，有许多词语是文言。唐朝首都是地处关中的长安，长安话应是官话，李白写诗自然要用官话，所以马先生的分析很有道理。

话说回来。拿瓜皮换了个床床坐着，虽然还算不上“美的太太”，可总比站着蹲着强多了。

日头西下，卖瓜的成绩不错，瓜皮积了一大筐。那汉子来收瓜皮，顺便把床床带走了。我们也见好就收，把剩瓜送回去，上饭馆吃晚饭。这顿稍微奢侈些，是杠子馍加炒肉片，虽然一盘菜只有几片肉点缀，也吃得心情舒畅。回来和那家亲戚说了些客气话，然后就准备睡了。三红不愿意多打搅亲戚，欠了人情要还的，还是少欠些为好，所以睡觉的地方只有自己张罗。堆瓜的地方是那家的后院，静寂得很。三红风格高，让我睡架子车，尺寸虽短些，好歹平坦，天热也用不着铺盖，拿书包当枕头就行了；他自己搜罗了些麦草，就在地上睡了。

一觉睡到天亮，找点水马马虎虎把脸擦擦，又拉上一车西瓜出发了。三红寻到那汉子家，拎着床床和破筐回来，我俩接着卖瓜。

这天是洛川大集的正日子，人更多，街上满是人，也有不少赶集的知青，幸亏都不认识，免得来揩我的油水。瓜卖得挺顺，不到晌午，瓜皮筐已经装不下了。这时那汉子来了，把瓜皮收了，又回来说：“还有这床床呢！”

三红一愣：“不是说好用两天吗？”

汉子说：“后晌我有事情。”

三红不高兴了：“瓜皮你可收了！”

汉子居然耍赖皮：“瓜皮咋了？这床床你不是也用了半晌了！”

三红恼了：“咋？说好的事情么！屙出来还能吃回去？”

汉子也挺横：“把他的！想不还是咋的！”说着上来就扯床床。那床床是垫在车把下面的，他这一扯，车子失去重心，半车瓜眼看就要滚下来。幸亏三红手快，一把逮住了车把，这才没闯出祸来。

我心里的火“噌”一下冲上脑门，当时也没想到自己身手竟会如此矫健，居然一下跳过车把，冲着那小子就扑了过去：“王八蛋！你他妈想干吗！”

那汉子一愣，拔腿就跑：“杀人啦！”

我这才意识到，自己手里攥着两尺多长的西瓜刀呢！后来三红说，当时我杀气腾腾，眼睛都红了，把他吓出一身冷汗！

那汉子逃得快，我看追不上，只有抡着刀大骂。

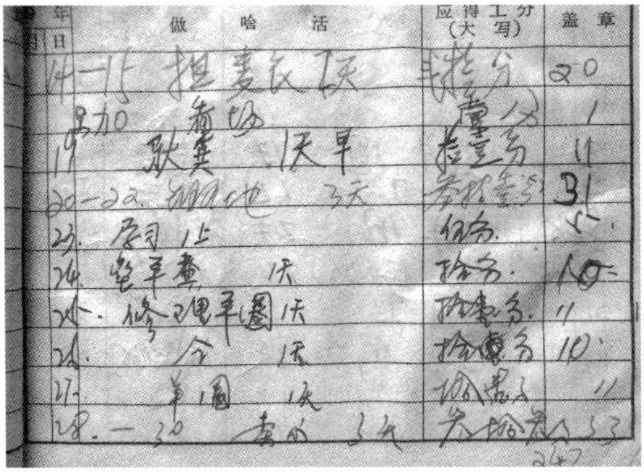

▲工分本上的记录："28—30，卖瓜三天，叁拾叁分。"

这下招来不少看热闹的。那汉子不甘心放弃床床，躲得远远地骂骂咧咧。有人说他："不知好歹，和北京学生矫情哩！"

三红怕把事情闹大，忙劝我："算咧！地头蛇，不惹他。"远远地把床床掷过去："个破床床，拿走！"

那汉子不敢大声骂，嘟嘟囔囔地拾起床床走了，众人也四散而去。

隔了几十年之后，每当回村遇见三红，他还总提这事儿："老陈这生坯子挣得很！真敢杀人哩！"

说实话，那次动刀是意外，当时我倒没想咋着，更甭说"杀人"了。

为个床床闹场冲突，似乎影响了我们的运气。下午天阴了，有要下雨的迹象，赶集的人也渐渐稀疏，瓜有些卖不动了。吃过晚饭，三红听说县上有电影，我俩又拉着半车瓜去赶个夜场。没了那个床床总有些别扭，还是三红有办法，不知又从哪里找了个三条腿的破长凳，对付着修了修也能勉强用。

电影院门口灯挺亮，人也不少，但是买整瓜的不多，大多都是吃个零嘴尝尝鲜。我俩不怕麻烦，切成块零卖，照样是五分、二分、一分，如此卖得也挺快。

其间又出了一个插曲。一个半老婆姨吃了一块二分的，明明没交钱，偏说给了五分，硬让找钱。三红看我又要急，连忙说算了算了，别跟婆姨惹麻哒。结果那狡猾女人白吃一块瓜不说，还赚了三分钱。三红一边递钱一边说："你外瓜皮别忘吃了！"这是绕着弯骂她是猪呢。那女人得了便宜也不计较，装没听见，攥着钱兴高采烈地走了，留下我俩生闷气。

当夜无话。下一天仍是阴天，县城里人也不多，还是赶着延安的班车下来，多少卖了一些。我俩的劲头都不足了，看看还剩七八个瓜，三红说："算毬，咱回呀！"

吃过午饭，我们再给那亲戚送了几个瓜，剩下些好的，留着拦汽车回家。

没过一小时，我俩已经顺利回到村里了。听说那两拨人也回来了，三红叫我去他家，赶紧结账。零零碎碎的票子摊了一炕，数了一遍，我俩都挺吃惊：总额居然有一百二十多元呢！

三红直嘬牙花子："咱俩挣得真是不少呢！这苦吃的！"

我也挺高兴，紧着敛票子："是不少啊！"

三红仍然说："真不少呢！这苦吃的！"

我听出他话里的意思了。犹豫了一下，说："咱也奖励一下自己。"说着抽出几张票子："我拿五元。你辛苦，拿十元。"

三红还在说："这苦吃的！"

我又给每人添了二元。

三红说："就这吧，再拿就不够一百了。"

我俩恋恋不舍地收好剩下的钱，去找会计报账。那两拨人也在，正大声嚷嚷着诉苦，无非是天气太热买客太少、睡不踏实吃不好、累煞了苦煞了。

三家一报账，我们都吃了一惊：他们两拨人挣的钱加在一块儿，刚跟我俩持平。会计也吃了一惊，接着狡猾地笑了："三红老陈卖得美！看来洛川生意好呢！"

三红是哑巴吃黄连，只有连连摇头："唉！这苦吃的！"

大伙儿都是心知肚明：我俩是傻帽儿，不像人家下手狠。刚刚我还为自己的"贪污行为"感到害怕呢，这时才明白，私分瓜款本是个公开的秘密，归根结底还是我傻帽儿，连带让三红也吃了亏。

第十二章 挫折与命运

一、走了的和走不得的

知青年代曾经有过一个十分响亮的口号：“赤胆忠心干革命，扎根农村一辈子！”许多人——尤其是那些“先进知青代表”们，无不把“扎根”作为一项郑重的誓言。

除了个别政治投机分子外，我并不怀疑那些人的真诚。若是在插队前的那几年，当我还是一个狂热的初中毕业生的时候，也曾经有过这样发自内心的豪言壮语。然而，时间是最能考验人的。许多年以后，不管是出于自愿还是迫于无奈，的确有一些知青依然坚守在陕北，我对他们都怀有由衷的敬佩，因为我没有经受住考验。我和绝大多数知青一样，尽管在下乡的时候已经有“扎根农村一辈子”的思想准备，但那是由于随波逐流的被动，与“革命”无关。

所谓“扎根”，并不是一句可以随便喊喊的空洞口号，它应当包括许多实质性的内容：娶媳子、养娃娃、挣工分养家糊口……那才是完全彻底地“与贫下中农相结合”了！

曾经有一件小事，不知为什么留在了我的记忆里。

那天下工的时候，我走在一群女娃和年轻婆姨后面。无论城里还是乡下，无论生活富裕还是贫穷，天下的女子似乎都有爱热闹的天性，即便是劳累了一整天，她们依然有精力叽叽喳喳打打闹闹，像是一群活泼的麻雀。突然间，有一条绿色的围巾被风吹上了天，飘飘悠悠地飞过来，正落在我脚前，我下意识地拣了起来，却不见有人来取。只见她们大声嬉笑推搡着，把一个女子拥了出来，原来那是房东帮劳的姐姐。我没有多想，紧走了几步把围巾递过去，不料她却突然退缩了，拼力挤开那些起哄的伙伴们，拔腿沿着山路跑回村了。在一照面的那瞬间，我看见她的面孔涨得红里透紫，窘迫得几乎要哭出来了。

其实这本是一件很平常的事情，她突然一跑，倒显得似乎有些复杂了。免不了有“老帽儿”调侃：“老猫”想给帮劳当姐夫哩！我脸皮虽厚，却也有些发热，心里难免埋怨：这丫头跑啥嘛，岂不是自找麻烦！那条围巾我既不能丢下，拿着又很尴尬，只有拎着带回去。到家后不好意思直接送去，就挂在院子里的树杈上了，迟早她自己总会看见的。

尽管我们和她家住在一个院子里，其实平时极少来往，甚至连眉眼也没看清楚过，只是感觉她几乎就是帮劳的翻版——一个女子长成那模样，真是很难找婆家呢！

话又说回来了：即使她眉眼俊俏美貌如花，恐怕也不会让我动心，因为我实在没有“与贫下中农彻底相结合”的勇气和决心。我难以想象这样的画面：一天劳作之后回到家中，我把脊背上的柴捆扔到院子门前的柴堆上，赶紧往自家的茅厕跑。憋了大半天了，好不容易才坚持到回来。肥水不流外人田，一泡屎也是一分财哩！泄去腹中的重载，浑身舒坦，从长在厕壁上的灌木中撅下一段枯枝刮净沟门子——我早已学会了这省事的土法子，而不再使用金贵的手纸了……然后，伸展一下疲惫的筋骨，圪蹴在夕阳中的墙根下，掏出烟纸撒上一撮烟末，用又黑又长的指甲从齿缝间刮下一层黏糊糊臭烘烘的牙垢把烟卷粘上，打着火镰点上烟舒坦地深深抽了一口，这时听见从窑里传来“娃他妈”的柔声呼喊：“他大，喝汤哩……”

如此“老婆孩子热炕头”的“幸福场景”，实在太恐怖了！

作为曾经的“革命小将”，我的头脑中还残存着“血染白宫、光复红场”的疯狂，因此时而亢奋时而颓唐，经常处于一种极不稳定的情绪之中。尽管我竭力想从“前途是光明的，道路是曲折的”之中寻找力量，或者用古人所云“天将降大任于斯人也，必先苦其心志，劳其筋骨，饿其体肤……”那一套说辞来宽慰自己，但一年多来的生活所形成的极大精神落差，让人无比沮丧。我想，要么是我属于意志薄弱禁不住考验的可怜虫，只能被历史的潮流冲击淘汰；要么是我们并非自我想象的能够“解放全人类”的革命救世主，而不过都是些自顾不暇听天由命的芸芸众生。我们的前途和命运并不由自己掌握，而是如古人所说，有待“天降”。以前和以后的事实不断证明，这“天”，就是“上头”的政策。我们这一代绝大多数人一生的浮沉，主要都是来自“政策”的拨弄；而所谓的“个人努力”，虽然并非毫无价值，却没有什么决定性的作用。

有意思的是，希望时常产生于绝望之时。就在我对前途几乎完全失去信心的时候，“政策”居然有了变化：知青可以被招工了！

▲ 1977 年，我在帮劳家的破土窑前。当年在这里住的时候，很担心上头的土壁随时会塌下来，没想到许多年过去，破窑居然还在，而且显然修葺了一下，比原先显得好多了。这是我和“吕头”曾经苦读“马列”的地方，也是我想象娶妻生娃“扎根一辈子”的地方。

我们惠家河的12名北京知青中，最早离开的是郝庆超。

应当说老郝很幸运，因为那次招工只有一个名额，是去黄陵县建筑队的。我们灶曾是“先进知青集体”，老郝也参加过县上的“先代会”，首次招工选上老郝，应当说很公平。

老郝走得挺有戏剧性。当时正值农忙，他去的单位又不远，就在县上，连家当都不必急着搬，先带着铺盖去建筑队报到就是了，所以队里只“派”给他一头老驴驮行李。那驴早已失去劳动能力，队里让老郝把它直接送到屠宰站卖了算了，不管卖多卖少，钱就算是补贴老郝的。问题是那驴实在太老了，一步三晃，老郝生怕它走到半路就一命呜呼，只能自己背着行李好生侍候着。结果还算好，他俩慢慢晃了四十里路，终于安全抵达县城，那驴居然还卖了七元钱。

我们村走的第二个知青是“吕头”。不过他只算是“外出务工”而已。由于国家要修一条自富平县梅家坪到黄陵县七里镇的铁路，主要施工力量是从农村抽调的几万名民工，我们队去了几个人，其中有“吕头”。虽然这不是什么正式的、长期的工作，但既能记满勤工分，还能吃饱饭，对“吕头”来说，这两点非常有吸引力。他们是以基干民兵的名义去的，实行的应当是半军事化的管理，总比浑浑噩噩的农民生活要有意思得多。

这样，1970年春夏之交的时候，我们灶还剩我和老朱、傅鹏三个人了。

就在这时，我也有了一个极其难得的机会，可以离开惠家河、离开黄陵，甚至离开陕西了。

1970年5月20日，星期三。

16日接到了爸爸的来信，说到干校一事已获批准，并说马上就来公函与公社联系。可是18日我到公社一问，公社却说不知道。可见公函还没来。

真是急死人了！

脑子里总是在胡思乱想，到公社会遇到什么答复的各种可能都想到了。由于上级不许走后门，所以此事必然比较难办。然而到现在公函还没有到，马上又要麦收了，时间不能再拖了。可是我现在真是束手无策。我也知道胡思乱想没有用，可是真正控制不住脑袋了。这是关系到我一生前途的大事啊！

准备后天再去公社。

所谓“干校一事”，是父亲的单位同意我和我弟弟可以调往设在河南的五七干校去了。

从下放之初，父亲的单位就已经应允，下放人员可以带正在北京的子女同去干校；接着又决定，本单位的“五七战士”可以将自己家里在各地插队的子女转到干校。对于那些去干校劳动的机关职工来说，如此政策可以使已经四分五裂的家庭复归团圆，无异于天大的福音。但是，由于我父亲属于尚在监管批判期间的“走资派”，没有资格享受这种优待政策。几个月来，父母一直在进行各种努力，最终能够获得批准，可能是由于母亲的缘故，她只是一般干部，政治上毫无瑕疵，作为“五七战士”，她应当享受与其他下放人员同样的待遇。

我完全能够想象，为了给我和弟弟办成那决定命运的公函，父母付出了多少精力以及尊严。这件事本来与“走后门”无关，但很容易被公社和县里认为是“走后门”，要想说清楚，显然“比较难办”。而这的确是“关系到我一生前途的大事”，以致我完全乱了方寸，开始像没头苍蝇似的四处乱撞，但没有取得任何效果。

1970年5月30日，星期五。

关于到河南去一事，26日我特地跑到县安办去请求批准，然而一位陌生的家伙斩钉截铁地否定了，而且不容分说。至于详细情况我就不打算描述了。总之，为此事我去了三次公社一趟县里，前后加起来跑了二百里地，然而还是失败了。但这一次去县里，对我的心情并没有太大打击，因为在这几天中间，我已经尝够了失望的痛苦和幻想的破灭了。在县里我当时就给爸爸妈妈及弟弟去了信，告知了此事。

不料回到家，就收到弟弟来信，说他们那里也不放。看来也去不了了。

也许命运就是如此。人的命运也未免太残酷了，竟不许我有一点小小的挣扎。非要把我的生命消耗在无聊的生活中！也许某些进步人士要大叫：“什么？！和贫下中农结合是无聊的生活？！”那我就要请这些少爷小姐们到这里来体验一下这每天为了三顿饭和十分工而奔忙的生活吧！恐怕你们要叫得更响呢！……

这三天下雨，今天方停。我也病了四天，至今未愈，但并不是由于上事引起的。真是祸不单行呀！

▲老郝和“吕头”走后，我与傅鹏（中）、朱建群（右）在有信家的窑门前。（摄于1970年夏）

我们村到公社的往返距离是四十里，到县城的往返距离是八十里。那几天的连续奔波跑得我筋疲力尽，而更大的打击其实还是精神上的。

公社管知青的人本来是个很严肃很难接近的人，不过还有些人情味。看我跑了多次，终于告诉我，公函其实早就收到了，但决定权在县上；只要县里同意，他不会再卡我。而县里那个“陌生的家伙”则有些可恨，态度极其蛮横，基本没有一点对话的可能，就是一句话：“不行！”

二、大背景下的小命运

由于过度劳累加上情绪低落，我连发了几天高烧，卧炕不起，全靠老朱他们给熬些稀粥养息，才慢慢痊愈。从日记中可以看到，这次失败带来的刺激何等强烈，竟让我气急败坏地大发牢骚。其实，造成我如此挫折的主要原因，未必在县里那个“陌生的家伙”身上，而是由于我运气不好，恰恰遇到了特殊的时期和特殊的事件。

在陕北的北京知青中，有一些身份与众不同的人物，比如周恩来总理的侄子周秉和。据说，春节的时候许多人回北京探亲，周恩来从周秉和及其他一些知青那里听到一些关于陕北的情况后，很是关切。1970 年 3 月，国务院特地召开了一次“延安地区插队青年工作座谈会”，就加强对知青的管理提出了一些具体意见。就是因为这个座谈会形成的大背景，直接影响了我这个小人物的命运。

所以，我一直想找到这次座谈会的有关文件，看看它到底有些什么具体的内容。遗憾的是，由于个人能力有限，始终未能如愿。

不过，从一些人的回忆文字中，多少可以了解一些情况。其中比较可靠的资料，也许应数许效民的文章《周总理与延安地区插队青年工作座谈会》。许效民当时担任延安地区革委会主任、中共延安地委书记，他的回忆应当是权威性的资料。根据许效民所述，这次会议从 1970 年 3 月 10 日一直开到 26 日，足足开了半个多月。参加会议的有陕西省、延安地区以及延安地区所辖 12 个县分管知青工作的负责人，还有北京市以及下属 7 个区有关部门的负责人。

会议讨论的内容主要包括两个方面：一个是如何加强对插队知识青

年的管理；另一个是如何改变延安地区的落后面貌。我所关心的，主要是前者。

在当时的一些领导讲话中，对北京知青的管理提出了许多意见。首先当然要有政治方面的要求，比如：要加强政治思想工作，要用毛泽东思想教育知青与工农结合，教育知青吃大苦、耐大劳，“在延安建设中发挥作用，为毛主席争光，为革命圣地争光”，等等。此外也涉及了一些具体问题，比如要加强对知青的生产和生活管理，少数生活不能自给的要采取各种办法予以解决，医疗问题要研究出解决办法。在这些讲话中一再强调，要把知青“稳定在延安”；甚至说到，“探亲假的问题也要研究，不能常回家”。

根据许效民的记述，在会议形成的《延安地区插队青年工作座谈会纪要》中，主要谈到了六个方面的问题：

一是提到延安地区各级领导必须进一步加强对插队知识青年工作的领导。要求充分认识知识青年再教育工作的重要性、艰巨性和长期性，把这一工作提到重要议事日程上来，地、县要有专门班子抓，社、队要有专人管。领导干部要亲自动手，经常研究、检查，及时解决问题，不要只靠少数人去做工作，要发动贫下中农人人关心知识青年。

二是提到全地区各级组织和全体人民，要重新学习、宣传、贯彻毛主席给延安人民的《复电》，发扬延安精神、南泥湾精神，搞好生产建设和文化建设。插队青年是“三大革命”运动的生力军，要热情鼓励、支持他们在“三大革命”运动中锻炼成长，充分发挥他们的积极性和创造性，为延安地区社会主义革命和建设贡献力量。

三是提到要把政治思想工作做深做细。坚决执行毛主席关于正确对待“可以教育好的子女”的政策，对极少数有流氓、盗窃行为，表现不好的插队青年，要依靠群众，加强教育。要树立社会主义新风尚，支持青年向剥削阶级旧思想、旧风俗做斗争。要坚决打击破坏上山下乡工作的犯罪活动，大力提倡晚婚晚育，坚决反对买卖婚姻。

四是提到要认真帮助插队青年学会生产。支持他们开展科学种田活动，合理安排劳动，注意劳动安全，劳动分配要实现同工同酬。

五是积极帮助插队青年安排好生活。请贫下中农给青年当生活顾问，努力办好集体灶，以利于培养集体主义精神，利于参加集体生产劳动。组织插队青年参加合作医疗。力争当年上半年解决好插队青年的住房问题。

六是为有利于巩固知识青年插队落户，有关部门不要调动插队青年。插队青年参军、进工厂、上学校要同当地青年一样看待，根据国家需要，按上级的规定办理。

七是北京市要有计划地支援延安地区的经济建设和文化建设。并且抽调一批干部到延安地区去，在当地各级革委会领导下，一面劳动锻炼，一面协助做青年的工作。插队干部的代表，根据需要可以列席县、社领导成员的会议。同时要做好插队青年家长的工作，配合当地社队搞好知识青年的管理教育。在一定时期内，每年组织学习慰问团到延安地区去，交流情况，协助解决一些问题。

……整个座谈会共产生三个文件，即《延安地区插队青年工作座谈会纪要》、《延安地区来京代表给毛主席的致敬信》和由北京市与国务院八个部共同研究商定的《首都关于支援延安地区社会主义建设的方案》。这三个文件都呈送给总理审阅，并获得批准。这三个文件，连同总理的指示和 3 月 26 日的接见讲话，以及中央首长的指示，构成了延安经济文化建设的蓝图。

看到“纪要”中的第六条专门提到“为有利于巩固知识青年插队落户，有关部门不要调动插队青年”，我立刻就明白当时县里为什么不批准我去河南五七干校的原因了。

在这样的情况下，我那一点点个人挫折又算得了什么呢！

实际上，对于这次会议的情况以及相关的文件，我早应有所了解。我在 1970 年 4 月 3 日的日记中便有记述：

今天晚上传达了几个文件和首长讲话。

几个文件是延安专区的建设规划和首都支援延安的计划。

可见有关部门对如此重要的会议和文件迅速进行了传达，而我当时正处于心神不宁的烦躁情绪之中，根本没有注意到这件事情的重大意义。它不仅影响了我的命运，也影响了更多人的命运。

多年后我曾不止一次想过，如果当时我真的调动成功去了河南的五七干校，然后将会像大多数职工子女一样，被安置到父亲单位援建当地的小化肥厂等地方工作，那样又会如何呢？如果老天爷再给我一个“重新做人”的机会，让我回到 1970 年，自己选择去五七干校还是留在惠家河，我又会如何决定呢？

我仍然不知道哪一种选择可以被称为是“正确”。因为我无法用已经走过的道路与无法预见的生活相比较。

三、丧事

我们惠家河地域偏僻，十分闭塞，一些消息的传播总要比其他地方滞后很多。许多日子以后才知道，当时还有一个相当重要的中央26号文件，只下发至县团级。其中提到，有些地方存在挪用、尅扣甚至贪污知青经费的情况，甚至还有强奸、逼婚、诱婚女知青的，可见当时在全国各地发生了许多相当严重的问题，以至于“上面”不得不连发文件。

其实，我们黄陵的知青也不平静。一年多以来，打架斗殴、盗窃抢劫的事情时有发生，县里和公社曾经开过好几次批判大会甚至公判大会，也有知青被捕判刑。至于当地人与知青谈恋爱，更是严格禁止的。曾经听说有个北京女知青与当地一个工人相恋，结果那工人被以“破坏知识青年上山下乡”的罪名逮了起来。据说那女知青相当勇敢，公开声称自己是主动追求男方的，结果她也遭到批判，罪名居然同样是“破坏知识青年上山下乡”。当时我们不知道他们的结局如何，直到二十多年后我重返黄陵，竟有机会见到了故事的主人公，他们已经有了一个美满的家庭，而当年的经历远比我们听说的复杂。男方当时属于丧偶，还有两个孩子，而女方居然不顾强大的社会和政治压力、不怕当“反面典型”长期挨批判，义无反顾地嫁给他，可见爱情的力量是无比惊人的！

遗憾的是，我们惠家河只有12名男知青，既与这样感人的故事无缘，也没发生过文件里提到的种种恶劣事情；即便有“挪用知青经费”的情况，也是经过我们同意的。倒是有一个特殊人物杨三，曾经在村里搅起一点小小的风浪，但他早已销声匿迹，甚至让人想不起来他是个什么模样。所以，那些令人惊讶的负面问题似乎与我们没有太大关系。我敏感地注意到，无论是召开会议、下发文件，还是已经和将要采取的诸多措施，中心思想实际只有一个，就是要让知青“安心”。

可我实在无法“安心”！

这次调动失败给我造成的打击相当沉重，以至于停顿了整整一个月的时间才有心思继续写日记。

▲ 1988 年，我在有信家的废窑前，这正是十八年前我与朱建群、傅鹏合影的地方。

1970 年 6 月 30 日（晨），星期二。

最近几天精神总是不振，看什么都不顺眼，事事都不如意。这样发展下去是相当危险的。

思想改造是需要自己抓紧的，一刻也不得放松。一年以来，沾染了一些土鳖习气，鼠目寸光，只看眼前利益，不看得长远一些。同时胸襟窄小，容不下事。比如这次去不成河南，就有很大打击，那以后再碰到更大的事情，岂不是只好跳河了吗？笑话！

而更大的打击也不是不可能没有的……

昨接华振浩来信，鼓励了一番。老友的心我是知道的，确实要振作起来。颓废就是自杀！

同志：牢骚太盛防肠断，风物长宜放眼量！

还是打起精神来吧！这样下去就是断不了肠子，神经却是真的会断呢！

看来我的情绪有所恢复，继续给自己打气。不过要想从阴影中挣扎出来，有一点“自我麻醉”的精神还是非常必要的。

那几天出了一件特殊事情，也是促使我情绪转变的催化剂。

村里有个老汉死了。他在村里辈分很大，因此丧事办得相当排场。

下葬那天，全村老少都去看热闹，好像是举行盛大的社会活动。老汉的棺材已经装殓好了。那是一口沉重的柏木棺材，也不知油了多少道漆，乌黑油亮，能照出人影来，让村里其他的老汉们赞羡不已。帮忙的人把棺材从村里抬出来，放进一顶用秫秸秆扎的小轿里。那小轿的形状类似瓜地的窝棚，扎得十分精致，上头缀满了花花绿绿的纸花，看着真够花哨的。老汉的家属们一个个全身缟素，披麻戴孝，按照男前女后的顺序，哭号着跪在棺材前面大磕其头。他们那哭也是有规矩的，有没有眼泪并不重要，但必须要有足够响亮的声音。等他们磕完头后刚站起来，看热闹的人突然一哄而上，把小轿上的纸花抢了个一干二净。当时，我着实被吓了一跳，后来才听说，当地人认为这纸花可以避邪气。

从村里到墓地有好长一段路，棺材由几个壮劳力抬着。这活儿虽然辛苦，但由于事后可以美美喋一顿酒席，所以抬棺材的人倒是不少。在棺材后边跟着的是死者家属，手里提着哭丧棒——那是一根缠着白纸条的木棍，他们放大音量大声号啕。要说这帮家属的劳动量也够大的，在这之前，他们已经守了好几天灵，也哭了好几天了。那差事可真够呛！每来一个吊丧的人，他们就得大声哭叫，直到来的人劝阻才能停止。他们的哭叫基本是属于表演性质的，若是真哭的话，几天下来非累死几个人不成！

当出殡队伍从村里经过的时候，家家门口都烧着一小堆火，说是为了避邪。到了村口，女眷停住了脚步，只有孝子们继续向前。村里几乎所有的人都跟着看热闹，形成一支挺壮观的队伍，在窄窄的山路上排得很长很长。

惠家河的公共坟地就在西边不远的一个小山坡上。那去世老汉的坟几天前就已经弄好了，是垂直向下挖一个两米来深的坑，再横着掏一个拐窑，窑壁是砖砌的，窑门必须冲南。当人们把棺材用大绳系住，慢慢往坟里放的时候，孝子们跪在坟前进行最后一场哭号表演。棺材放进拐窑后，人们还要在它前面放一盏点着的煤油灯和一块用白纸包着的砖头，白纸上面用黑墨写着死者的姓名。如果说煤油灯是给鬼魂照亮去阴间的道路的，那块砖头大概就是在阎王那里报到的名片了。

这些事办完之后，人们用一块很大的青石板封住窑口，四周的人便开始往坑里填土，一会儿，一个高大的土堆便形成了。一个老汉端着个笸箩，抓起里面盛着的麦粒、谷子、大豆等等，一把一把地撒向坟头，嘴里还念念有词："一撒金，二撒银，三撒……"有人对孝子们说："得了，甭哭哩！"悲声便齐齐地止住了。村民们开始陆续往回走。回村后还要进行最后一项仪式：在丧家的院门口放着一盆水，盆上放着一把长刃大菜刀，凡是从坟地回来的人，都要用手指蘸一下水，再扒拉一下菜刀，发出"咣啷"一声。据说这样就不会把丧气带回自己家了。

按说老汉的丧事和我们知青没啥关系，可出殡前一天晚上，队长突然来找我，说要商量个事，吭哧了半天，才说是想借我的破窑用一天。"吕头"当民工走后，我一个人住在那孔破土窑里，反正无所谓，就答应了。队长一走，连着有几个和我关系不错的"老帽儿"鬼鬼祟祟地溜了来，对我说千万不能把窑借出去。经我再三追问，他们才悄悄告诉我说是办丧事的人家要借窑。原来，那老汉的儿媳妇已经怀孕数月快要生娃了，按当地风俗，认为老公公死的时候，儿媳妇正怀着孕是极不吉利的事。至于为啥不吉利，他们啰里啰唆地说不清楚。按我的理解，似乎是怕老汉转世投胎的时候万一弄不好走岔了路闯到自己儿媳妇肚子里去，岂不是颠倒伦常吗？那样的话这一家人都要遭殃的。因此怀孕的儿媳妇在出殡那天必须避一避。借我的破窑，就是这么个目的。所以他们告诫我：这窑万万借不得，否则晦气会转到我身上的。

我才不信这些鬼话呢。第二天早上天还没亮，那孕妇就被她家里人给送到我的窑里来了。他们在我的破土炕上铺上红布，又用红布把窑洞的门窗封得严严实实。一直到丧事全部办完，天黑以后才搬走。一个孕妇在窑洞里捂了一整天，连点气儿都不透，那滋味儿肯定不好受呢！

事过之后，许多人看我的眼光有些不似往常。也许有的人见我居然活得好好的，感觉很诧异；还有人则表扬我，说看不出"老猫"这怂还挺仗义！

我倒并没有认为有啥仗义不仗义，只是觉得这事实在可笑。我已经倒霉透了，难道还怕再增加一点晦气不成？人常说物极必反，没准儿让这晦气一冲，我还就此时来运转呢！

四、北京干部来了

初夏时节，北京干部进村了。

在《延安地区插队青年工作座谈会纪要》中，曾专门提出："北京市要有计划地支援延安地区的经济建设和文化建设。并且抽调一批干部到延安地区去，在当地各级革委会领导下，一面劳动锻炼，一面协助做青年的工作。"

这个决定落实得很快，几个月之后，便有一大批北京干部抵达延安地区，并很快分赴各县，基本上每个有北京知青插队的生产队都有一名。来我们村的北京干部姓丁，三十多岁的模样，是个身材敦实的汉子。

北京干部和我们知青有很多不同。从比我们好的方面来说，他们不仅有工资、有探亲假，而且有期限——据说他们来陕北的时间定为三年，比我们有盼头。从比我们不好的方面说，他们都是有老有小的中年人，如此抛家舍业地到这荒塬野沟里来消磨三年时光，也是挺痛苦的事情。不像我们年纪小无牵挂，经得起折腾。

有一点他们应当是与我们一样的：初来陕北，立时就被这里贫穷落后的状况惊呆了，需要好长时间才能适应。对于如何与陕北农民打交道，他们同样也需要一个漫长的过程。

有件事情大概对老丁很有"教育意义"。

他到陕北的时候，从北京带来一辆半新不旧的自行车，外出办事总要比步行方便省力多了。这辆车让"老帽儿"们很羡慕，日子一久关系比较熟了，便经常有人向他借车骑骑。按理说这也不是什么大事，问题是借车的人越来越多，以致那车成了"接力棒"，几乎整日在别人胯下骑着，老丁自己倒摸不着了。那车也有回来的时候，往往不是轮胎漏了就是车条断了、闸皮掉了，还得老丁想法子修。长此以往老丁受不起了，干脆以 30 块钱的价格卖给了大队会计东有。这下对老丁反而有利。东有对这车垂涎已久，到手后万般爱惜，从不借给别人，只有老丁可以借用：他毕竟是旧车主，东有磨不开面子拒绝。这样一来，老丁既有车骑还落了个省心省力。惠家河有些事情就是这样有趣！

北京干部的到来，对我们来说既有有利的一面，也有不利的一面。

从有利的方面说，他应当是我们的保护者、代言人，有什么问题和困难就找老丁，他应当想办法去解决。自从来了北京干部，北京知青的地位立刻有了明显变化。比如，上面规定知青定期有“学习日”，那一天我们一般都是上午学习、下午自由活动；虽然不上工，可还得让队里记工分。这已经是明目张胆地占“老帽儿”们的便宜了，我不知道他们在无可奈何地接受这一事实的时候是否满怀怨气，但我们却是心安理得地认为这是自己应得的待遇。

按照上级的要求，老丁进村后，首先要解决的问题，就是知青的住处。在国家给我们的安置费中，本来是有“建房费”的，但是早就被队里“借用”了。如今老丁提出要给知青建新房，需要很大的一笔费用，显然很不现实。经过多方协商，决定把原先的旧羊圈腾出来，改造成“知青宿舍”。

那是一个独立的院子，有一排石窑，位置在村子的南头，周边环境不错。只是窑里积存了臭气熏天厚度可观的羊粪，需要全部清除出去。这是一个相当繁重的工作，但我们愿意自己干。

如古人所说：“合久必分，分久必合。”惠家河的知青们在经历过复杂的分灶过程以及长期的对立之后，所有人都有些身心俱惫之感。老丁的到来和“知青宿舍”的建设是一个难得的契机。这里毕竟将是我们自己的“家”，也许我们会在这里生活很长时间，所以大家的干劲都很足。

我们把羊圈窑里挖地三尺，将积粪连同老底子统统运走当肥料，又把地面重新铺上厚厚的新土，并夯得结结实实。我们的兴致很高，不仅在院子里用破木头立了个篮球架，还在院门口的小坡上筑了个土台，搬了几块石头当坐凳，起了个名字叫“望乡台”。那里视野开阔，可以俯瞰整个川道。

另外，我们还做了一件很有意义的事情。

羊圈大院正中有一个大坑，也许是原先挖土垫圈造成的，需要填埋。不知是根据谁的建议，我们找来一块厚实的砖头，用小刀在上面刻下了我们所有人的名字。然后，把它放到坑底。在填土的时候，我们还调侃说：几千年后如果有人挖出这块砖头，一定会为这些名字的来历而大伤脑筋的。

这些名字是：吕宏印、曹连元、朱建群、金潮河、金小峰、郝庆超、傅鹏、董宪平、刘秉棣、宋元清、陈光中；还有杨金才，尽管他似乎不可能再回来了，但毕竟也曾是惠家河的北京知青。

我已经忘记，北京干部老丁的名字是否刻在砖头上了。实事求是地说，他是我们中的一员，当时应该不会遗漏他的。抱歉的是，由于接触的时间短，四十多年过去，我连他的名字都想不起来了。后来我打电话给“吕头”，经确认得知，他的名字叫丁万民。

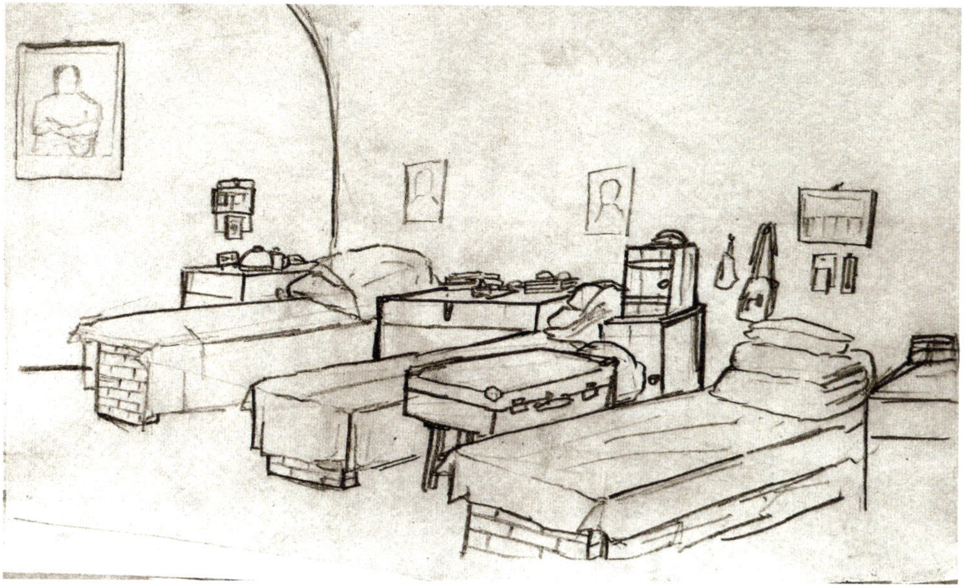

▲羊圈大院的知青宿舍内景速写，绘于 1970 年。图中右面是我的床，床边一大一小两个木箱和横放着的皮箱是我的财产。小木箱是偶然拾到的一个破包装箱，正好当个小书架，上面扣放着我的两个搪瓷碗。墙上挂着的，除了书包和饭兜，还有年历本、温度计和一个镜框。

▲床头这个镜框里镶着一幅织锦绣像，是斯大林与列宁相见的场面。右边写着“一九一七年的会见”，左边写着“中国杭州都锦生丝织厂”。那是 20 世纪 50 年代我家在大连的时候，苏联援华专家送给母亲的纪念品。它随我走南闯北几十年。我现在还保存着它，可惜不小心被水浸过，否则也可算是一件文物呢。

▲ 1988 年我在羊圈大院，脚下便是埋着刻字砖头的地方。

“知青宿舍”的修整费了很长时间，待到我们搬进去的时候，很多事情已经发生了变化。

北京干部的到来，从不利的方面说，预示着我们可能真的要“扎根”相当长的时间了。上面再三强调，要“充分认识知识青年再教育工作的重要性、艰巨性和长期性”。北京干部的“支延”期限是三年，看来至少在三年之内，知青不会有离开陕北的机会。像我去河南干校的事情，显然毫无指望了。对我来说，这是必须接受的现实，想清楚之后，情绪反倒比较安定一些了。

在那种情况下，我居然写了一篇在插队期间最“另类”的日记。

1970 年 7 月 10 日晚 10 时 20 分至 10 时 30 分。

于猎犬座、后发座发现一发光物，形状如右：(○。左方为一长条光带，右方为一光团（据有人说似乎还在转），自猎犬座向后发座缓慢移动。移动时形态变化不大，后被山挡不见。此天象前所未见，原因不明。发光物长 1.5°— 2.5°（与月亮比较）。

我自初中时开始爱好天文，高中的高考目标就是北京师范大学或南京大学的天文系——20 世纪 60 年代，中国似乎只有这两所大学有天文系。当然，这个梦想已成泡影。

这天的日记也许是我一生中所进行的最后一次天文观测，自我感觉记录得还是比较专业的。当年我无须查看星图便可对北半球能见的几十个星座一一指认，如今面对满天星斗，大约只能认出三五个常见的了。

顺便一说：月亮的视角只有 0.5°，可见那个“发光物”的视觉长度相当于三至五个月亮，连我这近视眼都能看得清清楚楚，是相当壮观的。我的这些文字，也许是那个特殊年代里难得的有关“UFO”（即“不明飞行物”）的重要记录呢！

五、《意志锻炼规则》

在整修羊圈期间，我们又开始听到不少“小道消息”，在 7 月 20 日的日记中我便说道：“最近又听说，不久将招一批工人，黄陵 700 人，陕西 40000 人。”

自从插队以来，听到过太多的“小道消息”，有两个特点：一是基本没有好消息，二是消息往往很准确。所以，在我们已经死心塌地准备长期“扎根”以后，突然听到这样一个“好消息”，反倒不敢轻易相信了。

但是，“小道消息”的最大作用，就在于影响情绪。我在这天的日记中接着写道：

> 此事我也考虑过，心想如无我将怎办？而根据目前我的身体、家庭各方面情况，没有自己是完全可能的。那时若何？是颓唐？是激愤？是一切照旧？是无我则怒？
>
> 我看还是一切照旧为是。此间所说照旧，并不是说照现在之“旧”，而是如同无此事——“一切照旧”。
>
> 不过目前这种状况也该改一改了。
>
> 首先，思想上应树一“公”字，不要在个人小事上打转转，要高瞻远瞩，胸中自有七大洲，放眼却长八万里。
>
> 二是要善于处事，目前所遇，基本是人民内部矛盾，但却有两条路

线斗争。阶级斗争，一抓就灵，不论什么事，用阶级斗争的眼光一量，便清，否之，便浊。这一点是值得注意的。要练习自己处理事物的方法，培养自己判断事物的能力。

三是善于处人。人与人的关系是错综复杂的。要善于判断人，要善于和各种人很好相处。即使是小人，也应如此，但要注意不受他们感染，而要感染他们。

四是要少说话、多做事，改掉发牢骚说怪话的坏毛病。说怪话发牢骚是蠢人的工作方法，聪明人遇事是不会发牢骚的，而是开动脑筋，想出办法。说话便要顶事，三思而后行，多思、多想、多分析。

五是必须积极肯干。只要把干活当作劳动锻炼，便自然不怕累、不怕脏。要做到：活多重不叫苦，活越次越抢干。

六是要坚持体育锻炼。每天规定一定项目。

要做到以上几点，必须有毅力，而我以前缺少的就是毅力，我现在需要的就是毅力。

初中时，我曾订过意志锻炼规则，那是很有效的。现在很多好习惯便是那时养成的。所以我决定，根据现在的情况，将其重新制定。严格执行，不得有误。

总之，在这里就是劳动锻炼，管他一辈子不辈子，锻炼自己是必需的。

看来那段时间我读了不少鲁迅和毛主席的著作，连写东西的文法都几乎是“鲁体”“毛体”了。洋洋洒洒数百字，说明一个问题：在经历了许多挫折之后，我多少有些进步，明白胡思乱想没有任何意义，从而竭力要对这些外界干扰保持淡定态度。

其中提到的“意志锻炼规则”，是初中时搞的小孩子式的花样。我曾看过一本苏联小说《船长与大尉》，其中的主人公给自己制订了一个《意志锻炼规则》，强迫自己完成一些既定任务。当时我也模仿做过，至少有一定的自我催眠和自我约束作用。

为了度过眼下思想波动的关键阶段，我试图“故伎重演”，便制订了《意志锻炼规则》“第二号”：

坚强的意志不是每个人都能具有的，而坚强的意志是从平时坚持不懈的刻苦锻炼中得来的。所以，为了使我能够具有坚强的意志，特制定以下规则，严格执行，不得有误。

1. 明确自己的生存目的，是为人民服务。以马列主义为思想指南，以毛泽东思想为行动准则。

2. 培养自己判断事物和处理事物的能力。要善于在任何时候都不轻易激动，保持冷静；要善于在任何情况下都保持绝对的镇静；善于将感情隐藏在心里，而不可“喜形于色”。不暴露自己的感情。三思而后行。

3. “聚精会神”。要使自己在任何时候都能将精神和思想完全集中在所做的事上。任何别的事都不能打扰分毫。

4. 艰苦朴素。生活上立“俭”“朴”二字。坚决反对浪费。不讲究吃穿。

5. 劳动积极肯干。不偷懒，不发牢骚，敢挑重担，不怕苦不怕累。

6. 努力抓紧时间学习天文。不是当作一门爱好，而应作为一项知识来掌握。

7. 坚持5：30—6：00起床，坚持用冷水洗脸擦身。逐步做到：每天做眼操2次，哑铃60次，俯卧撑60次。

8. 对已经下决心做的事 ，只要是正确的，就一定要做到，决不许半途而废。

9. 要善于总结经验，每天写日记，每周写小结。

1970年7月20日。

我倒不怕如今将这些东西“晾”出来会让人讥笑“幼稚”，实事求是地说，这些“小儿科”的“规则”，真想做到并不容易。像我，连“每天写日记”都未能坚持，下一篇日记已经是三天以后了。

1970年7月23日，星期四。

说了每天写日记，但是两天又没写，真是对自己感到抱歉。

两天都是锄地。活是比较累，太阳当头照，热渴难熬。但是想到自己的决心，那些怕苦的思想就没了。

昨晚听收音机，清华大学又有一篇关于教育革命的文章，今天又听到上海开座谈会，看来教育革命又要搞起来了。大学又要招生。

当然我是十分希望能够继续学习。但我又知道这是不可能的。正如一个美好的梦，尽管美好，然而却是幻影。可是，美丽的梦虽然缥缈，但是不也能使人愉快吗？

为什么不可能呢？也不是我悲观，但是，我对自己的处境是清楚的。还是继续进行自己的劳动锻炼和意志锻炼吧。

世上最无法受到干预的事情，恐怕就是做梦。既干预不了别人做梦，也挡不住自己做梦——哪怕是白日梦。我完全清楚，无论是招工、参军还是上学，在我当时的家庭背景下，是无法通过政审关的。所以，也只能说说梦话，自我开导一下而已。在这些梦话之中，不难发现我的无奈和绝望。我倒宁愿那些扰乱心绪的消息统统不存在，也好让自己的心态平和一些。

第十三章

走出惠家河

一、贫下中农推荐

事实再次说明，“小道消息”往往是十分可靠的。我们很快便得知，招工确有可能，这倒是很有些出乎意料。

1970 年 7 月 25 日，星期六。

今天是学习日。上午学习，下午自由活动。

说是学习，其实也是稀里糊涂。

今天看到《今日延安》，有一处青年小组给全体插队青年的信。

看来今年有可能变动，然而只是可能。

今年将要招收大批工人，同时也会有一批人上大学。但是具体到我的脑袋上，那就缥缈得很了。现在最好是不去想它！先做好长期的打算。如果有了什么好结果，就把它当作意外的收获吧。人的命运是不可猜测的。

1970 年 8 月 3 日，星期一。

最近几天，听到各种关于招工人的传说：

1. 黄陵将招 700 余名工人，以知识青年为主。

2. 工厂有西安某纺织厂、延安无线电厂、西安铁路局、店头氮肥厂等。

3. 要留一批好的当基层干部。

4. 好的坏的留下，中间的走。

5. 太贤要 80 名工人，14 名合同工，1 名参军。

以上消息目前不知道是否确切。

1979 年 8 月 5 日，星期三。

昨天老朱开会回来，证实了我前几天听到的消息是确实的。

在这事实面前，到底是应该采取何种态度呢？到底是当工人，还是当农民？当然，决定的权力不在自己。但是这些问题是不能不考虑的。

经过一天考虑，最后决定：服从分配。如果叫我当工人，那马上打起背包就走。如果不需要我去，那就继续留在农村。总之，这个问题不应引起我的思想波动，起码不能因此而影响劳动和自我改造……

1970 年 8 月 6 日，星期四。

这几天主要是在羊圈干活，不过现在已不是羊圈了，马上就要变成我们的宿舍。

无甚要事可记，也就不废笔墨了。

1970 年 8 月 9 日，星期日。

这几天平静得出奇，不知为何工人的名额还没有下来，不免有些焦急。

1970 年 8 月 16 日，星期日。

门外细雨绵绵，伸手不见五指。

收音机里却在播送着正在首都体育场进行的朝鲜乒乓球队和中国乒乓球队的比赛表演。比赛正在激烈地进行着。

在这样的时候和这样的地方听到几年来第一次乒乓球比赛实况转播，有一种奇怪的不平常的感觉。

老丁与癞子昨天去公社开会。癞子晚上回来说本大队共五名工人，其中一名合同工。

▲ 1970 年夏，我在惠家河村后的“仰脑头起”塬上。那个阶段我在村里的这些照片，应当都是刘大雄用他的相机拍的。由于使用的是我在北京买的处理胶卷，效果很差，但也是难得的纪念。

所有的消息——不管是“小道消息”还是“官方消息”，最后落实到这样两个具体的数字：“本大队共五名工人，其中一名合同工。”

三天以后，是一个非常重要的日子，我的命运再一次由别人所决定。

1970年8月19日晚上，惠家河村全体贫下中农在小学校里集中开会，推荐并表决招工人员名单，老丁主持会议。我们知青一律不得参加大会，也不得探听消息，只能根据安排老老实实开自己的小组会。应当说，大家的心情都十分忐忑，也没讨论出啥名堂。

我在日记中记录了那天的情况。

> 1970年8月19日，星期二。
>
> 今天是挺重要的一天：队里全体社员讨论选三名学生去当工人。为了使他们能讨论方便，学生和社员是分开讨论的。
>
> 讨论完后，社员们居然都保密。不过还是让我探听出来了。三个人是：金晓峰，金潮河，我。
>
> 这回我说不定是要出去了。不过可能又是我所预料的最坏情况：当合同工。
>
> 不过当合同工就当合同工，这又有什么。
>
> 目前还要等大队讨论，然后提交公社批准。

尽管上级事先再三强调，参加会议的贫下中农必须对表决结果绝对保密，但散会以后没过十分钟，我就知道了会议的全部情况。我在日记里没敢记录真实经过，如今则可以说实话了：第一个向我“泄密”的是万红的弟弟万义。他小心翼翼地搞清楚我的窑里没有别人之后，便鬼鬼祟祟地溜进来了。他毕竟年纪小，没经历过如此严肃的事情，所以情绪比我还紧张，一再叮嘱我千万要保密，并要郑重其事地“向毛主席保证”。据他说，老丁宣布完有关程序及注意事项之后，喂马老汉立即发言，先是推荐金潮河和金晓峰“父子”——“老帽儿”把“叔侄”也称作“父子”的。老汉说，他父子俩一块插队，生活有困难，不如早些走了好些；接着推荐“老陈”，说老陈眼睛不好，劳动不方便，也让人家娃走吧！有人忘了“老陈”是谁，老汉还得解释说就是“老猫”呢。

在这种群众性会议上，第一个发言的人往往会起到导向作用。于是贫下中农们一哇声地嚷：同意，同意！会议就此顺利结束。

如此情况，让我很兴奋。但是，后来所得知的最终结果却让我哭笑不得，因为事情果然“是我所预料的最坏情况：当合同工”。

当时分配给我们大队五个名额，其中四个是西安铁路局的养路工，属于国家正式工人；还有一个名额是店头煤矿的合同工。

喂马老汉虽然能够抢到“首席发言权”，却无法左右具体的名额分配。那四个正式工的名额分给同属一个大队的秦家川和惠家河各两个，具体到我们村，就落到了金晓峰和金潮河头上。

于是，我就只能获得那个合同工的名额了。

“合同工”一旦合同解除，还得重返农村；唯一的好处，就是可以在工作期间有相对固定的薪酬和粮食定量。

所以我想：煤矿也去，合同工也去，只要能吃饱饭，只要能结束这浑浑噩噩的日子，只要能离开这个荒芜贫瘠让人绝望的地方！

二、意外的转折

1970 年 8 月 24 日，星期一

今天，我们终于搬进了新窑，虽然有一个窑还没安窗户。在安窗户的地方是一个大洞。搬了一天。新窑还是十分不错的，每窑四个人，睡单人床。

昨天又去公社开全体三下人员会议，全公社的学生基本都来了。宋大宝可能也能当上工人，包薇也是，刘大雄他们也一样。

在改造窑洞的时候，我们犯了一个不该犯的错误。

既然是羊圈，原先窑里自然没有炕。大家也许是睡腻了土炕而企盼久违了的“城里的床”，决定不再垒炕，而是用砖头木板搭铺，把窑里摆设成正规宿舍的模样。这个错误要待冬天才会发现，那时候就明白没有火炕将是多么痛苦的事情了。宿舍建成，我们几个灶也就顺理成章地合成一个灶了。持续一年多的分裂局面终于结束，应当是一件好事，但也将产生许多实际的问题：大家的口粮应如何处理？每个人的劳动量不同，夏收、秋收分红的所得自然也不同；各个灶消耗的粮食悬殊，在队里存粮、借粮的情况大有差异，合灶以后该如何计算？这些问题实在太复杂，甚至一时难以向老丁解释明白。此时我们已经有了一些生活经验，知道有些事情糊涂比清楚也许更好些。有啥问题待将来再说，反正天塌下来有老丁顶着呢！更何况招工的事情正牵动着所有人的神经，无暇顾及这些小事。

日记中提到的“三下人员”，应当是指下乡、下放之类，还有一“下”是什么，我已记不得了。8 月 24 日那天公社召开的会议很重要，应当是我们公社北京知青比较齐全的最后一次大规模聚会，那天，我遇到了大雄、“大宝”、包薇等原先的同班同学。看来很多人的命运都不错，这次招工都获得了贫下中农的“推荐”。

然而，命运是经常会与人开玩笑的，三天以后，情况有了新的变化。

1970 年 8 月 27 日，星期四。

今天早上接到公社通知，说批准我、金晓峰、金潮河等四人为正式工，令今日去公社报到。我们立刻出发，到了公社，填了几个表。后来招工的人同我们谈话，我们这次是西安铁路局宝鸡工务段，养路工，主要是维修铁路，抡大镐，比较艰苦；工资 37.5 元，半年后定职，工资 45.8 元，然后发给每人一张表。我们就回来了。

中午饭是到安子头宋大宝那儿吃的。这次没有他们队，可能要等下批了。

我本来早已做好了下煤窑当合同工的思想准备。尽管有人说那活路实在要不得，不但属于“地下工作”、一年到头“暗无天日”，而且危险性很大，什么塌方冒顶漏水瓦斯爆炸之类，遇上一次就会要人命！然而我已经下定决心，不管干什么，只要能招工就一定走。可让我做梦也没想到的是，自己的命运居然会突发奇变，又成了正式的养路工，要去铁路工作了。比起当农民抡镢头，我不认为当养路工抡大镐还能艰苦到哪儿去；至于 45.8 元的工资，对我来说简直是天文数字！我真怀疑这一切是不是做梦。

所幸这不是梦，是天上掉馅饼似的事实。

后来才知道，造成变故的原因，是秦家川的知青变主意了。

这次招工的去向一直是保密的，即使已经获得贫下中农的推荐，但直到最后公布的这天之前，谁都不知道自己将会分到哪个具体的单位。而秦家川那些黄陵知青原是当地人，各种关系比我们深厚得多，消息自然极为灵通。其中一个人本来已经获得了正式工的“推荐”，但听说养路工属于铁路部门最低层次的工作，又苦又累，比农民还不如，立即反悔，决定不去了。于是，我便顶替上去，获得了当养路工的资格。当然，原先属于我的那个合同工名额也会立即有人顶替的。多年来我一直很好奇，很想知道这个人是谁，他后来的人生道路又是什么样子的。

▲ 1988 年的洛河川。正在修建的西延铁路占用了惠家河村最好的一片川地。

我一生中有许多次，因为偶然的因素改变了命运，这一次最重要。

而我那几个同学的命运则发生了无法接受的逆转。刘大雄、孟红、李宗强以及宋“大宝”他们，三天前还与我处于同等地位，如今却不知由于什么原因突然失去了这次招工的机会，想必情绪十分沮丧。这些同学中，只有包薇的去向未变，依然是当养路工。我很难想象，那样艰苦的养路工作，女生如何能够承担。

不过，这些不断发生的变化也在提醒我，不要高兴得太早。即便去向已经确定，接下来还有政审、体检等诸多环节，每一个环节都可能出现意外的变化，我依然应当做好必要的思想准备，使自己有能力承受意外的打击。

三、体检

1970 年 8 月 28 日，星期五。

今天上午我和癞子赶着车送猴子去龙首看病，下午方回。晚上秦家川的孙忠民送来通知，通知明天上午八时去县医院检查身体。没想到这么快。不过今天下午我不小心感冒了，可不要影响明天的检查。

“猴子”生病很值得同情。他们“自组灶”即将只剩下他一个人了，情绪十分低落。那天我和金晓峰用架子车拉着“猴子”去龙首公社的卫生所看病，往返四十里路，本已十分疲惫。我跑了一身汗，贪凉吹风，不料感冒了。晚上突然接到体检的通知，又高兴又紧张，一夜惶惶，不得安眠。第二天早上起来，感冒却似乎好了。

我与金晓峰、金潮河相跟着赶去县里，当天没有时间写日记，到第二天才补上。

1970 年 8 月 30 日，星期日

昨日清晨出发，赶了四十里，十点多钟赶到县里。到食堂吃了饭，在书店里碰到了招工的人，他告诉我们，十二点半在招待所门前集合。在街上转了转，十二点半多钟到了招待所门口。我们公社“未来的工人阶级”们基本都来了。我们便在招工的人带领下，向医院走去。

第一项便是检查视力，我们几个又是在最后。幸而（距离）比较近，居然一个（眼睛）是 0.5，一个（眼睛）是 0.7。比起原来的 0.1 和 0.3，真是天差地别。不过不知够不够条件，心中有些忐忑不安。

然后是内科、外科各项检查，除了血压较高（130/88），一眼有砂眼，其余各项都是“√”。

检查完毕，合格不合格还要等过几天才知道。

天上下雨，我们决定不回去了。到食堂吃饭时，刚好碰到招工的人，告诉我们：“已经给你们找好了住的地方，是旅馆 41 号房间。”这真是出乎意料，一沾上工人阶级的边，便身价倍增了。

晚上又看了一场电影《奇袭》。

今早离开旅馆，无目的地转了转。天上还在下雨，又到机械厂转了一会儿，便到石山吃了一顿饭，后来冒雨而归。

阿朱和老曹磨面，馅饼、傅鹏到同学那儿去了，老丁去公社了。只剩了几个人。

8 月 29 日那天的体检很有些惊心动魄，我们一闻到来苏儿水那股呛鼻子的味道就感觉心跳加快脑袋发懵，再看到那些医生护士的白大褂白口罩，难免胆战心惊魂不守舍。没想到，第一道“关卡”检查的就是我的弱项——视力。由于前面体检的那些哥们儿指手画脚互相提示，将医生惹毛了，把他们全都轰到门外排队，一个个单独检查。轮到排在最后的我们几个，连作弊的机会都没有。其实，即使有人帮忙提示，对我来说也没啥用处，我的左眼不仅近视，还有 300 多度的散光，所以，我最严重的问题不仅是无法判断视力表上那些“E”的开口方向，而且根本看不清楚医生手里的木棍指着哪一行的哪个“E”！

出乎意料的是，我的眼睛状态原本非常差，但是由于插队以后很少戴眼镜，视力居然有所提高。但是，“0.5”和“0.7”，距正常视力还差得远呢！如果这样的眼神儿也能当养路工，说明那工种的标准实在不高！

那天晚上我们居然被招工人员安排住进了旅馆，而且是四人一间的标准客房，每人一张单人床，被褥都很干净，这让我感慨万分。回想不久前我和三伍去店头拉煤，只有资格住大车店，如今刚刚沾了一点工人阶级的边，地位和待遇立刻发生了天翻地覆的变化，真是不得了啊！正如老话说的：“由奢入俭难。”享受了一把如此高规格的待遇之后，只怕我再也无法忍受大车店的恶劣环境了。

我们还是年轻，知识少没经验。其实，这次体检发生的最严重的问题是血压。“130/88”是正常血压的上限，只要再高一点点，就该进入高血压病的范畴了！那天不少人的血压都处于这个上限附近，却根本没有意识到危险的存在，晚上还兴高采烈地去看了一场电影。两天后，我们便经历了一次可怕的惊恐。

1970 年 9 月 3 日，星期五。

1 日下午，招工组的人到我队，通知我们，因血压较高，让我们再去县里复查身体。2 日清晨，我们就又向黄陵出发了，这次比较紧张。

到县里找到招工组的同志，他给我们定了房间，让我们先休息，第二天再检查。为了降低血压，我们简直什么事情都不敢干了……

今早起来，用了各种方法降低血压：用凉水洗脸，吃西瓜，喝冷水……简直提心吊胆，走路都是迈四方步。

吃完早饭，就去检查。先是癞子：130/80；而后是我：130/74；再是潮河：130/70。总算过了关。不过现在想起来确实可笑。我从来都没有过这样紧张，可是当工人与当农民前途不一样并不黑暗?

此本日记马上就要完了，只剩一页了。现在不知在这一页上将发生什么事?

这篇日记是在体检完毕、我们回到村里以后写的。由于检查结果已经知道，心态恢复平和，居然还有心情自嘲什么“确实可笑”，全然忘记了十几个小时以前我还在怀着恐惧“迈四方步”的狼狈情形了。其实从后面那句文理不通的话便可以看出，我还没有完全摆脱惊魂未定的精神状态，那句话的本意应是：当工人和当农民都一样，前途都不是黑暗的。我是再次提醒自己：别高兴得太早！那两天对我们来说，实在是极大的煎熬。我们村三个人的血压居然齐刷刷地并列上限，想想实在可怕。应当感谢招工组的同志，看到复查结果以后，当时就正式宣告血压合格，让我们不至于再带着思想包袱回村等待消息。我记得，那次去复查的人好像全部过关了。若是再拖上几天才告知结果的话，只怕有许多人会真的得上高血压病的！

这次复查对招工组的人来说也有很大压力。我们公社预选去工务段的只有四十多名，居然有三分之一的人血压偏高需要复查，万一很多人被淘汰，重新进行推荐、审批那一整套过程，将是十分麻烦的事情。所以，这样皆大欢喜的结果让所有人都松了一口气。

此后的日子在等待中度过，十分难熬。我终于沉不住气，把那本日记的最后一页用完了。

1970年9月8日，星期二。

我故意把这本日记的最后一页留着，准备记我接到通知的那一天。可是等了这么多天，还不见动静，因此只好结束这本日记了。

今天来了两个瓦梧村的，据说今天又有几个人去县里检查身体了。可见是因为一直未确定，而拖了这么长时间。不过也可以知道，走的时间不远了。

当工人固然是一件好事，不过困难也一定不少，也少不了又要同各种各样形形色色的市侩、土鳖、流氓、无赖打交道，甚至可能更复杂、更尖锐。这些困难现在就应当有充分的思想准备。

要做到以下几点：

保持原则，坚持斗争。

保持艰苦奋斗的作风，

发扬自我革命的精神。

我似乎已经不再担心最后阶段会有什么变化，又恢复了一副“阶级斗争”的嘴脸，似乎在“与天奋斗”和“与地奋斗”之后，又打算体验“其乐无穷”的“与人奋斗”了。其实，我还不应当如此踏实，因为体检中我还有一项“视力”未必过关，政审时我父亲的事情也难免会造成影响。对于这些，我似乎未曾考虑。如果这些问题居然都不算是“问题”，说明养路工的条件的确太低了！

▲ 1988 年我与谢堃重返陕北。我们既是北京八十中的校友，也是一起来黄陵插队的“插友”，还是同一批进铁路当养路工的工友，更是相交了近半个世纪挚友。谢堃原在太贤公社四圣大队插队，1988 年是我们第一次结伴回访黄陵，有机会在县档案馆查阅了与北京知青有关的档案。档案馆的工作人员张玉莲给予了热情帮助。她原在志丹县知青办工作，后来调到黄陵。我们查阅的档案共四册，为“全宗号 10，目录号 12，案卷号 001、002、003、004”；按规定，查档每本收费 2.2 元，而对我们全部免费。我们在知青总名册中查到了自己的名字。根据 1970 年的“欢迎北京慰问团汇报材料”记载，当年到黄陵插队的北京知青共 2438 名，大都来自北京朝阳区各学校；北京干部 112 名。

四、关于我们的后话

下一本日记，开始于 1970 年 9 月 11 日。

昨天下了一天雨，今天雨停了，天也晴了。

中午老丁从太贤回来，带来了一个表，是什么职工登记表之类。说明我们已正式被批准当工人了。担了几天心，终于放下了一点儿，不过目前还不知道什么时候动身。

明天准备到真理塬去一趟，看看刘大雄的照相机是否可以借来。同时准备去公社一趟……

1970 年 9 月 16 日，星期三。

14 日晚，三伍从公社回来，告诉我们通知已发下来了。可是我们却没有收到。我们吃完饭就去秦家川，半路碰到万红，把通知给了我们。原来秦家川的孙忠民中午就接到了通知，可是却没及时送来，自己先去公社办好了手续。真是令人生气。

我们去秦家川的大队部开了介绍信，昨天上午去公社办了户口。中午刘大雄来了，照了几张相。

今天又去县里办户口关系，还要拉着粮食去粮站换粮票。从早晨便开始下雨，一直下到我们走到县里。粮站却说下雨天粮食潮不能收。我们又找到招工的老李，费了很多口舌，好容易才办好了。

九点半多才回到村里，老丁他们还和社员们开欢送会，讲了几句话。

今晚是我们在惠家河的最后一晚了。心情倒并没什么激动，就像要做一件普普通通的事情。

命运又发生了转折。然而，“塞翁失马，焉知祸福”。

1970 年 9 月 17 日，我和金潮河、金晓峰离开了惠家河，去太贤公社与其他被招工的人员会合。

队里特地用那台手扶拖拉机送我们，在全公社的知青面前大大地露了一把脸：因为别的村子至多只派辆架子车送行，只有我们惠家河是“机械化”。后来其他知青开玩笑地说：“当时看你们在拖拉机上耀武扬威的模样，恨不得揍你们一顿！”这次招工，对金潮河和金晓峰他俩来说应是喜忧参半。喜的是能够一起离开农村，实属难得；忧的是养路工比农民强不了太多，只怕仍然摆脱不了出大力流大汗的命运。他俩本是善于做“政治工作”的角色，刚听到招工的消息，就立即开始多方“地下活动”。为了能顺利通过“贫下中农推荐”这一关，他们把“感情联络”的重点放在了队长身上，除了送些北京特产的吃食外，还特地买了个挺时髦的小闹钟。不料，最终“推荐”的时候，队长并没发挥什么作用，倒是喂马老汉给了个大大的惊喜。为此，他俩心里总感到有些不平衡。临走那天早上，他俩专程去队长家告别。队长见了，还以为仍会得点儿实惠呢，不料潮河顺手就把那宝贝似地供在床头的闹钟揣自己兜里了："借给你的这玩意儿我们拿走了，留个纪念！"队长一时没反应过来，还吧嗒着眼皮傻笑呢。等他回过味儿来，这俩小子早走远了。想必队长这口气儿得窝上好几天，要是早知道有这一出，别说派拖拉机送行了，能给头老驴驮行李就算开恩！

我和金氏叔侄在宝鸡工务段共事三年，有过另一番对底层社会的亲身体验，种种难得的感受，超过插队期间。有意思的是，我与金晓峰还成了一对在当地小有名气的相声演员呢！

那应当是另一段很长的故事了。

在这篇东西结束之前，有必要对我及我的伙伴们的命运做一个简单的交代。

先说我自己吧。

在当了三年养路工以后，我幸运地上了大学，接着当过蒸汽机车技术员、计算机工程师、文字编辑等等。我是在下乡插队十五年以后才重新回到北京的。

"大鼻子"金潮河，后来从宝鸡工务调到铁道部建厂局。那是一个流动性单位，他去过很多地方，最终也回到北京，曾任北京某企业的党委书记，前几年便已去世，终年未及60岁。

"癞子"金晓峰，屡经波折调到天津并娶妻成家，后在天津铁路部门从事基层党务工作，已退休。

我们村的其他几名知青，人生道路各不相同。

最有出息的应是"老曹"曹连元，后来上了大学，继而当过北京几家著名医院的院长、一些高等院校的教授，还担任了不少社会职务。有一次北京知青聚会，唯有他是乘专职司机开着的公车出席会议的。

宋元清和"馅饼"董宪平，后来被招工去了延安地区的邮政部门。"馅饼"跟邮车，跑延安至铜川一线，1988年我回黄陵时，恰好在黄陵县邮政局门口碰到他，他穿着一件羊皮翻毛大衣，风尘仆仆的样子，依然是一副玩世不恭的劲头。

"猴子"刘秉棣，后来病退回了北京，到一家街道工厂工作，据说那厂子是制作糖稀的。再以后的情况，我就不了解了。

接着说我们灶的情况。

命运这东西很奇怪。"老郝"郝庆超是我们村的北京知青中第一个成为拿工资吃供应粮的"公家人"，却是最后一个离开黄陵县的。1988年我回黄陵的

▲ 1988 年 10 月，郝庆超一家人在他黄陵县的家里。

时候，他正在县林业局当会计，不仅娶妻成家，还有了两个可爱的女儿。又过了很久，他们一家终于回到北京，老郝在一家建筑公司工作。由于他留的电话号码被我记错了一个数字，居然失去了联系。

“老朱”或“阿朱”朱建群，是我在惠家河时最好的朋友。我们脾性相近志趣相投，但也有共同的缺点：疾恶如仇、为人固执。我去工务段以后，他还很认真地把当年夏收的分红所得寄给我，记得是五块多钱。1971 年 11 月他被选调去了设在富县的延安军马场工程连，一年后转至甘肃山丹军马三场；许多年后辗转调到河北固安，离家近了一些；以后又调回北京，在教育部门工作。1994 年，万红的弟弟万义当了黄陵县办公室的副主任，春节前夕曾随县里领导来京，慰问北京知青。我和老朱找到“吕头”，一起去见万义，那是我们三个最后一次相聚。后来不知因为什么原因，朱建群居然也和我失去了联系，直到二十多年后才重新见面。

还有傅鹏，据说后来去关中的红旗手表厂工作，一直没有音信。

至于“吕头”吕宏印，又要说到“命运”的问题了。他去梅七线干了一百来天，却错过了第一次大规模招工的机会。后来，他又作为民工到郑家河水库工地干了一年多，直到 1972 年 12 月才招工去了陕南的略阳，成为省冶金矿建公司的一名掘进工。

“吕头”在略阳工作多年，直到 1991 年才回到北京。但是，当时他所找的所谓“接受单位”，只肯暂时接受档案，而不能安排工作，因此他从调回北京的那天起就失业了。当时有许多返京知青都曾有同样的遭遇。

“吕头”是个能吃苦的人，他在朝阳医院门口摆了个水果摊，硬是靠自食其力撑起一家人的生活，还要供女儿上学。卖水果是个苦差事，无论冬夏，他都要在水果摊上过夜，以避免有什么闪失。那年万义随县领导来北京的时候，“吕头”一定要从摊上带些水果作为礼物，但又舍不得带最新鲜的，很仔细地挑了些虽有点瑕疵但模样还算可以的货色。看到那一幕，我很有些辛酸。当时得知他得了下肢静脉曲张，甚至有截肢的可能。不过后来的境遇还好，女儿有出息了，他也无须劳作，身体状况有所好转，可以在家里遛遛狗，安享晚年了。

我们村还有一个北京知青应当介绍，那就是“杨三”。有意思的是，他也许是惠家河知青中最早离开陕北并“直接”返回北京的。据说他因为在北京犯案，被判了四年徒刑并监押，刑满释放后便顺理成章地留在北京，居然还安排了工作。这也可以算是一种特殊的“幸运”。说来他当年不过是个十六七

▲ 1994 年春节前，朱建群（左）和我（中）在位于朝阳医院大门对面吕宏印（右）的水果摊前。这是几十年来我们唯一的合影。当晚，我们一起去见的惠万义。万义当时是黄陵县政府办公室的副主任，随县领导来北京慰问知青。

▲又过了二十二年，2016 年 10 月 8 日，我与朱建群再次相聚。

▲几天以后的 2016 年 10 月 15 日，是八十中的校庆日，我与吕宏印第一次单独合影。四十七年前我们一起离开母校走向陕北，如今都已白发苍苍了。

岁的少年，有一些错误甚至罪过，也和当时的大环境不无关系。

另外，还有北京干部丁万民，虽然不是知青，但也有与我们大致相同的经历。据“吕头”说，自己从水库工地回村的时候，老丁已经到公社去工作了。1970 年到陕北“支延”的北京干部约有一千二百多人，原定期限是三年。据说在限期将到的时候，北京市突然决定，可以根据延安当地的需要留下一部分人，并将户口也从北京转出。这下子在北京干部中间引起了极大的波动。后来上面改为留下 400 人再干两年，其余的 800 人返回北京。不知老丁属于哪一批，又是何时回京的。

至于我的那些同班同学，除了一同到铁路工作的包薇至今与我时有来往外，其他人大多失去了联系。据说刘大雄后来分到兴平化工厂工作，李宗强和“大宝”宋仕猛不知去向。只有孟洪，数年后曾与我有一段特殊的交往。

▲ 1977 年冬天，国家恢复大学及中专招生考试，我作为宝鸡铁路司机学校的招生人员去黄陵，与孟洪（右）在黄帝庙合影。

1977 年国家恢复大学及中专招生考试，由于一个特殊的机遇，我幸运地作为宝鸡铁路司机学校的工作人员到延安地区招生，有机会重返黄陵。孟洪当时在店头煤矿工作，是井下安全技术员，已经娶妻安家，并有了一个尚在咿呀学语的胖儿子。我到店头他家里去过，他还特地带我换上工作服去井下走了一圈体验一下。想到当年如果我当了那个合同工，这里就应当是我的“战斗岗位”了。当时孟洪报名参加了高考，关于那段招生的故事，我在自己所写的报告文学《1977’招生日记》中有过详细记述，这里不再啰唆。总之，孟洪那次考试不顺，没有实现上大学的愿望，后于 20 世纪 80 年代举家调往河北省某地。1989 年，他终于通过自学高考获得河北师范大学中文专业文凭。不幸的是，数年后在一次出差途中，他遭遇劫匪，不幸中枪身亡。

我很怀念我的伙伴和同学们。

不管每个人的命运如何，历史赋予我们一个共同的名字——“知青”。

不管到了什么时候，只要提到自己的青年时代，我总会宣称：“我是知青。”

五、回首惠家河

不能不承认的是，我和许多知青同伴一样，在回忆插队往事的时候，往往会不由自主地表现出一种自恋。我们过多地沉溺于反刍和感慨自己经历过的苦难与艰辛，却忽略了一个很重要的事情：那些曾经被我们鄙称为“老帽儿”的乡党们，祖祖辈辈生活在那贫瘠的土地上，世世代代承受着比我们更为沉重的苦难和更为严酷的艰辛。命运对于他们，才是真的不公平。

作为“生在新中国、长在红旗下”的一代人，我们从小到大所接受的，始终是你死我活的“阶级斗争”教育，我们自以为是肩负着“解放全人类”光荣使命的革命小将，是将要主宰世界命运的红色英雄。只有当我们接触到了生活在社会底层的人们、看到了复杂的社会现实、经受了严酷的命运浮沉之后，才开始认识到自己的幼稚、愚蠢与可怜。

我还记得喂马老汉当年对我说过的话：“别忘了这搭的乡党，咱草民百姓才是真恓惶呢！”

想到那些在极度的饥饿贫穷中挣扎着勉强生存的乡党们，心中难免百味杂陈。他们的形象似乎并不美好，蓬头垢面衣衫褴褛，自私狡猾愚昧猥琐……然而，在这貌似丑陋的表象下面，却是一些善良真诚宽容温厚的心。是他们，不仅满怀同情地容留并养育了我们，还让我们的狂躁暴戾之气得以收敛，使我们这一代人最缺乏的东西——人性，得以逐渐复苏。

不过，人性的归来，需要漫长而曲折的过程。

如何重新认识世界，如何重新认识自己，也需要漫长而曲折的过程。

对我来说，插队的经历仅仅是一个开端。这个开端，是惠家河乡党们赐予我的最宝贵的东西。

离开惠家河已经四十七年了，那个默默无闻的小山村一直让我惦念。每隔几年，我都要回去看看。我惊讶地看到，它的变化越来越大、越来越快。

1977 年回去的时候，村里面貌依旧，最大的进步是有了电灯。那是沾了铁路施工单位的光。

1988 年回去的时候，许多人家箍了新砖窑，尚在修建的铁路从村中通过。村里已经实行了包产到户，再没有社员集体出工的景象了。有“老帽儿”挺纳闷地说：“以前天天累得要死还吃不饱穿不暖，现在用不着出多大力，收下的粮食倒是吃不完呢。”

1995 年，惠家河发生了极大的变化。从西安至延安的铁路早已通车，“黄陵”车站就设在秦家川；火车每天从村中驶过，引发了惠家河历史上第一次铁路人身伤亡事故：青禄娘在横穿铁路的时候被列车撞倒，不幸身亡。河滩上修了许多大油罐，那是属于交口河炼油厂的设备。位于洛河上游的交口河距惠家河仅有四里地，由于炼油厂占用了大量耕地，我们村不仅获得经济补偿，大部分青壮年村民还进厂当了工人。

1999 年是我第四次回村，全村的住户基本都盖了新房新窑，村子整体下移，原先的老窑统统废弃。当年我插队的时候，万红的两个小弟弟顺义和万林还没出生呢，如今不仅都成了身材魁梧的大汉，还娶妻生娃了。万林的媳子是米脂婆姨，不仅相貌端庄秀丽，还是个很细心的人，在我们谈话间她悄悄从窑里找出一个旧镜框，说这里有你的照片呢。那都是些十几二十几年前的老照片了，难得他们还保存着。兄弟俩从邻居水泉家借了一辆带拖斗的四轮中型拖拉机陪我上塬。从这次开始，我再也未能去柳沟看看，由于实行封山育林，下沟的小路已经遍布灌木荆棘而无法通行了。

2007 年则是顺义开着他自己的桑塔纳轿车送我上塬了。村里人这些年靠

▲ 2007 年的惠家河村头，正是咸榆公路的拐弯处，看去已经有些小镇的规模了。

种苹果树获得丰厚的收入，原先以当工人为荣的人们又开始后悔，觉得还不如留在村里当农民呢。顺义一边在炼油厂上班，一边在塬上整了一个苹果园。这年收的苹果不少，但顺义没心思张罗卖苹果的事儿，他那上中学的儿子沉溺于玩游戏机，让他很伤脑筋。我们在村里转了一圈，几乎没有碰到什么人。小的都外出了，读书的读书打工的打工；老的体力好些的往往也去外地为儿女们的下一代服务，剩下的都是老弱病残了。所以，如今村里已经没人养鸡养猪养狗。一个听不见鸡鸣狗吠猪哼哼的地方，根本不像是村子了。若问我更喜欢当年那个贫穷落后却不乏美丽颇有生气的小山村，还是眼下这个富足殷实而杂乱无章死气沉沉的居民群落，我真的答不出。

2014 年清明节，我与万义相跟着回村。顺义和万林兄弟早都搬到交口河的厂区去住了，那里的家属区很有规模，他们都分到了楼房。万林开着他的轿车带着顺义和老母亲回村，我们一同上塬扫墓，他们父兄的墓地就在紧邻柳沟的崖畔上。柳沟近在咫尺，但由于荆棘繁茂，依然无法下沟。万林理解我的心思，悄悄给我拍了好些以柳沟为背景的照片。现在照相都用数码相机了，以电子邮件通过网上传输，迅捷得很。

▲ 2007 年在万林家的院里。右起：万义、万林、顺义、三红、我。

▲ 2014 年，在村后“仰脑头起”的塬坡上再次俯瞰惠家河村。西延铁路从村中穿过，川道里是石油部门的储油罐和办公楼。惠家河村已经全部退守到了塬坡上，实在不像个村子了。只有远处的山沟还没有变。

▲“谷歌地球”显示的2014年5月惠家河卫星图像。川道里的绝大部分土地被炼油厂的储油罐和房屋所占据，看去如同一艘霸气十足的巨舰；而村子的实体，则只剩了图中间靠上的一点点地方，像是被冲击得七零八落即将沉没的破舢板。右上角河道中那处面积不大的白色小块，是被戏称为“黄陵县最大岛屿”的架滩。奇怪的是，图中洛河上游和下游的水质都很清冽，唯有在流经架滩的时候变成了极为浑浊的土黄色，似乎受到了严重的污染。

▲喂马老汉的坟被压在从一个山崖上塌落的巨大土块下面，只有由那个砖头垒成的小小供台，才会发现它的存在。（摄于2014年清明）

与每次我回村的时候一样，我们依然登上“仰脑头起”，俯瞰惠家河村。公路和铁路在川道里穿过，一侧是村子，另一侧是许多体积硕大的储油罐和办公楼——那里原是菜园子和瓜地所在的地方。炼油厂日益蚕食着村子，也许，惠家河与邻近的一些村落一样，不久将会彻底消亡。

与每次回村的时候一样，我还要去喂马老汉的坟上看看。那坟在一条山路边，一旁的山崖塌陷了，巨大的土块压在坟头上，若不是有一个用几块砖头垒着的小小供台，绝不会有人知道这里有座坟茔。论辈分，万义兄弟应当称喂马老汉为“哥”的，所以他们张罗着在坟前也摆上了一些点心水果冥币之类的供品。他们不知道我为什么每次回村都要到老汉的坟上来，我也不好意思当着他们的面流露内心的情感。所以，我从来没有给老汉上过供品。我只是在心里向老汉恭敬地致意，因为，虽然他不识一个大字，也从未耳提面命地训导过什么，但他却是我人生的启蒙老师，他曾经给我上的第一课可以用两个字概括：“善良”。善良，应当是人性的第一要义。